김조을해

장편소설

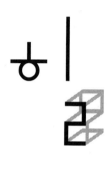

북인더갭
BOOKintheGAP

| 차례 |

프롤로그 … 007


**1** 힐공동체 동관 803호 … 013
'친절하다'와 '좋아하다' … 020
싸우는 사람들 … 035
판타지 1 … 052
판타지 2 … 065
개인필수면담 1 … 077


**2** 예언자와의 통화 … 105
필수강연—열정에 대한 고찰 … 120
신호등, 호루라기 … 134
사가어요어 … 149
개인필수면담 2 … 157


**3** 판타지 3—동서남북 이야기 … 175
제 동생을 아세요? … 180
공범자들 … 193
남으로 … 205
복도에 숨기 … 217
개인필수면담 3 … 231


**4** 들어가도 될까요? … 249
초록방수복 … 257
사내다운, 혹은 사내답지 않은 … 267


작가의 말 … 278

# 프롤로그

마기와 욘데,

내가 사람들을 만나는 건 내 문제를 잊기 위해서다. 내 문제를
잊어버리고, 내 문제를 놓아버리기 위해서지. 그러면 문제는 풀리
기 마련이다. 문제를 붙들고 혼자 고민할 필요는 없다. 그리고 세
상에는 내 문제, 네 문제가 따로 있지도 않으니 다행이 아닐 수 없
다. 우리는 거의 비슷한 삶을 살고 있으니까. 그러니 너희도 사람
들을 만나 말할 때나 들을 때 이 사실을 잊지 마라.

내가 만난 사람들 이야기를 해야겠다. 그들은 전에도 몇 번 나
를 찾아왔는데 이제야 만날 수 있었다. 아침 일찍 와서 저녁 나절
에 돌아갔고 다음 날 본부라는 데로 돌아가기 전에 또 찾아왔으니

그들과 거의 이틀을 함께 보낸 셈이다. 그들은 하나같이 점잖았고 호감 가는 외모를 지녔지만 안타깝게도 그것이 전부였다. 이틀을 함께 있으면서도 그들은 자신을 전혀 보여주지 않은 채 지시사항만을 전달했다. 그 태도 또한 지루할 만큼 형식적이었지.

결론부터 말하마. 너희를 기다리지 말라고 그들은 내게 명령하고 갔다. 아버지라는 사람한테 자식을 기다리지 말라고 하니 어느 아버지가 웃지 않을 수 있겠니. 나는 참지 못하고 여러 번 웃음을 터뜨렸다. 그랬더니 그들 가운데 하나가 왜 웃느냐고 묻더구나. 그래서 내가 대답했다. 아이들을 기다리는 건 내가 안 해야겠다고 해서, 당신들이 하지 말라고 해서 안 하게 되는 일이 아니라고. 그들이 이해할 수 없다는 얼굴을 해서 나는 또 웃었다. 너희들은 교육을 받아야 한다고 그들이 말하더구나. 그래서 이번에는 내가 물었다. 우리 아이들에게 무엇을 교육시키느냐고. 그랬더니 또다른 하나가 '적응훈련'이라고 답하더구나. 역시, 웃다 지쳐서 마음이 나락으로 떨어지는 듯했다.

홀로 멸시했던 것들을 그들에게 말해버리고 싶었다. 네 엄마가 곁에 있었다면 그들에게 호통을 쳤을 테지. 그들을 붙잡아놓고 그들이 좋아하는 방법대로 밤새 격론을 벌였을 테지. 늙은 할망구라 무시했다간 네 엄마에게 큰코다치기 일쑤니까. 그들이 받아들이지 않을 걸 알면서도, 그들이 너희들을 당장 집으로 돌려보내지 않을 걸 알면서도, 그들이 무릎 꿇고 사과하지 않을 걸 알면서도, 그들이 잘못하는 것에 대해 네 엄마는 말하지 않을 수 없었을 테지. 네 엄마의 성질을 나도 따라해보았다. 그래서 이렇게 편지를 쓰는 것이고. 이 편지를 그들이 너희에게 전해줄지 쓰레기통으로 버릴지 알 수 없지만 나도 이제는 네 엄마처럼 살려고 한다.

마기와 욘데,

늘 말했듯이, 사람이 태어나 삶의 신비와 거룩함을 한 번도 묻지 않았다면 그건 사람이 아니다. 빛나는 것 앞에서 나의 유한함을 바라볼 줄 아는 슬기가 없다면 더이상 사람이 아니다. 생산성과 효율성을 높이는 문제로 너희 머리를 썩이지 마라. 그건 사람이 정할 문제가 아니라는 걸 이제는 알고 있겠지. 너희 외가에 있는 강물을 생각해보면 더 쉬워질 것이다. 나와 너희 엄마도 그랬듯이, 부족 어른들은 아이들을 데리고 강가에 가서 지금도 늘 같은 말을 해준다. 옛날에 옛날에 저 높은 산이 터져버렸단다, 화산이 폭발해서 화산재가 하늘로 치솟다 못해 강까지 쓸려 내려와 이 맑은 강은 한때 강이 아니었단다, 사람들은 이곳에서 숨도 쉴 수 없었단다, 하지만 먼지와 화산재의 땅을 사람들은 떠날 수 없었단다, 이것이 삶이란다. 산이 터졌다고? 호기심 많은 아이들에게 이것만한 이야깃거리가 또 없지. 더욱 신기한 것은 아이들에겐 어른들보다 더 정확하게 본질을 알아듣는 귀가 있다는 점이다. 왜 어른들에겐 그런 단순한 귀가 없는지.

마기와 욘데, 너희 둘은 기억하고 있을까. 너희들이 그 순간 얼마나 크게 탄식하며 삶을 깨달았는지를. 저 커다란 산이? 아아 그럼 언제 또다시 터질지 모르는 거야… 그래도 우리는 여기에서 밥을 먹을 거야… 우리는 아마도 그때부터 아이들을 구도자나 예언자로 보았던 것 같다. 너희가 말한 그대로, 그것이 삶이니까, 삶은 끝나지 않으니까, 그 산은 몇백 년이 지나 또 터졌으니까, 그래도 부족들은 떠나지 않았으니까.

그들과의 만남은 내가 놓고 싶었던 문제를 더욱 붙잡게 만들었으니 좋은 만남이 아니다. 나는 편지를 쓰며 지난밤을 거의 뜬눈으로 보냈고 요사이 뜸하던 네 엄마 목소리도 며칠 전부터 자꾸 들려 아침이 오기만을 기다렸다. 나는 늙었다. 하지만 시간이 정말 더 필요하다.

내가 왜 편지를 쓰면서도 가끔씩 벌떡 일어났다 주저앉는지 말을 해야 할까. 손과 발이 묶인 것과 다를 바 없는 너희에게 무엇을 물을 수 있을까.

너희에게 보내는 편지가 잘 전달되도록 '도와주십시오' 부탁했을 때 무리 가운데 하나가 들릴 듯 말 듯 중얼거렸다. 그 목소리가 차라리 내 귀에 안 들렸다면 얼마나 좋았을까. 그는 이렇게 말했다.

지금 글자를 기억할 수 있나, 종이를 쥘 힘이나 있겠어?

누가, 마기가? 욘데가? 왜? 당신들, 당신들 짓이오? 나는 다 끝장내고 싶었다. 당신들 미쳤소? 정말 당신들이 우리 애들에게 한 짓이오. 당신들도 사람이오?

마기와 욘데,

버틸 수 있는 데까지 버텨다오. 나는 그가 한 말을 믿을 수 없어 뭡니까, 뭡니까 다그쳐 물었다. 그러나 그들은 내 말을 무시해버렸다. 그가 한 말은 무슨 뜻이었을까. 너희들은 무슨 일을 당하고 있는 걸까. 내가 망령이 들었나, 이 몸으로 그들을 감금해두고 분풀이를 하고 싶어질 만큼 그들은 처음부터 끝까지 내 말을 무시했다. 내가 혐오해온 물리적 힘을 칠십이 넘어 동경해본 것은 아마도 너희들을 생각한 탓이겠지. 정말 힘으로라도 해결하고 싶은 마음에 온몸이 떨렸다. 내 마누라와 아이들한테 했던 것만큼 나도 되갚아주겠다, 늙은이가 그런 생각을 하며 하루를 보내고 있으니 죽은 사람 목소리가 들리는 것도 이상한 일은 아닐 것이다. 그들은 너희들 말 또한 무시하고 나를 찾아온 거겠지. 나쁜 사람들. 이 편지를 그들이 받아보고 찢어버린다면 정말 용서하지 않을 생각이다.

그들은 혼자 지내기 힘들면 요양소를 알아봐주겠다 말하고 돌아갔다. 그들은 다시 올 것처럼 말했지만 다음번에는 다른 사람들이 올 것이다. 아마 나를 짐짝처럼 들고나갈 사람들이 오겠지. 늙은이가 지팡이를 짚고 얼마나 멀리 갈 수 있을까, 너희들도 생각해보아라. 짐짝처럼 옮겨지기는 싫다. 집을 떠나기도 싫다. 갈 수만 있다면 나는 너희 엄마의 고향인 남으로 가고 싶다. 왜 우리 가족은 진작 남으로 가지 않았을까. 여러 번 너희 엄마와 밤을 새워 싸웠던 걸 너희도 기억하겠지. 나는 왜 제국의 구역을 벗어나지 못했을까. 왜 고집을 버리지 못했을까. 제국이 나의 고향이니까? 내가 고향을 떠나기 싫었다면 너희 엄마도 오랜 세월 고향을 떠나 있기 힘들었을 거란 사실을 왜 편지를 쓰면서야 깨닫는 걸까.

너희 엄마와 너희들이라도 남으로 보냈다면 오늘 이 편지는 쓰지 않아도 되지 않았을까. 너희 엄마도 아직 우리 곁에 살아있지 않았을까. 왜 너희를 제국에서 키워야 한다고 우겼을까. 왜 제국에서 글을 써야 한다고 엄마를 꼼짝 못하게 했을까. 슬슬 얻기 시작했던 권력과 명성을 포기하지 못했던 걸까. 아니면 그때는 남으로 가는 게 비겁한 길이라고 확신했던 걸까. 그런 나를 어린 너희들은 어떤 눈으로 바라보았을까.

미안하다, 마기. 미안하다, 욘데. 진심으로 미안하다.

어떻게든 견뎌만다오. 너희들이 알고 있듯이 때로는 산도 터져버리는 일이 있으니 이런 건 아무 일도 아니라는 걸 잊지 마라. 내게 남은 것은 지팡이 하나인데, 이것은 너희를 구하기 위한 나의 유일한 무기이기도 하고 나의 말썽 많은 무릎을 대신해주는 발이기도 하다. 지팡이를 짚고서라도 찾아가마. 끝까지 견뎌만다오. 끝까지.

제발, 밤마다 아무 소리도 안 들렸으면 좋겠다. 네 엄마가 나를 탓하며 따라다니는 통에 잠을 잘 수 없다. 할 말이 많은 영혼이지. 다른 사람은 몰라도 나는 알아듣는다. 그래서 우리는 부부로 만났을 것이다. 방언으로, 제국행정어로, 간단한 국제표준어로 우리는 평생 수다가 통했거든. 하지만 밤엔 자고 싶다. 네 엄마가 그걸 모르는 사람은 아닐 텐데.

마기와 욘데, 곧 찾아가마, 곧.

# 1

## 힐공동체 동관 803호

마기는 지하식당에서 아침을 먹고 1층으로 올라와 작은 분수대 앞까지 걸었다. 이른 여름의 쾌적한 바람이 오늘따라 더욱 반가웠다. 기후만을 보자면 마기로서는 이 지방 이 계절의 온도와 습도가 아주 맘에 들었다. 끈적임 없는 신선하고 상쾌한 기류가 주위에 가득했다.

마기는 심호흡을 하며 원형의 기단을 따라 분수대 계단 끝까지 올라갔다. 바짝 마른 분수대 안에는 부리 끝이 말리듯 꺾인 새들이 바닥을 쪼고 있었다. 마기는 다시 내려와 분수대 맨 아래 계단에 주저앉았다. 이렇게 남쪽을 향해 앉으니 한구석 텃밭에 심겨진 상추와 방울토마토, 가지 등이 오늘에서야 눈에 들어왔다. 마기는 다시 몸을 일으켜 평화롭게 무럭무럭 자라는 채소들 곁으로 몇 걸음 더 다가갔다. 어린 채소를 돌봐줄 만큼 마음이 넉넉한 사람이 이곳에 있다는 게 믿기지 않았다. 순진한 누군가는 싱싱하게 자란 채소를 다 먹어치우고 아무 일 없이 이곳을 떠날 거라 믿었던 게 분명하다. 사람들은 힐을 쉬어가는 곳이라고 쉽게 말하지만 이렇게 볕바른 곳 한줌 땅조차도 마기의 눈에는 애처로워 보였다. 이건 자기를 속이는 행동일 수도 있었다. 스스로에게도 그렇고, 방에 숨어서 때를 기다리는 사람들에게도 마찬가지였다. 마음을 평온한 척 숨기고 싶다면 식물을 가꾸는 게 제일 좋은 방법이다. 속에서는 어떤 싸움이 일어나건 말건 마른 흙 위에 물을 주고, 잡초를 뽑아내고, 잎사귀의 먼지를 닦아주며 친한 척 말을 걸면 삶은 평온해 보인다.

텃밭을 떠나 분수대 앞에서 걸음을 멈추고 이번에는 본관 쪽으로 몸을 돌려 힐을 정면으로 바라보았다. 비탈진 언덕을 따라 울창한 숲에 둘러싸인 건물들이 차갑게 마기를 맞았다. 잡초 하나 없을 것 같은 숲에서 간간이 새소리마저 들려올 땐 정말 평온하게 느껴지기도 했다.

소나무숲 사이사이로 열린 창문들이 보였다. 서관의 저층 발코니 몇 군데에 사람이 나와 서 있었다. 단체복이 아닌 평상복을 입은 사람들 때문인지 잠깐이나마 리조트 시설에 와 있는 듯한 착각 마저 들었다.

마기는 건물에서 눈을 돌리며 바지주머니에서 아이디카드를 꺼냈다. 힐에 입소하면서 찍은 상반신 사진이 눈에 들어왔다. 사진 아래로, 힐공동체 동관 803호 마기,라고 적혀 있는데 선명한 글자가 이상하게 퍼져 보였다. 마기는 눈을 비비며 뒤집어보았다. 카드 뒷면엔 마기가 참석해야 할 강연시간표와 면담시간표가 빽빽하게 새겨져 있었다. 표의 테두리와 표 속의 글자도 모두 뭉뚱그려진 채 흐릿했다.

이틀 동안은 아무 일 없었지만 이제 펼쳐질 시간 동안 무슨 일이 벌어질 것인지, 왜 국민교육관리국에서 짜놓은 시간표에 맞춰 교육을 받아야 하고 면담을 통과해야 하는지, 힐에 머물고자 신청한 일도 없는 사람을 무슨 권한으로, 어떠한 명목으로, 왜 불러들였는지, 마기는 언덕길을 오르는 내내 혼란스러웠다.

큐선생은 아직도 돌아오지 않았다. 그의 방은 그럭저럭 정돈돼 있었지만 짐가방이 그대로 있는 걸로 보아 밤사이 힐을 나간 것 같지는 않았다. 큐선생과 이틀 동안 정이라도 들었던 걸까, 마기로서는 뭔가 허전한 기분이었다.

거실로 나와 '창문열림' 버튼을 눌렀다. 천천히 창문이 열리기 시작했다. 기분 좋은 바람이 803호 안으로 스며들었다. 마기는 발코니로 나가 꺼지듯 바닥에 앉았다.

자신이 서 있었던 분수대와 텃밭, 그리고 원형 잔디밭에 둘러싸인 장방형의 본관 건물이 저 아래로 보였다. 비탈진 언덕 아래서부터 위로 올라오며 별관과 서관 건물, 전면이 유리로 장식된 대강당, 보도블록을 사이에 두고 양쪽으로 나눠진 운동장, 별관에서부터 대강당 운동장 뒤쪽으로 이어지는 완만한 산책길, 그리고 언덕 위의 정자까지 죽 훑어보았다.

　역시 오늘도 정자 언덕 위의 신호등이 제일 거슬렸다. 세 개의 구멍 모두에서 하루 종일 노란불이 꺼졌다 켜졌다를 반복하는 고물 신호등만 아니었어도 나쁘지 않은 전망이었다. 안전시설 차원에서도 미학적 차원에서도 저곳에 있을 필요가 없는 물건이었다. 마기는 신호등을 올려다보다 눈을 돌렸다. 굳이 쳐다볼 이유도 없는데 한참을 쳐다보다 불쾌해하는 자신을 이해할 수 없었다. 좌절감일지도 몰랐다. 두려움, 혹은 수치심일지도 몰랐다.

　저 멀리까지는 마음 놓고 눈길을 풀어헤칠 수 있는 벌판이었다. 막힘없는 것, 거침없는 것. 눈이 원하는 것도 마음이 원하는 것과 다를 게 없었다. 이름 없는 도시 동쪽 벌판에, 산악지대로부터 멀리 떨어져 끝없이 이어진 평야 한가운데에, 자연녹지와 고만고만한 야산이 전부인 초라한 땅에, 그중에서도 조용한 어느 동산 기슭에 감옥도 수용소도 아닌, 그렇다고 요양원도 휴양지도 아닌, 하지만 학교도 수련원도 아닌, 더군다나 평범한 주거지도 요란한 상업지역도 아닌, 깨끗하고 친절하기로는 세계 최고요 쾌적함과 편리함으로는 감동의 천국인 이곳, 힐공동체가 있었다. 이곳은 아무도 정확히 정의내릴 수 없는 곳이지만 누구도 우습게 볼 수 없는 곳이기도 했고 또한 모든 절차가 투명한 듯하지만 어떤 물음에도 명확한 답을 주지 않는 비밀스런 곳이기도 했다. 힐 덕분에 작은 도시에 8차선 도로는 물론 중앙고속도로로 빠질 수 있는 우회도로와 도시를 동서와 남북으로 관통하는 지방간 고속도로가 생겨났으며, 비행장은 기본이고 단시간에 인근 기차역이나 터미널, 비행장에 도달할 수 있는 순환버스도 생겨났다. 놀라운 도시화 과정을 거친 이 도시는 사실 30년 전만 해도 황무지나 다름없었다. 그러나 벌판 위에 세워진 문명의 흔적이 과연 황무지보다 나을 게 없음을 다시금 확인하며 마기는 눈을 감았다.

호출장을 확인하고 기차를 타고 오면서도 문제의 심각성을 간파하지 못했던 마기는 이제야 고립감을 느꼈다. 이곳은 어쨌든 권력에 의해 세워져 권력에 의해 굴러가는 곳이었다. 그런데도 어떠한 두려움도 감지하지 못할 만큼 마기는 모든 걸 시답잖게 생각했다.

눈을 떠보니 아까는 보이지 않던 몇몇 사람들이 서관 운동장에서 줄넘기를 하고 있었다. 다른 사람들은 더 멀리 산책을 나갔을 수도 있고, 지하에서 아침을 먹거나 혹은 아직까지 자고 있을 수도 있으며, 아니면 큐선생처럼 아침부터 어딘가로 사라졌을 수도 있다.

순간, 마기는 문을 두드리는 소리에 놀라 벌떡 일어났다.

큐선생?

하지만 문을 열어보니 관리직원이었다. 몇 번 얼굴을 마주쳤던 직원이 아닌 다른 사람이었다. 한 번 보고도 기억할 만한 멋진 외모의 남자인데, 어디 태생인지 단번에 가늠하기는 힘든 얼굴이었다. 직원은 들고 있던 옷을 마기에게 내밀며 말했다.

"동관 803호 마기 씨, 맞으시죠?"

마기는 고개를 끄덕였다. 그러곤 내미는 회색 옷을 일단 받아들었다.

"이 옷은 필수강연과 개인면담 참석할 때 입는 옷입니다. 다른 때는 자유롭게 입으셔도 상관없지만 공식일정에는 꼭 단체복을 입고 참석하십시오. 떠나실 땐 가져가셔도 됩니다."

마기는 남자의 강렬한 눈썹을 보면서 남쪽 혈통일 거라 확신하다, 검은 눈동자와 마주치자 섬사람이겠거니 하며 생각을 고쳤다.

"칫솔, 치약, 면도기, 줄넘기, 슬리퍼, 볼펜, 메모지 등 힐의 로고가 찍힌 모든 소모품은 마기 씨 겁니다. 물론 버리고 가시는 분이 더 많긴 합니다만, 어쨌든 마기 씨 편한 대로 하십시오."

마기는 이번에도 말없이 고개만 끄덕였다. 낯선 땅 새로운 공동체, 스무 평 남짓의 숙소에 갇힌 마기는 슬슬 누군가에게 억울함을 호소하고 싶었다. 그뿐이었다. 말동무도 없는 아침이 점점 부담스러울 뿐이었다.

"뭐 도와드릴 일은 없는지요? 불편하신 점이라도."

마기는 고개를 저었다. 불편한 점도, 도움이 필요한 일도 없는데 마음은 산란했다. 무엇을 어떻게 해야 할지 몰라 허둥대는 동안 마음은 점점 더 불안해졌다.

"보시면 아시겠지만, 단체복엔 부위별로 속옷 처리가 돼 있어 이 옷 하나만 입으시면 됩니다. 그러니 단체복 입을 땐 양말은 물론이거니와 속옷도 안 입는 것, 알고 계시죠?"

마기는 그 말을 듣는 순간 저도 모르게 아아, 길게 한숨을 쉬었다. 직원은 다들 그런 반응을 보인다는 듯 주머니에서 수첩을 꺼내 무언가를 빠른 동작으로 적을 뿐 더이상의 설명은 없었다. 마기는 그런 직원의 얼굴을 똑같이 사무적으로 바라보지 못하는 자신이 비로소 걱정되기 시작했다.

"그래도 마기 씨는 적응 잘하시는 겁니다."

직원은 어린 학생을 칭찬하는 투로 말했다. 마기는 무슨 뜻인지 몰라 남자의 검은 눈동자만 빤히 쳐다보았다.

"그러니까 제 말은, 제 검은 눈동자 때문이라면 더이상 경계하지 마시라는 뜻이죠."

마기는 피식 웃으며 일단 당혹스러움을 숨겼다.

"그렇죠, 역시 마기 씨는 말귀가 밝으시네요."

직원은 꾸벅 인사를 하더니 복도를 가로질러 갔다. 마기는 직원에게 속마음을 들킨 것 같아 쑥스럽기도 하고 미안하기도 하고 당황스럽기도 해서 입도 뻥긋 못한 채 서 있기만 했다. 직원의 검은 눈동자는 그가 혼혈이라는 징표였다. 마기 자신도 순혈이 아니었기에 어쩌면 더 아무렇지 않은 듯 굴어야 했을지도 몰랐다. 그런데도 마기는 문을 닫는 간단한 일도 재빠르게 할 수 없었다.

단체복을 습관대로 냉장고 안에 내던지고는 화장실로 가 손을 씻었다. 비누로 거품을 내다말고 마기는 웃지 않을 수 없었다. 큐선생 말이 또 생각났기 때문이다.

이 비누 말예요, 나는 십년도 넘게 이 비누만 써요, 보세요, 거품도 잘 나죠, 아무리 써도 줄지도 않아요. 돌덩이처럼 딱딱해서 짓무르지도 않고 냄새도 참 좋아요. 양말이나 손수건을 빨아보면 때도 잘 빠져요. 색깔도 보세요, 너무 이쁘죠.

마기는 힐에서 제공된 일회용 비누가 아닌 큐선생 비누로 다시 손을 닦아보았다. 마기 입에서 저절로 웃음이 나왔다. 꽃분홍 비누는 다시 써봐도 돌덩이처럼 단단했고 거품도 잘 났으며 냄새도 그럭저럭 맡을 만했다. 어릴 적 쓰던 고무지우개에서 나던 냄새랑 어딘가 비슷했다. 하지만 오늘도 바닥에 물기를 털자마자 손이 벌써 뻑뻑해졌다. 빨래비누만도 못한 이 비누를 십년도 넘게 썼다니. 큐선생은 역시, 촌스러웠다.

## '친절하다'와 '좋아하다'

"단체복을 입고 와야 했나요?"

마기는 테이블 건너편 간사에게 물었다. 베이지색 투피스를 깔끔하게 차려입은 간사는 40대 중반 정도로 보였다. 젊어선 상당한 미모였을 게 분명했지만 무슨 생각을 하는지 첫눈에 알아맞히기 힘든 굳은 이미지였다. 어딘가 위협적으로까지 보였다. 조화로운 이목구비에 관록이 더해진 얼굴이 일단 마기 맘에 들었다. 하지만 그 매혹적 요소에 체제의 완고함이 찌꺼기처럼 들러붙어 있는 건 유감이었다.

본관 상담실은 생각보다 쾌적하고 아늑했다. 그래서인지 날카롭던 기분은 우스울 정도로 쉽게 풀렸다. 남향 건물이라 햇볕도 잘 들었고, 푹신하고 안정감 있는 초콜릿색 가죽소파며, 발을 시원하게 마사지해주는 지압슬리퍼, 그리고 견고한 질감의 체리원목 탁자며 책장 등은 모두 훌륭했다. 전체적으로 붉은빛이 감도는 이곳은 사무공간이 아닌 주거공간의 느낌이었다. 심지어 간사가 내준 시원한 꿀차도 입에 딱 맞았다.

"중요한 일을 하시던 중이었다면 죄송합니다."

간사는 꽤 정중하게 입을 뗐다.

"그리고, 옷차림은 아무래도 상관없습니다."

간사는 일어나 책장으로 가 한참을 서성이더니 서류 한 뭉치를 꺼내들었다. 마기는 간사의 풍성한 엉덩이와 통통한 등판, 굵직한 다리를 훔쳐보았다. 젊은 여자들의 호리호리한 허리나 막대기 같은 다리에서 볼 수 없는 투박함이 느껴졌다. 세련된 면은 전혀 없었지만 이상하게도 눈길을 잡아끌었다.

"여독은 다 풀리셨나요?"

간사가 소파로 다시 와 앉으며 담배를 권했다. 마기는 고개를 저었다.

겉옷의 가슴 주변이 미세한 주름으로 장식된 걸로 보아 간사의 옷은 분명 힐의 유니폼이었다. 주름은 그들의 계급과 소속을 나타낼 뿐 아니라 충성도를 암시한다고도 했다. 그런데 마기 눈에는 주름으로 인해 간사의 가슴이 몇 배나 더 풍만해 보일 뿐 그리 위엄 있어 보이지는 않았다. 제복 속에 몸을 숨기고 있는데도 간사는 이상하게 아름다워 보였다.

"저는 사실, 마기 씨 어머니 글을 좋아합니다. 물론 마기 씨도 전부터 뵙고 싶었습니다. 이렇게 만나게 되어 정말 기쁩니다."

마기는 자신도 모르게 몸을 수그렸다. 가슴이 뛰기 시작했다. 어쩔 수 없었다. 처음 본 이 사람과 어머니 이야기를 하지 않으면 지금 당장 외로워 죽을 것만 같았다. 마음의 끝간 곳을 누군가 살짝 건드릴 때마다 그의 마음은 그 자리에서 박살이 나고 말았다. 외로웠기 때문에, 무서웠기 때문에, 제3국에서 자신을 기다리는 동생이 걱정스러웠기 때문에, 어머니가 떠난 뒤 집에서 꼼짝하지 않는 아버지가 위험했기 때문에 마기는 친절한 사람들을 경계해야만 했다.

"정말 그 어머니에 그 아들입니다. 마기 씨는 신기할 만큼 어머니를 많이 닮으셨네요. 갑자기 세상을 떠나신 걸 독자인 저도 아직까지 받아들이기 힘든데 마기 씨는 더하시겠죠."

마기는 자신의 마음이 흔들리는 것을 들키기 싫었다. 어머니의 죽음에 대해 사람들이 하는 말이란 약속이나 한 듯 똑같았다. 형식이자 의무요, 위로를 가장한 탐색이었다. 사람들은 마기가 슬퍼

할 기회조차 친절하게 빼앗았다. 그렇기 때문에 냉정을 되찾아야 할 이유는 넘치고 넘쳤다. 어머니는 갑자기 떠났지만 저세상에서나마 편히 쉬어야 할 권리가 있었다. 그러기 위해선 안 계신 어머니를 더 철저히 보호해야만 했다.

"어머니 문제로 절 부르신 겁니까?"

마기는 굳이 형식적인 목소리로 물었다. 간사는 뜻밖이란 얼굴로 마기를 잠깐 쳐다보았다. 마기는 자신의 붉어진 눈동자를 숨길 방법을 찾지 못해 더욱 똑바로 간사를 바라보았다. 이럴 때 고개를 숙이면 감정이 더 복받치는 걸 여러 번 경험했다. 그 뒤로는 아직 어린 소년처럼 생각하기로 했다. 다른 이의 눈동자를 똑바로 쳐다봐야 눈물은 흐르지 않는다. 마기는 벌써부터 물러서고 싶지 않았다.

"이 부분부터 보고서에 적으시는 건가요?"

으음, 간사가 들릴 듯 말 듯 작은 소리를 냈다.

"오해하지 마십시오. 오늘 우리가 만난 건 그 때문이 아닙니다. 불편한 이야기를 꺼냈다면 정말 죄송합니다. 이 이야기는 나중에 하도록 하고요, 오늘 예정도 없이 선생님을 뵙자고 한 건 큐선생님 때문입니다."

간사는 역시 노련하게도 금방 태도를 바꿨다.

"저, 큐선생님은 지난밤에 서관으로 옮겼습니다."

마기는 다소 섭섭한 마음으로 유리잔을 들었다. 꿀차를 한모금 들이켰다. 그런데 서관?

"서관이라면 거긴, 부부동 아닌가요?"

이틀 동안 지내면서 마기는 큐선생이 결혼했을 거라고는 전혀 생각지 못했다. 저런 사람과 누가 결혼해 살고 싶을까, 하는 의문이 시도 때도 없이 들곤 했다.

"네, 큐선생님은 부인과 함께 오셨습니다. 처음엔 각자가 원해서 따로 숙소를 정했는데 생각이 바뀌었나봅니다. 부부 사이의 일까지 저희가 다 알 수는 없죠."

마기는 유리잔을 내려놓았다. 시원한 바람이 불어왔다. 모든 걸 여유 있게 바라볼 수 있는 이 정도의 더위가 고마울 뿐이었다.

"큐선생님과 생활하시기 어땠나요, 불편한 점은 없으셨나요?"

간사는 서류만 바라보며 물었다. 무엇을 알고 싶어 하는지 모르겠지만 마기는 여기부터가 본론이리라 짐작했다. 일반적으로 다가오니 마기도 일반적으로 대답했다.

"글쎄요, 재밌었는데요. 아주 유쾌한 분이라 생각했고요, 털털해서 같이 지내는 데 불편함은 없었습니다. 식사 매너나 위생 관념이 좀 부족하긴 했지만, 그야 말한 그대로 유쾌한 정도, 그 정도였습니다."

"두 분은 주로 무슨 대화를 나누셨는지요?"

"우리 주변에서 힐을 거쳐간 사람들 얘기도 많이 했고요, 그리고 학생들을 가르친다고 하길래 요새 철없는 아이들 이야기도 자주 했습니다. 가정이 있는 줄은 몰랐습니다. 그런 말은 하지 않았거든요."

24

"큐선생님이 어디서 학생들을 가르친다는 말도 했나요?"

"아뇨, 그것까지는 말하지 않았습니다."

"학교에서 학생들을 가르칩니다. 국립기능대학교."

마기는 뒤통수를 얻어맞은 기분이었다. 지금 와서 그 사실을 알게 된 게 큰일은 아니지만 마기로서는 속았다는 느낌이었다. 처음 만날 때 간접적으로나마 자신의 출신을 밝히는 건 이 땅의 오래된 관습이었다. 아니 최소한의 예의였다.

"아, 큐선생은 나 같은 속국인屬國人이 아니라 본국인本國人이었군요."

간사가 갑자기 서류를 덮었다. 그러곤 책망의 눈길로 마기를 뚫어지게 쳐다보았다. 마기는 간사가 자신을 어린애 취급하는 듯한 태도에 적잖은 모욕감을 느꼈다.

"그걸 확인시켜드리려고 말씀드린 게 아닌데요."

마기는 일단 간사를 진정시키려는 듯 오른손을 들어 천천히 흔들었다.

"사실을 말한 것뿐입니다."

"아니죠, 편견이죠. 마기 씨는 일반 사람들과는 다른 분이라 알고 있었는데요."

간사는 불쾌한 얼굴로 말했다. 마기는 간단한 일이 아니라는 걸 다시금 깨달았다. 자신이 힐에 온 것도, 큐선생과 함께 방을 쓰게 된 것도 모두 함정일 수 있었다.

"속국인은 아무리 뛰어나도 국립대학에서 학생들을 가르칠 수 없습니다. 이 상태로 가면 다음 세기에도 영원히 남을 건 계급 하나뿐이죠. 아닌가요?"

"말씀이 지나치시군요."

순간 마기는 어머니 아버지가 함께 쓴 「영원한 계급」을 떠올렸다. 본국인의 눈동자를 통해 자연과 사람을 바라보고 세상 만물을 바라봐야 하는 속국인을 다룬 글. 마기는 부모님의 글 중에서도 특히 이 글을 통해 자신의 운명을 처음으로 인식했다. 무서울만큼 냉정한 그 글 덕분에 마기는 자신도 모르게 덮어쓰고 다녀야 하는 눈동자가 자신을 망가뜨릴지 모른다는 경각심을 열다섯 나이에 가질 수 있었다. 이 글로 인해 마기의 부모님은 수많은 상담에 불려다니며 토론을 가장한 정신적 고문을 받아야만 했다.

"그나저나 속국인인 제가 왜 큐선생과 함께 기거하게 되었을까요? 물어도 지금 당장 대답을 안 해주실 테지만, 숨은 뜻이 굉장히 궁금하군요."

"지식인 집안에선 자녀교육을 지나치게 사적으로 행하고 있습니다. 마기 씨도 어떻게 보면 마기 씨 부모님으로부터 피해를 본경우입니다. 그러니 지금의 마기 씨 성품에 관용과 배려가 부족한겁니다."

마기는 간사의 얄팍한 입술을 저도 모르게 노려보았다. 그러나 마기의 날카로운 시선에도 불구하고 그 입술은 더 못 참겠다는 듯 질문을 이어갔다.

"말씀해보십시오. 마기 씨가 속국인이라 어떤 피해를 입으셨나요?"

그때 전화벨이 울렸다. 마기와 간사는 거의 동시에 탁자 위의 전화기를 쳐다보았다. 간사는 전화를 받지 않았다. 계속 해보라는 듯 마기에게로 눈길을 돌렸다. 규칙적인 전화벨 소리가 시원한 바람에 섞여 처음엔 날카롭게, 다음엔 잠을 깨우듯, 또 그 다음엔 짜증나게 이어졌다. 몇 번이나 울렸을까, 간사는 아무것도 안 들린다는 얼굴로 계속 마기만 바라보았다. 실내는 어느 순간 조용해졌다.

"중요한 건, 속국인 본국인이 아니라 삶의 질, 삶의 균형감각 아닌가요? 그렇지 않습니까, 마기 씨?"

"간사님, 저희 어머니 글을 좋아한다고 말씀하셨죠?"

간사는 마기의 물음에 대답조차 하지 않았다. 간사의 얼굴이 조금 창백해진 듯 보였다. 철저히 프로그래밍된 로봇보다 나을 것 없을 간사에게 마기는 시간을 허비하기로 마음먹었다.

"모든 사람들이 간사님처럼 어머니 글을 좋아한다고는 하지만 어느 곳에서도 번역 지원을 해주지 않았습니다. 스무 곳도 넘게 알아봤어요. 거절당할 타당한 이유가 없었습니다. 당연히 이유가 무엇이었겠어요? 어떤 사람들은 위험하다고까지 말해주었습니다. 그래서 제가 번역을 하게 된 겁니다. 위험한 일을 가족이 해낼 수밖에요. 국제표준어를 구사할 수 있는 젊은 아들이 해낼 수밖에요. 모든 정보를 꿰고 계실 테니 번역 원고가 지금 문화국에서 심사중인 사실도 아시겠네요. 아버지는 어머니가 돌아가신 뒤 우리 가족이 살던 집에서 움직이시질 않습니다. 평생 책을 만들어오던 분이 지금은 어떤 책도 만들지 않을뿐더러 읽지도 않으십니다. 저 혼자 운영해온 지 벌써 3년째입니다. 3년 동안 어머니 전집 번역은 제 손에 의해, 그리고 저희 가족 출판사에 의해 진행되었죠. 즉, 간사님이 자부하는 삶의 균형은 오래전에 깨진 겁니다."

말을 마친 마기는 남은 꿀차를 들이켰다.

"마기 씨 아버님 고향은,"

"네, 어머니만 속국인이시죠. 당연히 저는 순혈이 아니고요."

간사의 말을 가로채며 답하는데 기다렸다는 듯 전화벨이 다시 울렸다. 간사는 마기를 바라볼 뿐 전화를 받지 않았다.

"제가, 사람들이 흔히 말하는 열등한 튀기라서,"

"거친 단어 사용은 자제해주십시오, 마기 씨."

전화벨은 탄력 있게 계속 울렸다.

"그렇다면 무엇 때문인지, 어머니의 원고, 아니면 혼혈 가족 전체가 문제인 겁니까?"

순간, 간사가 벨소리를 이제야 처음 들은 것처럼 다급하게 전화를 받았다. 간사는 네 네, 형식적인 대답을 몇 번 하더니 지금 내담자와 함께 있습니다, 하면서 성급히 전화를 끊었다. '내담자'라는 소리가 마기 귀에는 피의자로 들렸다. 차라리 그렇게 이해하는 게 정신건강에 이로울 듯싶었다. 마기는 간사에게 시간을 주기로 마음먹었다. 메모를 하거나 머리를 한번 매만질 시간, 로봇의 머릿속이 공격모드에서 수비모드로 바뀔 시간, 거친 사람과 말하다 말문이 막혔으니 열을 충분히 식힐 시간이 간사에겐 필요한 듯했다.

열린 창문으로 사람들이 웃는 소리가 들렸다. 본관 2층 소강연장에서 들리는 소리 같았다.

"아무튼 큐선생이 본국인인 걸 이제라도 알게 됐으니 저로서는 다행입니다. 그리고 저야말로 갑자기 어머니 이야기를 길게 해서 죄송합니다. 이제, 큐선생에 대해 무엇이 더 궁금하신지요? 성심성의껏 대답하겠습니다."

간사는 마기에게 또 담배를 권했다. 마기는 고개를 저었다. 그러자 간사는 혼자 담배를 피우기 시작했다. 마기는 자기 앞쪽에 놓인 재떨이를 간사 앞으로 내밀었다.

"마기 씨는 담배 안 피우시나요?"

"피웁니다."

"근데 왜 거절하시죠?"

"낯선 사람과는 같이 안 피웁니다."

간사가 처음으로 웃었다. 가지런한 윗니가 살짝 나타났다 금방 입술에 가려졌다.

"마기 씨 어머니에게도 멋진 유머감각이 있어요. 우화나 짧은 소설에 가장 잘 나타나 있죠. 내가 보기에 마기 씨는 어머니의 재능을 고스란히 물려받았어요."

"글쎄요, 그건 어머니의 재능만은 아닌데요."

"그런가요?"

"어머니 나라의 재능인데요."

간사가 고개를 끄덕였다. 마기는 자신을 건너다보는 간사의 눈길을 피하지 않았다. 간사는 아껴가며 담배를 피우는 타입이었다.

한모금 한모금 공들여 빨고 은밀히 내뱉으며 생각을 정리하는 듯 보였다. 아직까지는 생동감 없는 형식미로 무장한 얼굴이지만 맘만 먹으면 상대방에 따라 여러 얼굴을 내보일 줄 아는 사람일 거라고 마기는 확신했다. 담배를 피우는 간사를 바라보는 게 지루하지 않아 마기로서도 당황스러웠다. 눈길이 자꾸만 간사에게로 향했다. 간사가 담배를 재떨이에 비벼 끌 땐 묘한 아쉬움마저 들었다.

"큐선생에게 무슨 일이 생긴 건가요? 말씀해주시면 고맙겠습니다."

마기는 조심스럽게 물었다. 간사는 서류를 다시 펴고 여러 번 뒤적거리다 입을 열었다.

"아뇨, 큰 문제는 없습니다. 다만 큐선생님은 쉬고 싶다며 이곳으로 온 경우입니다. 치료받아야 할 부분이 있긴 하지만 아직 상태를 정확히 알 수 없어서 기다리는 중이지요."

"건강이 좋질 않군요."

"네, 뭐 일종의."

"황소도 때려잡을 덩치를 봐선 안 믿겨지네요. 먹성도 얼마나 좋은지 간사님은 모르실 겁니다. 정말 배가 터질 때까지 먹더군요."

간사는 윗니를 내보이며 살짝 또 웃었다.

"마기 씨를 직접 만나보니 예상했던 것보다 훨씬 친근한 분이십니다. 누구라도 마기 씨에게 호감을 느낄 것 같은데요, 큐선생님도

저처럼 느꼈을 겁니다."

"큐선생은 저를 잘 모릅니다."

"큐선생님이 마기 씨하곤 불편함 없이 지내셨을 것 같습니다."

"그렇게 까다로운 사람으론 안 보였는데요."

"사실 큐선생님은 전의 룸메이트와는 생활이 아주 힘들었습니다. 닷새 동안 서로들 얼마나 건의를 해왔는지 모릅니다. 마기 씨가 이틀 전 힐로 오면서 같이 계시게 된 건데, 뒤론 아무 탈도 없었죠."

"그랬군요. 그래서 그랬나, 생각해보니 큐선생도 제가 친절해서 좋다는 말을 자주 했습니다."

"아마 큐선생님의 진심이었을 겁니다."

간사는 처음으로 서류에 무언가를 적었다. 마기는 어렴풋이 들리는 강연자의 마이크 목소리와 듣는 이들의 웃음소리에 귀를 기울였다. 꿈결처럼 현실성 없는 소리였다. 갑자기 방 안도 그렇게 느껴졌다. 그래서 마기는 탁자를 만져보고 소파를 꾹꾹 눌러보며 감각을 확인했다.

"저 그렇다면 마기 씨, 큐선생님이 그런 말을 더 적극적으로 표현한 적은 없었습니까?"

마기 귀에는 간사의 목소리가 아주 가늘게 떨리는 듯 들렸다.

"무슨 말씀을 하시는 건지?…."

마기는 신중해야 한다고 생각했다. 자신이 잘못 말하거나 실수한 것은 없는지 되새겨보았다.

"친절해서 좋다는 말, 그 말, 말입니다."

"그 말을 적극적으로요?"

마기의 목소리도 조금 떨렸다.

"네, 편안한 맘으로 생각해보십시오."

"그 말에 무슨 오해의 소지가 있나요? 누구나 상대방에게 편하게 할 수 있는 말 아닌가요?"

"이건 큐선생님의 문제거든요. 마기 씨 기준으로 판단하는 건 막지 않습니다만, 우리에게 도움을 주셔야만 합니다."

마기는 가슴에 가해지는 묘한 압박감을 느꼈다.

"큐선생님으로부터 받은 선물은 없으신가요? 아주 작은 거라도요."

"힐에서 모든 걸 풍족하게 배급해주는데 주고받을 게 뭐가 있겠습니까."

"그렇다면, 혹시, 좀 외람된 질문이지만, 큐선생님이 마기 씨의 속옷을 대신 세탁해준다거나 하는 일은 없으셨나요?"

"아니, 큐선생이 왜 그런 일을 하겠습니까. 아침저녁으로 관리직원들이 드나들며 모든 걸 다해주는데요. 제 생각엔 큐선생에 대해 뭔가 오해를 하시는 것 같은데요."

"누가 오해하는지는 두고봐야 알겠지요."

간사는 허리를 펴며 똑바로 앉았다.

"어때요, 그런 기억은 없으신가보죠?"

"없습니다."

간사는 간단히 메모를 하더니 서류를 덮고는 아예 옆으로 밀어 버렸다.

"일정에도 없는 면담에 응해주셔서 고맙습니다."

간사는 한층 더 정중하게 말했다. 마기는 어수선해진 마음을 가눌 수 없어 먼저 벌떡 일어났다. 간사도 따라 일어섰다. 순간 실내의 물건들이 흐릿해지며 어느 한곳에 눈의 초점을 맞추기 힘들 만큼 거대하게 부풀어 오르기 시작했다.

"참, 아까 힐을 거쳐간 사람들에 대해 큐선생님과 말씀을 나누셨다고 했는데, 그 사람들은 어떻게 산다던가요?"

'친절하다'와 '좋아하다'라는 낱말의 숨은 뜻을 헤아리느라 마기는 대답할 수 없었다. 가장 건강한 낱말이라 해도 지나치지 않은 '친절하다'와 '좋아하다'를 힐에서는 뭐라고 해석하는지.

"마기 씨?"

벌써 함정에 빠진 걸 수도 있었다. 물론 앞서 추측하는 것도 위험했다.

"제 말 들리세요?"

마기는 그제야 간사를 쳐다보았다. 지금은 오로지 간사만이 제대로 보였다. 어찌 된 영문인지 마기의 오른팔은 간사의 왼손에 붙잡혀 있었다.

"괜찮으세요? 중심을 잡아보세요."

혼자 앞서 생각하며 일을 그르쳐선 안 될 노릇이었다. 그러나 손길은 부드러웠다. 지금은 처음 본 여자의 손길만이 감지되었다.

"힐을 거쳐간 사람들 말입니다. 그들은 어떻게 살고 있다던가요?"

마기는 방안을 두리번거렸다. 모든 건 제자리에 박혀 있었다. 마기는 일단 간사의 손에서 천천히 자신의 팔을 뺐다. 팔은 자유로워졌지만 여기는 변함없이 본관 상담실이었다. 마기로선 큐선생을 고발할 까닭이 없었다. 마기는 그다지 친절하지도 않았다. 또한 상부로 보고될 만큼 퇴폐적이고 불건전한 어떠한 사건도 없었다. 빌어먹을, 마기는 이미 구덩이에 빠진 자신을 발견했다.

"힐을 거쳐간 사람들…."

"아, 그 사람들이요, 그래요,"

마기는 힘을 내서 말했다.

"그러니까 제가 볼 땐, 딱 두 부류로 나눠진다고 생각하는데,"

"두 부류란?"

마기는 두 손으로 얼굴을 힘껏 씻어내리며 말을 이었다.

"힐을 거쳐서 더욱 잘나가는 사람들과 아니면 힐을 거쳐서 매장되는 사람들, 이렇게 두 부류로…."

# 싸우는 사람들

마기는 사람들 뒤통수만 바라보며 계단을 내려갔다. 신발장 앞에서도 몸싸움을 하다시피 신발을 찾아 신고 사람들 틈을 겨우 빠져나왔는데 1층 로비로 내려오니 이곳은 위보다 더 붐볐다. 강연자에게 사인을 받으려는 무리도 꽤 됐지만, 그 장면을 구경하려는 사람들이 더 많았다. 사인을 받으려는 무리도 구경하는 무리도 마기 눈에는 모두 불안해 보였다. 그리고 사인을 받으려는 이유도 도무지 알 수 없었다.

마기는 고개를 돌리다 대강당 입구 거울에 비친 자신의 모습을 발견했다. 회색 단체복이 몸에 좀 큰 듯했지만 나이보다 젊어 보이는 것 같아 가볍게 웃었다. 아직까지는 웃음이 나왔다. 까닭 모를 감금생활이 오래가지는 않을 거라고 마기는 틈나는 대로 스스로를 위로했다.

한꺼번에 쏟아져 나온 사람들로 대강당 밖 역시 어수선했다. 저녁식사 시간까지 여유가 있어서 그런지 모두들 느리게 움직이는 것 같았다. 사람들은 군데군데 설치된 파라솔에서 자유롭게 이야기했고, 나무의자에 앉거나 선 채로 여기저기서 시끌벅적했다. 그들의 머리 위로는 만국기가 바람에 이따금씩 흔들렸고, 말도 안 되는 문구가 적힌 현수막 틈새로는 선선해진 저녁바람이 불어왔다. '삶의 질에 대한 진지한 고찰' '선택에 대한 명확한 충고' '하나가 되는 길' 등등 가로로 세로로, 이 나무 저 나무에 걸쳐진 현수막 문구를 마기는 괜히 읽고 또 읽었다. 숙소로는 당장 올라가기 싫었다. 그렇다면 무엇을 할까. 마기는 사람들이 웅성거리는 대강당 주변을 둘러보다 소나무숲을 향해 일단 걷기로 했다.

그런데요 마기 씨, 저기요 마기 씨?… .

뒤에서 들리는 목소리는 분명 낯선 여자의 목소리였다. 기대감 같은 건 아예 없었다. 다만 나쁜 일만 아니라면, 하는 생각부터 들었다. 마기는 걸음을 멈췄다.

같은 회색 단체복을 입었지만 어딘가 초라해 보이는 여자가 자신을 향해 빠른 걸음으로 다가오고 있었다. 헐렁거리는 단체복의 실루엣에 겨우 익숙해졌을 때 움직이던 여자는 마기 앞에서 정말 걸음을 뚝 멈췄다.

"내일 밤 대강당에서 음악회가 있대요. 포스터 보셨죠?"

여자는 마기를 전부터 알고 있었던 듯 말을 건넸다.

"숙소로 가시나보죠?"

마기는 대답하지 않았다.

"저희랑 같이 가요. 남편도 곧 나올 거예요. 강연자한테 사인을 굳이 받겠다고."

여자는 숨찬 목소리로 줄곧 빠르게 말했다. 짧은 단발머리는 심하게 뭉쳐 있었다. 숱이 별로 없어서 뭉친 머리카락 사이로 두피가 허옇게 보였다. 마기는 어리둥절한 표정을 애써 숨기지 않았다. 단수나 절수가 됐을 리도 없는 힐에 이렇게 청결상태가 엉망인 여자가 있는 것도 믿기지 않았다. 간단한 통성명도 없이 여자는 사람을 불러 세워 당황하게 했다.

"803호에 가서 남편 짐을 마저 가져오게요. 남편과 같이 가려다 간 날이 샐 거예요. 마기 씨만 괜찮으시다면 먼저 올라가 짐을 챙겨오는 게 좋을 것 같거든요. 저 사람은 워낙 느리고 시간개념이 없어서요."

큐선생?

여자가 움직일 때마다 머리카락이 내려와 이마를 덮었다. 가만히 있을 땐 기름과 먼지 덕분에 자연스럽게 넘어갔는데 허리를 굽힐 때마다 머리카락이 여자의 시야를 가렸다.

"뭐 좀, 도와드릴까요?"

마기는 열린 문틈으로 조심스럽게 물었다. 여자가 다가와 문을 활짝 열며 손바닥으로 머리카락을 쓸어 넘겼다. 여행용 가방은 옷가지 등으로 벌써 반 넘게 채워져 있었다.

"물이나 한잔 주세요."

조심스런 마기의 말투와 달리 여자는 거침없이 빠르게 대답했다.

마기는 냉장고에서 작은 생수병을 꺼내 통째로 갖다 주었다. 여자는 매우 목이 말랐던 듯 벌컥거리며 마셨다. 큐선생은 낯선 남자 혼자 기거하는 숙소에 들어와 꼼꼼히 남편 짐을 챙겨가는 겁도 없는 여자랑, 거기다 예쁘지도 않고 말라 비틀어진 데다 잘 씻지도 않는 아줌마랑 살고 있었다.

"큐선생이 짐을 가지러 이리로 올라오겠죠?"

"아뇨, 아마 짐을 나 혼자 가지고 가야 할걸요."

"꽤 무거울 텐데요."

"바닥에 바퀴가 달렸잖아요."

"내리막길은 위험해요. 동관 여기는 산동네거든요."

"마기 씨는 친절하시군요."

이런, 마기는 저도 모르게 한숨을 내쉬었다. 그때 여자가 다가와 마기에게 물병을 건넸다. 뚜껑을 덮지 않은 채 건네는 폼이 목마르면 마시라는 뜻 같았다.

"아뇨, 난 목마르지 않아요."

그러자 여자는 뚜껑을 덮고는 식탁으로 가 병을 내려놓았다. 여자는 방으로 들어가 하던 일을 계속했다. 이제 보니 여자는 실내화로 갈아 신지도 않고 집안을 돌아다녔다. 이토록 여자는 당당한데 반해 마기는 앉아 있기도 어색하고 서 있기도 어색해 줄곧 서성이기만 했다. 상대방이야 어쨌든 자신은 도리를 넘어선 일은 하지 않았다고 쉼없이 스스로에게 변명도 했다.

"또 시작이겠죠."

누군가와 줄곧 떠들던 투로 여자는 갑작스레 말문을 열었다. 화가 난 목소리는 아니었지만 화를 참는 소리도 아닌, 화를 내봤자, 하는 체념에 가까운 목소리였다. 마기는 여자가 뿜어대는 불안정한 기운을 피하고 싶어 슬그머니 현관으로 가 미리 문을 열어놓았다. 여자는 거의 정신이 나간 듯 지껄여대기 시작했다.

"내 생각해서 그랬다고 늘 말하지만 그건 추측과 오해와 불신에 근거해서 나를 위한다 하는 거예요. 자신이 얼마나 악한 인간인지를 모르죠. 그러면서 자기 맘을 몰라준다고 화를 내면, 정말 한대 치고 싶어요."

마기는 들은 척해야 할지 못 들은 척해야 할지 갈피를 잡을 수 없었다. 방안에서는 부스럭거리는 소리가 쉬지 않고 났다.

"불안 어쩌구 하는 건 그나마 낭만적인 말 같아요."

마기는 현관에서 기다리기로 했다. 아무래도 그렇게 하는 게 상식적인 태도로 보였다.

"언제부턴가 불안하지도 않아요."

드디어 여자가 가방을 끌고 거실로 나왔다. 문을 열어놓은 채 현관문 앞에 서 있는 마기를 보자 여자의 얼굴은 금방 달라졌다.

"아, 제가 너무 오래 방해했죠. 죄송합니다. 실례가 많았어요. 이제 가려구요."

여자는 중간 크기 여행가방 하나를 끙끙거리며 옮겼다. 뒤에서 보니 작은 머리통과 왜소한 등판 때문에 어른으로 보이지 않았다. 현관이 비좁아 마기는 아예 복도로 나가서며 한마디 했다.

"내쫓는 것 같아 제가 죄송합니다."

"아뇨, 그런 말씀 마세요."

마기는 자신이 나서 재빨리 가방을 복도로 끌어내며 말했다.

"가시죠. 제가 들어다드릴게요. 서관으로 가시나요? 아니면 다시 대강당으로?"

"그러실 필요 없어요."

"큐선생과 인사라도 해야 하니까요."

비탈길을 내려가면서 마기는 큐선생 부부에 대해 생각했다. 앞서 걷는 발육부진의 초등학생 같은 큐선생의 아내와 하마 같은 큐선생의 결혼생활은 어땠을까. 저런 말라깽이가 큐선생을 한대 쳐봤자 아무 일도 일어나지 않을 것이다. 하지만 반대로 큐선생이 말라깽이를 친다면 저 여잔 그 자리에서 죽을지도 모른다. 큐선생 부부는 무슨 문제를 안고 사는지 문득 궁금해졌다. 여자의 기름으로 뭉친 머리카락은 바람에도 흔들리지 않았다. 큐선생과 같이 밥을 먹고 같이 잠을 자는 여자의 뒤통수를 따라가다보니 어제 면담 내용이 다시 떠올랐다.

멀리 대강당이 내려다보였다. 아직도 주변에는 회색 무리가 서성이고 있었다. 그 사람들 틈에 국립기능대학 교수님인 큐선생도 있을 것이다.

마기와 여자가 마주섰던 자리에 큐선생은 정확히 서 있었다. 큐선생이 짐가방을 가지러 뛰어올 줄 알고 주춤했던 마기는 조금 황당했다. 자신과 여자를 보았으면서도 그 자리에 계속 서 있기만 하는 큐선생이 모자라 보이기까지 했다.

"친절하게도 마기 씨가 들어다줬어."

무거운 가방을 끝내 여자가 받아들었다.

"인사도 없이 가서 섭섭했습니다, 큐선생."

속마음은 숨긴 채 마기가 먼저 말을 건넸다.

"곧 따라 올라가려던 참이었는데…."

큐선생이 얼버무렸다.

"나는 큐선생이 집으로 간 줄 알았어요."

"이곳에서 맘대로 나갈 수가 있나요."

"마기 씨는 혼자신가요?"

"여자들이 줄을 섰어."

"괜한 말씀을."

"잘생겼는데도 털털해. 집에는 냉장고만 있으면 되고. 장롱도 서랍도 필요없는 사나이야."

마기는 여전히 뭔가 어색해 두리번거리다 화단 앞 나무의자를 가리키며 먼저 걸음을 뗐다. 두 사람은 따라오지 않고 무슨 말을 더 나누는 듯 보였다. 마기는 의자에 앉아 그들을 바라보았다. 싸우는 것 같지는 않았다. 하지만 다정해 보이지도 않았다. 또한 서로 물러설 것 같지도 않았다. 그들의 자세는 뭔가를 터뜨리고야 말 태세였다. 가방 손잡이를 꽉 쥔 여자의 가는 손목이 위태로워 보였다.

여기저기서 웅성거리는 소리, 웃는 소리, 누군가의 이름을 부르는 소리가 작지도 크지도 않게 들렸다. 가까운 숲속 어딘가에선 산새소리가 들렸다. 해가 저물고 있었다. 다시 산새소리가 아주 가깝게 한번, 멀리서 희미하게 한번 들린 후로는 새가 날아간 허전한 나뭇가지의 울림마저 들리는 듯 고요했다. 빈 나뭇가지에 촘촘히 내려앉는 저녁 기운을 마기는 미세한 냉기와 함께 느꼈다. 도전적으로 뻗은 침엽수들 틈까지 저녁은 찾아왔다.


　가까운 숲 보이지 않는 나뭇가지, 새들은 살고 있다오.

　바로 저기에 살고 있다오, 그대여 그대여, 내 맘을 몰라주는 한 사람.

　나도 저기에 살고 있다오, 가까운 숲 그러나 보이지 않는 자리.

　그대여 그대여, 내 사랑을 버리지 마오, 나는 글을 배우고 있다오.

　그대의 부모님께도 말해주오, 그 사람은 내게 글을 읽어준다오.

　사랑의 글을 읽어준다오, 그대여 그대여, 나는 숲에 숨어 글을 배운다오.

　산새처럼 진실하게 울 때까지 나는 숨어 글을 배운다오.

　그대의 부모님께도 말해주오, 그 사람은… 그 사람은…


　마기는 습관처럼 노래를 흥얼거렸다. 그러자 여기가 고향처럼 느껴졌다. 사랑을 전하기 위해 글을 배워야만 하는 족속이 아직 이 땅에 살고 있었지만 세상은 알지 못했다.

　산새가 어디로 날아갔는지 뜸하게 울리던 소리조차 이제 들리지 않았다. 아쉬운 맘으로 마기는 주변을 둘러보았다. 대강당 건물, 회색 무리들, 하늘, 그리고 큐선생 부부. 모두에게 힐에 온 이유를 물을 수는 없었다. 같이 803호에 머물렀던 큐선생에게조차도 그것은 무례한 질문이었다. 하지만 오늘 헤어지기 전에 면담 내용을 말해주어야 한다. 그래야만 한다.

지나가던 직원이 나무의자 옆 게시판에서 발걸음을 멈추더니 모서리가 떨어져나간 포스터들을 세심히 손보기 시작했다. 눈여겨보니 아까 여자가 말한 음악회 포스터였다. 동생 욘데가 떠올랐다. 혼자 음악회에 가본 적이 거의 없는 마기로서는 이럴 때마다 욘데 생각이 간절했다. 그러니까 음악회 같은 데 발길을 끊은 지 벌써 5년은 넘었을 것이다. 사람의 목소리가 얼마나 큰 기쁨을 주는지 마기는 욘데를 보며 깨달았다. 힐에서 나가는 대로 욘데를 찾아갈 것이다. 욘데에게는 아무 일도 일어나지 않았을 것이다. 마기는 그렇게 믿고 싶었다.

　포스터를 손보던 직원이 작업을 마치고 지나가며 마기에게 인사를 건넸다. 마기는 인사를 건넨 사람을 쳐다보았다. 그 사람은 바로 단체복을 가져다준 관리직원이었다. 마기도 웃으며 인사를 건넸다.

　"내일 꼭 오세요. 세상에서 노래 제일 잘하는 사람들이래요."

　"설마요."

　"네?"

　안면이 있던 터라 마기는 가볍게 농담을 건넸다.

　"세상에서 노래 제일 잘하는 사람은 내 동생이에요."

　관리직원은 엄지손가락을 치켜올리며 웃어 보였다.

　"뭐 도와드릴 일이라도 있나요, 불편한 점이라도?"

　마기도 웃으며 고개를 저었다. 직원은 뒷주머니에 꽂혀 있던 모자를 꺼내 잽싸게 다시 썼다.

직원이 등을 돌리며 자리를 뜨는 동시에 큐선생 부부가 다가왔다. 나무의자 한가운데 앉았던 마기는 일어나 자리를 비켜주었다. 두 사람 모두 가방을 길 가운데 내버려두고 온 것도 모르는 얼굴이었다. 가운데 자리에 여자가 털썩 앉았고 왼쪽에 큐선생이 앉았다. 마기는 그냥 서 있었다.

　"나는 오래 있을 것 같아요. 치료를 받게 될지도 모르겠구요."

　큐선생이 먼저 입을 열었다. 생각보다 차분한 목소리였다.

　"섣부르게 말하지 마."

　여자가 날카롭게 받아쳤다.

　"사실 나도 두 분께 할 말이 있어요."

　어디선가 줄넘기를 손에 든 사람들이 우르르 나타났다. 그들은 가방을 피해 줄넘기를 땅에 질질 끌며 별관 쪽으로 천천히 걸어갔다. 마기는 말은 꺼냈지만 어떻게 이어가야 할지 몰라 게시판의 포스터만 바라보았다.

　"저 사람들이 부러워요. 어디서든 운동을 하며 삶을 지탱하려는 사람들."

　큐선생은 사라져가는 사람들을 보며 말했다.

　"마기 씨는 어제 예정에도 없는 면담을 하셨죠?"

　여자도 차분해진 눈빛으로 마기를 올려다보며 말했다.

　"하륜 간사가 그렇게 하겠다고 했었거든요."

　"네, 했습니다. 알고 계셨군요."

　마기는 조금은 놀란 맘으로 여자 쪽으로 눈길을 돌렸다. 큐선생도 몸을 틀었다. 몸집이 여자의 두 배였다.

"그리고, 한 가지 더 말씀 드릴 게 있는데, 나는 속국인이에요. 두 분도 알 필요가 있을 것 같아서요. 큐선생이 소속을 밝히지 않아 좀 섭섭했습니다. 내가 실수라도 하지 않았는지요."

"전혀."

큐선생은 손바닥으로 얼굴을 오래 비벼댔다.

"차라리 마음이 편해요. 환자 취급을 당하든 교수직을 박탈당하든, 나는 남부끄러운 짓은 안 했으니까."

눈길은 여자를 향한 채 큐선생이 말했다.

"나는 두 분께 아까부터 이 얘길 하고 싶었는데, 어제 면담 중 '마기 씨는 친절해서 좋아요'라고 큐선생이 말했다고 했더니 간사가 그 간단한 말을 계속 물고 늘어졌어요."

망설이던 말을 꺼내니 긴장이 스르르 풀렸다. 마기는 땅바닥에 주저앉았다. 사람들은 서서히 식당이 있는 별관 쪽으로 향하는 듯했다.

"마기 씨는 정말 내게 친절했어요."

"아뇨, 내가 간사 앞에서 실수한 건 아닌가, 맘이 불편했습니다. 내 느낌엔 뭔가 오해를,"

"마기 씨가 무슨 말을 했건 남편에겐 아무 도움도 안 됐을 거예요."

여자는 차분했던 태도를 바꿔 공격적인 투로 말했다. 방금 전과는 분명 다른 얼굴빛이었다.

45

"그만해. 그렇게 가슴 졸이며 나랑 살 필요 없어."

"너는 상처를 줬어."

"저 때문에 일이 더 심각해진 거라면 두 분께 정말 죄송합니다. 저는 정말 그저 가볍게 한 말을 가지고,"

그러나 마기의 목소리는 큐선생의 거친 목소리에 파묻히고 말았다.

"그건 나를 의심하다 너 스스로 남긴 상처야. 나는 선생으로 학생을 위한 죄밖에 없어. 그들이 나를 고발한 건 다른 권력싸움에 휘말렸기 때문이야. 나 같은 사람 하나 넘어뜨려봤자 뭐가 남는다고."

"교수 자리 하나가 비잖아."

"그런 추잡한 자리엔 다른 똥파리나 와서 앉으라 그래. 너마저도 나를 이렇게 숨막히게 할 거면 갈라서. 지겨워."

큐선생의 목소리는 사방으로 퍼져나갔다. 마기는 어느 틈에 끼어들어 이들을 진정시켜야 할지 알 수가 없었다.

"당국이나 학교에서 시킨 대로만 해, 제발."

"어려운 일 당한 학생 찾아가 필요한 책 몇 권 선물한 게 죄야? 학생이 남학생이면 남학생이기 때문에 죄고, 여학생이면 여학생이기 때문에 죄고, 속국인이면 속국인이라서 본국인이면 본국인이라서 다 죈데? 갖다붙이기만 하면 다 죈데? 왜 내가?"

"어려운 학생에겐 학교와 각 관리국에서 지원금이 나오잖아. 장학제도도 있고. 왜 국가보다 더 앞서서 해? 네가 나라보다 더 능력 있어? 당신이 신이야? 왜 오해받을 줄 뻔히 알면서 선을 넘어서? 학생들이 당신 자식이야? 네 부인이야? 오늘도 봐, 자기 짐 하나 챙기지 않으면서, 짐을 대신 싸들고 내려오는 나를 위해선 고맙다는 말 한마디 안 하면서, 짐 한번 들어주지 않으면서?"

여자의 얼굴은 눈물로 벌써 엉망이 되었다. 마기는 누구를 바라봐야 할지 난감해 고개를 숙인 채 그들의 이야기를 듣기만 했다. 누구의 상처가 더 큰 건지, 누구의 이야기가 진실인 건지, 마기는 캐내고 싶지도 않았다. 이 나라에 사는 사람들에겐 캐낼 사생활이 없었다.

"학생한테 고발당하고 부인의 강력한 권고로 여기까지 왔는데, 인생이 잘나가봤자 앞으로 얼마나 더 나가겠어. 너란 여자가 무서워. 벼랑 끝에 서 있는 남편을 등 떠밀어버리는 너란 여자가 무서워. 나라에 충성하고 명령대로 사는 사람들에겐 왜 자괴감이 없는지 너를 보면 알겠어. 나는 더 남아서 감시교육을 받아야 할 테니 니가 알아서 처리해. 의심하고 뒤를 캐며 나를 여기까지 보냈으면 됐잖아. 너는 나를 부끄러워하지만 너에게도, 학생들에게도, 저기 있는 마기 씨에게도 나는 부끄러울 게 없어."

세 사람은 아무 말이 없었다. 여자는 울고 있었고, 큐선생은 터질 듯 붉어진 얼굴로 눈을 감고 있었으며, 마기는 두 사람을 조심히 살피다 고개를 숙인 채 꼼짝하지 않았다. 같이 살면서 상처를 주고, 때론 화를 내며 싸울 상대가 없는 마기로서는 이상한 외로움을 느끼지 않을 수 없었다. 나에게도 저렇게 싸울 여자가 있다면, 상처받고 서럽게 울지만 다음날이면 여전한 사랑으로 나를 감싸줄 여자가 있다면, 그러면 나는 날마다 짐을 들어줄 텐데, 날마다 고맙다고 말할 텐데, 여자가 슬퍼하지 않도록 나라에 충성할 텐데, 내가 속국인만 아니었다면…, 헛된 상상을 하던 마기는 큐선생의 목소리에 놀라 고개를 들었다.

"도대체 언제부터 그런 사람이었냐. 늘 고발할 준비가 돼 있잖아. 남편을 고발하는 건 일도 아니야. 야, 근데 그게 부부가 서로 할 짓이냐?"

갑자기 입을 연 큐선생은 말을 마치자마자 큼직한 손으로 여자의 손목을 낚아챘다. 그런데 손길이 심상치 않았다. 헐렁한 단체복 속에서 여자의 상체는 완강한 힘에 꼼짝 못한 채 흔들거릴 뿐이었다. 여자가 어지러울 것 같았다. 여자의 얼굴은 무섭게 느껴질 만큼 아무 표정이 없었다. 여자의 고개가 자꾸 뒤로 맥없이 꺾였다. 마기는 벌떡 일어났다.

"너는 친절이 뭔지도 모르는 사람이야. 다른 사람을 위하는 게 친절이지 자신이 만족할 만큼 선행을 베풀었다고 뿌듯해하는 게 친절이야?"

여자의 얼굴만 봐선 분명 겁먹은 표정인데 목소리엔 날이 서 있었다.

"도덕지수 높은 너나 친절히 살아, 난 다 지겨워졌다고 말했어."

여자가 몸을 비틀면서 아아, 약하게 신음소리를 내기 시작했다.

"사람들이 왜 당신의 친절에 감사해하지 않는지 아직도 모르겠어?"

"두 분, 잠깐만요."

"알겠어. 나를 고발해야 너는 나랑 다른 부류의 사람이 되고, 당연히 너와 네 식구들까지 안전하지 않겠어?"

"이봐요, 큐선생."

마기는 더이상 기다릴 수가 없어 큐선생의 팔을 잡아당겼다.

"진정하세요. 네?"

큐선생은 팔꿈치로 마기를 밀어댔다. 하지만 마기도 지지 않고 다가가 큐선생의 팔을 더욱 힘껏 잡아당겼다.

"이제 알겠는데, 그렇다면 친절하게 나를 여기서 빼내. 너희 집안에서 이 정도는 일도 아니잖아. 이혼녀로 남기 싫으면 일단 나를 빼내서 멀쩡히 사는 걸로 해결해. 그러면 잃을 것도 없이 너는 다 갖는 거야. 아니면 조용히 이혼해. 남성으로서 성정체성이 불손해 이혼당한 쪽은 나니까 너나 니네 식구들한테는 아무 탈 없어."

마기는 짐을 한번 들어줬으면 끝까지 나눠져야만 직성이 풀리는 자신 때문에 서글퍼졌다. 도대체 나라와 제도와 조직은 뭐가 부족해서 남부러울 것 없는 이 부부 사이에 비열하게 끼어들었을까. 이들의 전쟁을 어찌할 것인가. 여자가 아아아, 하며 방금보다 조금 더 크게 소리를 질렀다.

"큐선생, 흥분하지 마시구요."

마기가 팔을 잡아 흔들며 소리를 더 높이자 큐선생은 그제야 여자의 팔을 놔주었다. 여자는 이제 울지 않았다. 마기도 한발 떨어져 다시 주저앉았다. 세 사람이 조용해지자 멀찍이 서서 사태를 지켜보던 사람들도 하나 둘 흩어지기 시작했다. 머뭇거리다 별관으로, 산책로로, 희미해지는 어둠속 어딘가로 걸어가는 사람들을 향해 마기는 당신들 뭘 봐, 하며 꽥 소리치고 싶었다.

"마음을 좀 가라앉히세요, 네?"

"네가 그렇게 싫어하는 비누 있지? 마기 씨는 내가 써보라고 하면 군말없이 써봐. 너는 8년을 살면서 손도 대지 않은 비누를 마기 씨는 내가 권할 때마다 꼭 써봐. 다른 비누로 다시 닦는 일이 있어도 사람 무안하게 굴지 않아. 알겠어? 젠장, 이것도 고발해. 그래서 마기 씨는 친절해서 좋다고 내가 입이 닳도록 말하며 지냈다, 이틀 내내. 동성에게 과도한 민감성을 보인다고 어서 고발해."

"당신은 내가 하는 건 다 못마땅하지."

붙잡혔던 한쪽 손목을 주무르는 여자의 목소리는 여전히 팽팽했다.

"너 정말 뻔뻔하구나?"

그러나 큐선생의 목소리는 방금 전과는 분명 달라져 있었다. 완전히 맥이 빠진 듯한 큐선생의 목소리가 곧 이어졌다.

"아무리 사람들이 나를 손가락질해도, 니가 나한테 어떻게… 니가 옳다고 하는 길로 나도 등신처럼 너만 믿고 따라왔는데, 이제와 할 수만 있으면 내 손으로 널 어떻게 해버리고 싶을 만큼 니가 끔찍해졌는데, 이제 넌 나를 어떻게 할래?"

"그냥 죽여."

여자가 목을 내밀며 위협적으로 말했다. 여자의 목은 큐선생이 잡고 몇 번만 흔들면 정말 숨통이 끊어질 만큼 가늘었다.

마기는 귀를 막았다. 큐선생이 여자의 몸에 손을 대는 날 여자는 죽을 것 같았다. 욕망과 살의가 난무한 밤이 저들 부부에게 곧 닥쳐올지도 몰랐다. 하지만, 서로를 파괴하며 숨통을 죄어버리는 일이 당장에 일어날 것 같진 않았다. 왜냐하면 그들에겐 싸움이 삶의 익숙한 한 방법인 듯했으니까. 싸우는 건 같이 살기 위해서니까 진 사람도 이긴 사람도 없을 게 분명했다. 너를 믿고 따라왔다는 큐선생 말이 진심이라면 그것으로 화해가 된 건지도 몰랐다. 마음도 내 것이고 몸도 내 것인 사람과 습관처럼 싸우는 건 어떤 느낌일지 궁금했다. 하지만 욕망과 외로움을 다스리기만 했지 발산해본 적 없는 마기는 이들의 싸움을 간단히 정리할 수가 없었다.

"두 분, 다 끝난 거죠?"

귀에서 손을 내리며 마기가 말했다.

주위는 어두워졌다. 사람들도 보이지 않았다. 바퀴 달린 여행가방만이 저만치 고독하게 서서 세 사람을 바라보고 있었다.

"아, 그만하고 이제 저녁이나 먹죠."

마기는 일어나 먼저 별관으로 걸음을 옮겼다. 혹시라도 격한 소리가 또 들릴까 귀를 기울였지만 다행히 아무 소리도 들리지 않았다. 멀리서 산새소리만 희미하게 다시 울려 퍼졌다.

# 판타지 1

이제는 산새소리도 들리지 않는 밤, 마기는 거실 바닥에 누워 창밖 하늘을 올려다보았다. 고향땅이 아닌 다른 곳의 깜깜한 밤하늘에도 별은 떴다. 딱딱한 방바닥엔 재떨이와 술잔, 흩어진 먼지들, 헤프게 뽑아 쓴 티슈가 변함없이 널려 있었다. '여기가 끝'이라고 누군가 소리쳐주면 차라리 삶이 편할 듯싶었다. 하지만 삶은 새로운 선택의 연속이었다. 마기는 그렇기 때문에 삶이 늘 불안한 것이라 믿어왔다. 선택은 살아나가기 위한 최소한의 정신적 노동이었다. 선택의 결과로 행복이 찾아오기도 하지만 고통이 찾아오기도 한다는 게 문제였다. 군이 고통을 선택할 리는 없겠지만 고통을 이겨낼 방법 역시 사람이 선택해야 하는 것이다.

과연 방법은 무엇일까. 힐까지 왔다. 권력에 의해 일상의 모든 일을 중지당한 채 여기까지 왔다. 합법적 감금? 사실 언젠가는 한번 올 줄 알았던 곳이다. 하지만 억울하다. 이런 종류의 고통을 당해본 적 없는 풋내기, 권력을 무시했던 속국인 애송이, 본국 지식인인 아버지 덕분에 완전한 열등종이라 차별받지 않았던 재수 좋은 혼혈아, 소수족 출신 작가인 어머니의 탄탄한 명성 아래 꿈과 재능을 키워온 얼빠진 도련님…. 이 분열된 자아 앞에 어두운 앞날이 보이기 때문에, 타협의 시간이 다가오기 때문에, 외롭기 때문에, 기다려야 하기 때문에, 무섭기 때문에, 마기는 결국 고통스러운 것이다.

이런 밤에 마기는 이미 글을 깨우친 사나이답게 연인에게 읽어줄 사랑의 글을 몽롱하게 꿈꿨다. 마기는 오른쪽으로 돌아누우며 흥얼거리기 시작했다.


무엇이 마음까지 가닿을까요. 이런 생각을 처음 했답니다. 거기까지 이르지 못한 숱한 말들과 움직임, 멜로디, 약속들. 더군다나 눈물까지. 그럼 이 모든 것들은 어디에 가닿을까요. 슬픈 생각도 들었답니다. 나는 눈 하나에 눈동자가 둘인 사나이. 그래도 나를 사랑해주는 당신은 씩씩한 여인. 내가 넘어져 지쳐 잠들면 나를 업어다줄 힘센 여인. 나는 세 언어를 화려하게 구사하는 사나이, 국제표준어도 읽고 쓸 줄 아는 국제적인 사나이, 하지만 사랑의 글은 어머니 나라의 말로만 전하는 촌뜨기 사나이.


마기는 싱거운 노래를 마치고는 킥킥 웃으며 스스로에게 박수를 보냈다. 브라보. 일어나 남은 맥주를 잔에 다 따랐다. 독주란 찾아볼 수 없는 곳이지만 쾌락이 없는 곳도 아니었다. 숲이 있었고 인터폰이 있었으니, 야외가 좋은 사람들은 밖으로 나갔고 아니면 서로의 방을 찾아다니기도 했다. 가정파괴범만 아니라면, 성범죄자만 아니라면, 약을 사고팔며 먹지만 않는다면, 어른의 세계 힐에서는 아무도 그들을 비난하지 않았다. 약을 먹어도 크게 들키지만 않으면 아무 문제 없었다. 부부동도 아닌 동관에선 더욱.

똑똑.

마기는 일어나기 귀찮아 아예 다시 누워버렸다. 누구일지 궁금
하지도 않았다. 그러나 다시 똑똑, 밖에서 벨을 누르자 비디오폰에
방문자 얼굴이 나타났다. 누워서는 작은 화면 속 인물을 알아볼
수가 없었다. 마기는 일어나 얼굴을 확인하며 중얼거렸다. 젠장,
관리직원이군. 혼자 즐기던 술주정은 이제 끝났다.

"주무셨나요? 그랬다면 죄송합니다, 마기 씨."

"무슨 일이시죠?"

"혹시 도와드릴 일 있나요? 불편하신 점이나, 뭐 필요한 거라
도?"

"없습니다."

관리직원은 깊고 큰 두 눈으로 마기를 바라보았다. 직원의 눈은
낯설지만 무척이나 아름다웠다. 어느 종족에도 속하지 않은 영원
히 이방인다운, 한 번만 마주쳐도 빨려 들어갈 만큼 멋진 눈이었
다. 여자라면 여자이기 때문에 아름다웠고, 남자라면 남자이기 때
문에 더욱 신비로운 눈이었다.

"무슨 문제라도 있습니까?"

"아뇨."

직원은 관리용 수레에서 뭔가를 부스럭거리며 꺼내더니 마기에
게 내밀었다.

"이건 마기 씨 몫인데 찾질 않으시니 제가 직접 드리는 겁니다.
괜히 남은 거 보면 욕심이 생기고, 슬쩍하다 재수없게 들키면 저

희 직원들 밥줄만 끊기니까요. 그러면 저는 있던 곳으로 다시 가야 하는데 거긴 다시 가기 싫으니 제가 배달을 올 수밖에요. 더러 찾지 않는 분도 있더라구요. 먼저, 여기 콘돔 받으시구요, 생수, 그리고 맥주와 와인은 서비스로 한 병씩 드리죠."

직원은 줄곧 사무적으로 말했다. 마기는 콘돔 상자와 작은 생수병, 맥주와 와인을 품에 안고 건성으로 고맙다고 말했다. 직원은 수레의 물건을 정돈하며 조금 작은 목소리로 말했다.

"혹시 크래커나 쿠키 좋아하시면 좀 드릴까요?"

"충분합니다."

"5층에 가실 일은 없으신가요?"

"없는데요."

"거기에 체력단련실도 있는데 가보시죠, 건강을 위해. 실내 수영장과 최신식 스파 시설은 물론 각종 마사지 서비스도 받으실 수 있습니다. 또 별관에도 미디어실과 카페, 도서관 등 여러,"

"어쨌든 고맙습니다."

마기는 길어지는 직원의 말을 끊으며 대답했다.

"아, 별 말씀을요. 참, 청소는 어떻게 해드릴까요?"

"편한 날 해주시죠. 아니, 오래 머물게 되면 그때 가서 다시, 지금은,"

"하루를 계셔도 깨끗하게 지내시면 좋죠. 그럼, 내일 해드리죠."

이번에는 직원이 마기의 말을 끊으며 답하더니 관리차트를 펴고 뭔가를 적었다. 별것 아닌 행동이었지만 마기 눈에는 굉장히 빠르게 척척 해내는 몸짓으로 보였다.

"내일 오전 면접시간 잊지 마시구요, 그 시간에 저흰 와서 청소를 하겠습니다. 빨랫감도 그때 와서 가져가죠. 자, 그럼 편히 쉬십시오."

직원은 정중히 인사를 했다. 마기도 고개를 숙여 인사를 건넸다. 직원은 수레를 밀며 가볍게 복도를 걷다 다른 방문 앞에서 또 멈췄다. 마기는 직원이 걸음을 멈추었을 때서야 문을 닫았다. 들어와선 오래된 버릇대로 콘돔과 생수와 맥주와 와인을 한꺼번에 냉장고에 집어넣었다.

나는야 모든 것을 냉장고에 집어넣는 사나이, 마기는 가사를 바꿔 한참 동안 엉터리 노래를 흥얼거렸다. 노래를 부른 뒤엔 바닥을 치우기 시작했다. 술이 남은 술잔은 남겨두고 빈병은 개수대통에, 휴지쪼가리나 과자부스러기, 재떨이의 담뱃재는 모아서 쓰레기통에 넣었다. 그러고는 손을 탁탁 터는데 갑자기 벨소리가 들렸다. 마기는 순간 너무 놀라 손바닥 털던 몸짓 그대로 꼼짝 않고 귀를 기울였다. 벨소리는 누구나 다 아는 동요멜로디였다. 깊은 밤에 뚜벅뚜벅 엄마 몰래 뚜벅뚜벅…. 마기는 거실탁자 위 전화기 옆에 놓인 매뉴얼을 눈으로 훑었다. 동요벨소리는 투숙자간의 설정 멜로디였다. 관리국이나 행정실에서 연락이 올 때에는 일반 전화벨소리로 울렸다. 큐선생이 떠나기 전에 설정해놓았을 수도 있었고 큐선생을 찾는 사람일 수도 있었다. 마기가 이런 저런 생각을 하는 사이 소리가 뚝 끊기더니 3초가량 지나자 다시 울리기 시작했다. 깊은 밤에 뚜벅뚜벅 엄마 몰래 뚜벅뚜벅, 깊은 밤에 사부작사부작 개미 몰래 사부작사부작. 혹시 큐선생? 그들에게 무슨 일이 생긴 걸 수도 있었다. 그들이 싸우던 기세로 봐선 충분히 그럴 수 있었다. 마기는 뭐에라도 홀린 듯 수화기를 들었다. 명랑한 동요멜로디가 뚝 끊겼다. 누굴까. 심장까지 와닿지 못할 소리들은 이제 듣기 싫었다. 흩어지는 것들 때문에 지금까지 늘 외롭지 않았는가. 마기는 손을 뻗어 마지막으로 따른 술잔을 낚아채고는 한번에 들이켰다. 그러고는 수화기를 천천히 귀에 댔다. 하나 둘 셋, 맘속으로 숫자를 세며 기다렸다. 넷, 다섯, 여섯, 누구?

"5층엔 안 오시네요."

여자, 특징 없는, 평범한 목소리였다.

"오시면 사인을 받으려 했거든요."

침착하지만 포장된 흔적이 역력했다.

어딘가 사투리가 섞인 말투였다. 섭섭하다는 듯 여자는 말끝을 끌며 뒷말을 느리게 되풀이했다. 사인을 받으려 했는데에에….

"여보세요?"

"네."

여자는 난감할 정도로 서두르지 않았다. 마기는 말없이 기다리는 게 힘들어 아예 전화를 끊을까 생각했다. 무슨 말이든 해야겠는데 아무것도 떠오르질 않았다.

"누굴 찾으십니까?"

여자는 기다렸다는 듯 말을 이었다.

"마기 씨, 저는 동관 501호에 머물고 있어요. 제 이름은 세벽입니다. 몇 해 전 공식적인 자리에서 뵌 적이 있어요. 마기 씨 어머니가 돌아가시기 전이었는데, 그때도 사람들이 너무 많아 사인을 못 받았어요."

마기는 일단 바닥에 앉았다.

"체력단련실 말씀인가요?"

마기는 어머니를 들먹이는 유령 같은 여자에게 난데없이 물었다.

"아, 네, 거기에 한 번이라도 오실 줄 알았거든요."

마기는 관리직원이 알려준 체력단련실을 떠올렸다. 무료하게 혼자 지내는 총각에게 그곳을 권한 직원의 숨은 뜻도 대충 알 듯했다.

"저는 땀 흘리며 운동하는 걸 제일 싫어합니다."

여자의 웃음소리가 들렸다. 수줍은 듯 웃는 소리가 듣기 싫진 않았다. 세벽? 북쪽 태생의 여자 같았다. 깊은 밤 낯선 남자에게 전화를 한 걸 보니, 들릴 듯 말 듯 웃으며 맘을 산란하게 하는 걸 보니, 용감하면서도 얼굴이 어여쁜 북쪽 여자일 가능성이 높았다. 수많은 신화와 전설 속에서 종횡무진 활동하는 여주인공보다 더 황홀한 여자일 게 분명했다.

"그러게요. 몇 해 전보다 살이 좀 찌셨던데요. 운동이 필요할 때 아닌가요?"

"더 찌면 그때 생각하죠."

여자는 여전히 웃으며 또 물었다.

"한밤중에 제가 너무 무례했나요?"

"아직은."

마기는 차라리 인터폰으로 연락을 준 여자가 고마웠다. 안 그랬다면 밤은 무자비할 만큼 무료했을 것이다.

"자던 분을 깨우진 않았는지요?"

"발 디딜 틈이 없어 치우던 참이었습니다. 약간 놀라긴 했지만 뭐, 기꺼이 받을 수 있죠."

마기는 진심으로 여자가 고마웠다. 금방 모든 걸 잊을 수 있도록 낯설게 다가오는 사람이 정말 필요했다.

"그렇게 말해주셔서 고마워요. 힐에 오면서 모든 것에 걸었던 바람들을 다 버렸는데, 마기 씨가 8층에 오신 걸 알고는 한번 인사라도 나누고 싶어졌어요. 기대가 생기니까 용기도 생기고, 상황을 더 여유롭게 바라보게 되었어요. 마기 씨 덕분이에요. 너무 반갑고 또 고맙습니다."

여자는 차분히 말했다. 마기는 여자의 말이 진심일 거라고 무작정 믿었다. 힐에 오면서 모든 걸 포기했다는 여자의 말이 이해되었고, 자신을 만나고픈 마음에 기대와 용기를 얻었다는 말은 감동적이기까지 했다. 나도 이 여자 덕분에 기대와 용기를 얻지 않을까. 마기의 기분은 금방 가벼워졌다.

"저는 오늘로 딱 40일 됐어요. 개인면담은 다 끝났고 당국에서 지시가 내려오기만 기다리고 있어요."

여자는 속마음을 파고드는 듯한 목소리로 말했다.

"저…, 근데 내일 음악회에 가실 건가요?"

마기는 이마의 땀을 닦았다. 몰랐는데 등에서도 땀이 흐르고 있었다. 밤바람이 시원한데도 무섭게 땀이 흘렀다.

"내일 기분 봐서요. 낮에 기분이 엉망이 되면 음악도 귀에 안 들어올 테니까요."

"오시면 좋겠어요. 나는 꼭 갈 거예요. 명색이 음악회니까 지금 있는 옷 가운데 가장 여성스러운 살굿빛 원피스를 입고 갈 생각이에요. 마기 씨, 갈색 파마머리가 어깨 정도 오는 여자를 찾아보세요. 그런 여자가 살굿빛 원피스를 입고 있으면 모른 척하지 말아주세요. 제가 맘에 드시면 먼저 아는 척해주세요."

마기는 여자를 마음으로 그려보았다. 큐선생 부인처럼 너무 마르지도 않고, 간사처럼 너무 차갑지도 않은, 머리카락은 갈색인 데다 살굿빛 원피스를 입었지만 전사처럼 용감하고, 요정보다 신비로우며, 보석처럼 아름다울 어떤 여자 때문에 이제 마기는 어지럽기까지 했다.

"저는 눈이 나쁘고 눈에 좀 이상이 있어서 사람을 잘 못 알아봐요. 나와 어머니를 기억해준 것은 정말 고맙습니다만,"

"그래도 나는 힐에서 나가면 마기 씨 만난 걸 제일 먼저 자랑할거예요."

여자는 이제야 서두르는 투로 말했다. 거절당했다고 생각하는 듯했다. 마기의 마음이 이상하게 두근거렸다.

"아아 잠깐만요, 호텔식 감옥 얘긴 나가서 서로 하지 맙시다. 안 와도 상관없는 곳, 안 오면 더 좋은 곳이 힐이잖아요."

"인생에 유익함을 주진 않아도 겁은 주잖아요. 호텔식 감옥, 정확하고 명쾌하네요."

여자의 목소리로만 보자면 이젠 경계하거나 탐색하는 분위기는 아니었다.

"그러면, 체력단련실에서라도 뵐 수 있기를."

여자는 주저하는 투로 말했다.

"그리고 전에 뵀을 때보다 살이 찌셨다는 말은 보기 싫다는 뜻이 아니고, 더 건강하고 강해 보인다는 뜻이에요. 이제는 정말 남자처럼 보인다는, 나는 그런 뜻으로 드린 말씀이에요."

"맞아요, 제가 좀 어려서부터 비리비리했습니다."

여자와 마기는 같이 웃었다.

"실례 많았어요. 마기 씨는 역시 친절하세요. 제가 무안하지 않도록 전활 받아주셔서 고마웠어요."

여자는 조금 큰 목소리로 말했다. 여자가 지금 전화를 끊는다면 너무 아쉬울 것 같았다. 마기는 여자와 더 말하고 싶었다. 생각 같아선 잠이 들 때까지 이야길 나누고 싶었다. 깜깜한 방에 혼자 누워 천장을 바라보며 중얼거리고 싶진 않았다. 여자와 누워 잠이 들 때까지 소곤소곤 이야기를 나누는 건 어떤 기분일까. 여자의 젖가슴과 배와 허리와 엉덩이의 곡선을 어루만지며 이야기하는 건 어떤 기분일까.

"그런데, 묻고 싶은 게 있는데,"

여자는 마기의 질문이 이어지길 기다리는 듯했다. 정말 아무 소리 내지 않고 조용히 있었다. 하지만 마기는 물을 수 없었다. 처음부터 궁금한 건 하나도 없었다. 상황은 명백했다. 마기는 이미 여자에게 굴복했다.

"네, 물어보세요."

여자의 목소리는 다소 유쾌하게도 들렸다. 생각해보니 처음부터 그랬던 것 같았다. 마기는 어쨌든 전화를 끊기가 싫었다. 세벽이란 여자도 그걸 다 알고 있을 게 뻔했다. 그래도.

"나는, 왜 저를 만나시려는 건지 그게 궁금해서."

가벼운 투로 묻긴 했지만 간절한 마음으로 여자의 대답을 기다렸다. 여자는 생각을 정리하는지 음음, 소리만 낼 뿐 선뜻 대답하지는 않았다. 음, 으음.

"음, 그냥, 반가워서요. 사인은 쑥스러우니까 만들어낸 핑계고, 그냥, 정말 그냥 어떤 분인지 더 알고 싶어서요. 힐에 있으면서 너무 외로웠고, 다들 불편한 건 없냐고 묻는데 불편한 곳에 데려다 놓고선 하는 소리들이 너무 뻔뻔하고 듣기도 싫어서, 마기 씨는 정직한 분인 듯해서, 그리고 마기 씨한테 거절당하면 별로 기분 나쁠 것 같지도 않아서…, 당국에서 어떤 결정을 할지 걱정도 되고, 불안하기도 하고, 또다른 교육프로그램을 추천하면 그땐 어쩌나, 잠도 안 오고 해서…."

여자의 말은 끊길 듯하다 이어지고 이어질 듯하다 끊기곤 했다.

뭐뭐 해서, 뭐뭐하기도 하고, 뭐뭐 같기도 하고, 뭐뭐, 으음, 또 뭐뭐, 그래서, 음….

"아무튼 한밤중에 죄송했어요. 음, 외롭고 막막하니까 염치가 없어져요."

여자는 기운 없이 말했다.

"나에게는 단 하나의 판타지가 있거든요."

마기는 장난치듯 말했다.

"흥미롭네요."

"그런데 판타지의 내용을 안다면… 그러니까, 잘못 걸리는 거죠. 나는 지금 위험한 상태니까."

"내가 바라는 건,"

여자는 몇 번 헛기침을 했다. 마기는 숨을 죽이며 여자의 말이 이어지기를 기다렸다. 가슴이 무섭게 뛰는 걸 느끼는 순간 마기는 자신의 삶에 변화가 일기 시작했다는 걸 직감했다. 모든 건 이 용감한 여자 때문이었다.

"내가 마기 씨에게 바라는 건… 마기 씨가 나만큼 외롭고 막막해서 어서 같이 염치없어지기만 바랄 뿐이에요. 판타지는 아무래도 좋아요. 사실 지금 여기 힐만한 판타지 공간이 또 어딨겠어요. 다음에라도 마기 씨가 판타지를 얘기해주면 더 좋겠지만 안 해줘도 상관은 없어요. 그러니까 내 말은, 위험해도 상관없다는 소리예요. 전활 받아준 것만도 고마워요. 친절하게 웃으며 내 전활 받았을 거라 생각하며 자겠어요."

"잔다구요?"

마기는 자신이 묻고도 싱겁다고 생각했다.

"네, 왜 그러시죠?"

여자와 마기는 힘없이 웃었지만 한참을 웃었다. 까닭도 없이 웃으면서, 웃는 이 순간이 어색하지 않아 마기는 굵은 땀을 계속 흘릴 수밖에 없었다.

"나도 어서 염치없어지고 싶습니다."

여자는 아아, 감탄하며 웃었다. 마기는 웃을 때마다 출렁거릴 여자의 풍성한 갈색 머리카락을 그려보았다.

"고마웠어요,"

끊지 마세요.

"내일 음악회에서 뵙죠."

계속 웃어주세요.

"잘자요."

제발.

"그래요, 잘자요…."

# 판타지 2

보면대 옆에만 서면, 그 옆을 서성거리기만 하면, 가슴이 쿵쿵 뛰었다던 한 사람. 갑자기 왜 이러지 내 가슴이? 그 사람은 운동부족인 데다 수면부족, 게다가 만성 영양결핍인 어떤 남자. 그 남자가 한 여자를 사랑하게 됐다는데, 그 여자가 자기 옆에만 오면 보면대 앞에 섰을 때처럼 마음이 설레었다나, 팽팽함과 유연함이 마음속에서 싸움을 시작했다나. 어쨌든 그래서 처음엔 여자를 피해 도망다녔다고. 왜? 무서우니까. 보면대 유령이 아닌가 했다지. 어떤 소리가 들렸는지는 하나도 기억이 안 난다면서도 그 순간은 아름다웠다고 말하니 그것은 영원한 거짓말일지도. 여자는 무슨 옷을 입었을까. 살굿빛 원피스? 좋아, 살굿빛. 하늘하늘한 천으로 만들어진, 너무 길지도 너무 짧지도 않은, 목선이 깊게 파이고 손목엔 프릴이 달린, 허리 윗부분을 꽉 조여 가슴이 터질 듯 강조된 원피스, 그래 그 옷차림에 당당하게 맨발, 좋아, 맨발. (여기가 음악회장이지 패션쇼장이냐!) 어쩌면 여자는 정말 유령일지도. 그러나 유령을 사랑한다고 해서 부끄러울 건 없지. 사람들은 괜히 부러우니까 놀리는 거야. 중요한 건 듣는 거야. 음악은 사랑을 꿈꾸게 하지. 마찬가지로 사랑은 음악을 꿈꾸게 하지. 소리가 들리는 건 꿈을 꾸고 있기 때문인 거야. 꿈을 꾸지 않을 땐 소리도 들리지 않는다는 걸 세상사람 가운데 몇이나 알고 있을까. 그러니 이걸 잊지 마, 어떤 건 소리가 아니야. 하지만 어떤 건 정말 아름다운 소리야. 기준은 간단하다고 하던데 바로 이거지. 욕망과 탐욕을 부추기면 그건 소리가 아니고, 욕망과 탐욕을 버리게 하면 그건 소리야. 한 남자가 말했어, 보면대 유령을 사랑한다는 바로 그 남자. 그는 공부를 많이 했어. 게다가 남자는 아주 책을 많이 읽었다나. 남자는 여자와 같이 식사를 하기로 했다지. 처음, 그러니까 물컵이며 접시, 숟가락이 다 처음 본 것처럼 신기해 보였다는데, 아마도 보면대 유령의 요술이 아니었을까. 남자는 맛있는 음식을 다 먹을 수 없었다고 말하는데, 정말 믿기 어려운 말. 남자는 맛있는 걸 무척 좋아하거든. 게다가 남자는 만성 영양결핍 환자니까. 왜 남자가 맛있는 걸 다 먹을 수 없었는지 궁금하다면, 이 거짓말을 지금부터라도 믿어야 하는데, 자신있어? 남자는 솔직해지고 싶은 마음을 숨길 방법도 알고 있었지만, 그러지 않기로 했다는군. 맛있는 걸 꾸역꾸역 먹기만 했으면 그 시간을 더 쉽게 보냈을 거라고, 그래서 유령을 놓쳤을 거라고 회상하던 남자의 얼굴. 감격에 젖은 얼굴. 찾아온 사랑을 결코 놓치지 않은, 한때 젊고 용감했을 어떤 남자의 얼굴, 그러나 이제는 진실되게 늙어버린 한 병든 이의 얼굴. 남자와 여자는 그 뒤로 어떻게 됐을까. (뻔하지)

여자는 알아듣지 못할 낯선 말로 종종 노래를 했다고. 남자는 노랫말의 뜻도 모르면서 그것은 자신을 향한 사랑의 노래일 거라 믿었다고. 못난이 커플. 박수소리. 맞아, 여긴 음악회장이니까. 듣는 이들은 박수로 답례해야 해. 남자는 늘 있는 힘 다해 박수를 쳤다고. 박수를 통해 사람은 리듬을 배우지, 하낫 둘 셋 넷, 하지만 박수를 통해 사람은 그것보다 더 중요한 것을 배우기도 한다고. 그게 뭘까? 그 노래는 아주 짧고 간단한 노래, 여자가 부를 때마다 노래 속 산새의 이름이 변하고, 강물의 빛깔이 변하는 신비한 노래. 남자는 박수를 치다가 드디어 깨달았다지, 감동이란 낱말의 뜻을. 남자가 읽었던 수많은 책에서도 감동이란 말을 정확히 설명해주지 못했는데, 그래서 남자는 늘 불만이었는데, 남자는 그런 사람이었는데. 남자는 박수를 치다가 왜 자신이 울고 있는지를 알았다고, 왜 자신의 가슴이 이렇듯 터질 것 같은지를 깨달았다고. 박수를 치면서 그때서야 '존중'하는 것을 배웠기 때문이라고. 이런 세상에, 남자는 어른이었지만 모자란 어른. 사랑의 언어에 취해 거룩해진 어린 양. 사람들이 말하기를, 게으르고 의존적이라 말하는 남쪽의 어느 부족, 또 어떤 사람들은 말하기를 자나 깨나 축제에다 흥청망청 마시기만 하고 해마다 아기를 낳아대는 미개한 족속이라 말하는 남쪽의 한 부족, 여자가 태어난 땅, 여자는 원시부족의 후예. 그런데 그게 뭐? 남자는, 남자는, 노력하지 않아도, 여자를 있게 한 땅과 그 부족의 말과 글, 또한 그 땅에 솟아 있는 산과 흐르는 강물, 그리고 그곳에 사는 모든 사람을 존중하게 됐다고. 여자의 노래를 들으며, 뜨겁게 박수를 치면서, 남자는 모든 걸 배웠다고. 남쪽 사람들 특유의 넓은 이마와 튀어나온 광대뼈를 고대로 물려받은, 결코 예쁘지 않은 여자의 얼굴을 거리낌 없이 사랑하게 됐다고, 타고난 아름다운 목청을 사랑하게 됐다고. 고향을 떠난 여자의 외로움을, 여자의 총명함과 재능을 사랑하게 됐다고, 여자의 게으름, 급할 것 없는, 때로는 상대방 속마저 터지게 할 만큼 느려 터진 여유를 사랑하게 됐다고. 박수를 치면서 다 알게 되었다고, 이런 것이야말로 감동이라는 것을, 또한 사랑이라는 것을.

여긴 음악회장인데 뭐하는 거지? 그렇지. 되풀이되는 박수소리. 아무 기대도 없는 음악회. 존중도 사랑도, 격려의 뜻도, 아무것도 아닌 기계적인 박수소리. 짝짝짝짝짝.

살굿빛 원피스. 좋아. 남자는 그 색깔을 그리 좋아하진 않았지 만 그래도 묘한 기대를 가질 만큼 외로웠지. 그것은 사랑에 빠지 기엔 조금 모자란 빛깔. 더 강렬한 것, 아니면 더 원색적인 것, 그 런 것을 원할 만큼 젊었다는 건 아직은 축복. 입 좀 다물래? 어디 를 향해 노래하는 거야? 남자는 여자와 식사를 할 때 자신있게 많 이 먹을 수 있었지. 사실은 배고팠으니까. 그렇지만 여자를 쳐다보 는 게 급했다고 하니, 눈이 멀었지. 그깟 살굿빛 원피스. 이건 고전 이니까. (고전이나 현대나 외로움의 의미는 하나 아니니?) 입 좀 다물랬지. 남자는 여자를 왜 사랑하는지도 모른 채 사랑하게 돼서 처음엔 여자를 의심했다고. 자신의 사랑은 진실하다고 믿었지만 여자의 사랑은 허술할 거라 생각한 시대의 자만이자 오만의 화신. 쳇, 그런 주제에, 숨겨둔 보면대를 꺼내 밤마다 몸을 밀착시키며 입을 맞춰대는 도시의 변태인 주제에 이제는 남을 의심하기까지.

그러나 여자의 맨발이 문제. 맨발. 여자의 삶은 말 그대로 맨발 이었다는데, 남자는 처음엔 맨발이 여자의 취향이나 스타일인 줄로만 알았다고. 아니면 부족의 전통이었나? 그러면서 여자를 사랑했다 말하다니. 여자의 발에 상처가 가실 날이 하루도 없었음은 어렵지 않게 예측할 수 있는 일. 여자는 원시부족사회에서 태어났고, 총기 넘치는 얼굴에 재능은 많고 꿈은 컸으니, 꿈을 펼치기 위해 부족사회를 떠나 문명사회로 홀로 떠나왔으니, 사랑이나 청춘을 노래하기엔 돈과 시간이 겁나게 모자랐으니, 젊은 남자의 휘감겨오는 눈빛을 이해하기엔 잠이 턱없이 부족했으니, 게다가 부족 출신인 것을 당당히 선포할 만큼 여자는 부족을 사랑했으니, 원시인이라 손가락질하는 세상을 향해 날마다 전의를 불태웠으니, 여자의 하루 하루가 거친 가시밭길이었을 거라 짐작하기는 정말 어렵지 않은 일.

여자는, 남자가 자신의 맨발을 몰래 훔쳐보며 흑흑, 울었을 거라고는 상상도 못한 여자는, 남자를 향해서도 마음문을 닫고, 세상을 향해서도 벽을 세운 채, 종이와 연필만 보이면 닥치는 대로 쓰기만 했다고. 글을 쓴다고 밥이 나오냐 돈이 나오냐? 사람들이 물으면 여자는 대답했다지, 눈물이 나온다고. 그렇다면 슬픔을 쓰는 거냐고, 아니라고, 나는 기대감을 쓴다고. 그런 건 고통이라고, 고통을 쓰는 거냐고, 아니라고, 넉넉함을 쓴다고. 거짓말 말라고, 두려워서 도망 다니는 거 아니냐고, 아니라고, 나는 완전함을 찾아가는 거라고. 뭐야? 말이 안 통하잖아. 사람들은 하나 둘 여자를 무시했다지. 맞아, 여자는 원시인이니까. 합리적인 사람이 아니니까.

그러던 어느 날, 편지요, 날아온 한통의 편지. 여자는 배가 고팠지만 편지를 받아들고는 배고픔마저 잊었다고, 다리가 떨려 바닥에 주저앉았다고, 그러곤 한 글자 한 글자 비밀을 캐듯 읽기 시작했다지. 시작된 첫 문장.

—당신은 나의 판타지입니다.

여자는 그 자리에서 열 번은 더 읽었지. 열 번은 거짓말. 열 번을 훨씬 넘었을지도. 여자는 태어나 처음으로 여자답게 웃었다지, 여자답게 노래했다지, 그러곤 예쁜 종이를 찾았다지, 이어 여자는 답장을 쓰기로 했다나. 급할 것 없는 여자도 답장만큼은 급하게 썼다고. 마음이 변하기 전에 써야만 하니까.

—종이와 연필이 없으면 나는 숨을 못 쉬겠어요.

편지를 받아본 남자는 흑흑, 울음부터 터트렸어. 왜 나는 종이와 연필로 태어나지 못했던 걸까. 남자는 가진 돈 다 털어 종이와 연필을 샀다고. 그 말을 하면서도 조금 울먹이던데, 정말 사랑은 병이야. 40년 전 일을 이야기하며 또 울다니. 어쨌든 남자는 여자를 위해 돈을 몽땅 털어 산 종이와 연필을 다시 우편으로 보내며 마음을 다잡았다나. 남자는 공부는 많이 했지만 연애편지 하나를 제대로 이해하지 못했다지. 그러던 어느 날, 편지요, 남자의 집으로 날아온 여자의 답장.

—당신은 나의 종이와 연필이에요.

이들의 이야기가 더 궁금해? 이렇게까지 다 말해줬는데도? 정말 상상력이 완벽히 모자라는군. 결과예측불허증후군.

아, 그러니 이제, 제발 박수 좀 치지 마. 그렇게 치는 건 박수가 아니라고 몇 번 말해야 알겠어. 그렇게 기계처럼 치지 말란 말이야. 판타지가 깨진단 말이야.

남자와 여자는 잘먹고 잘살았을까? 그게 그렇지만은 않았다는 군. 늘 행복하지만은 않았다나. 원시인과 문명인이 만났으니 당연히 의사소통이 힘들었겠지. 이제는 서로 실망할 때도 됐잖아. 여자는 남자의 소박함과 진실함에 마음을 빼앗겼는데, 가까이서 보니 남자의 마음엔 야심과 탐욕이 부글부글 끓고 있더라나. 남자도 또한 여자의 신비할 정도의 용감함과 변하지 않는 우직함에 반했는데 옆에서 지켜보니 이제는 미련한 곰처럼 보이기 시작했다나. 여자와 남자는 서로의 마음을 할퀴며 싸웠다지, 원시인 주제에, 문명인 주제에. 사랑싸움의 정도를 벗어나는 줄도 모른 채 그들은 싸웠다지. 그러다 더 심해지면 그런 날에는 미개인 주제에, 지성인 주제에, 하며 싸웠나. 그러다 그들 앞의 깊은 강물 앞에서 그만 참지 못하고 하루는 서로를 강물로 빠뜨릴 태세로 이렇게 소리쳤다는 거야. 정말, 이 말만은 참았어야 했는데.

속국인 주제에.

본국인 주제에.

드디어, 그들 삶의 감옥일 수도 본향일 수도, 혹은 벽일 수도 요람일 수도, 아니면 모래성일 수도 요새일 수도, 아니 더 냉정하게 말하면, 아군일 수도 적군일 수도 있는, '제국'이 등장한 거야. 짜잔, 제국은 어디에서나 짜잔, 하며 나타나지. 형체는 없지만 누구의 삶에라도 파고들어가 다툼을 일으키고, 분열을 일으키지. 힘을 자랑하고 약함을 경멸하며 진실함 혹은 정정당당함, 때론 평화까지 비웃곤 하지. 그러니 젊은 연인의 사랑타령에도 당연히 짠, 등장하지.

천년 전에도 만년 전에도, 또한 지금까지도 연인들 앞으로는 늘 깊은 강물이 흘렀다나. 깊고 깊은 강물이 펼쳐진 낭떠러지 코앞, 바로 그 앞에 위태롭게 서 있는 사람들을 우리는 '연인'이라 부르지. 서로를 망설임 없이 강물로 처넣을 수도 있지만, 반대로 강물로부터 서로를 보호하며 감싸줄 유일한 존재, 이런 위험천만한 존재를 우리는 '연인'이라 부르지. 이런 극단의 선택을 할 수밖에 없는 인생의 순간을 사람들은 '사랑에 빠졌다' 말하기도 하고. 정확이 말하면 사랑에 '얼이 빠졌다' 말하기도. 세상 어느 빈곳에 아무도 몰래 두 사람이 도달하는 기적의 순간, 완전한 결핍과 끝없는 허무의 땅이 아직도 거기에 남아 있을 거라 맹신하는 연인들 앞에 강물은 전지전능한 신의 옷자락처럼 끝없이 흘렀다지.

남자는 자신의 야심과 탐욕을 잘 생각해보았대. 자신은 그런 사람이 아니라고 수없이 말했지만 자기 말을 안 믿어주는 여자에게 불같이 화를 내고 난 뒤였다나. 남자는 가슴이 찢어지는 것 같은 아픔을 겪었대. 여자에게 '속국인'이라고 내뱉은 뒤로 여자는 남자를 쳐다보지 않았대. 여자의 마음속에서는 이미 자기가 사라졌다는 걸 알 수 있었대. 강물 속으로 여자를 처넣은 뒤로 남자는 삶을 내팽개치고 얼빠진 본국인으로 살기로 했다나. 아픔은 오랜 시간 아물지 않았대. 남자는 하늘이 내린 벌이라고 생각하며 햇빛도 안 보고 달빛도 안 보며 홀로 지냈대. 자기가 어떤 사람이었던가도, 어떤 사람이 되고 싶었던가도, 또한 어떤 판타지를 꿈꾸던 사람인지도 다 잊었대. 사소한 판단도 할 수 없을 만큼 남자는 바보 등신이 되었대.

여자는 원시인으로, 미개인으로, 속국인으로 다시 돌아갔다나. 한때 입었던 어울리지도 않는 원피스를 미련없이 벗어던지고, 한때 사랑을 꿈꾸었던 철없던 마음도 내던지고, 종이와 연필과 함께 살았대. 처음으로 자신이 초라해 보이기도 했대. 한동안 어떤 노래도 하지 않았대. 아니 노래가 나오질 않았대. 그러던 어느 날, 눈이 펑펑 내리는 한겨울밤, 여자가 힘들어하는 겨울의 어느 긴 밤, 태어나서 처음으로 이불을 끌어안고 서럽게 울었대. 어린아이처럼 엄마 엄마, 부르며 울었다지. 다행인지 불행인지 눈이 두둑이 내려 여자의 목소리는 고향땅까지 들리지 않았대. 동이 틀 무렵 겨우 잠이 들었는데 자면서도 여자는 여러 번 흐느꼈대. 엄마 엄마아.

어쩌지.

남자의 귓가엔 여자가 남긴 말이 늘 떠나질 않았다는군. 여자가 그랬다지. 너의 야심엔 진실이 없다고, 탐욕 때문에 노력을 게을리 한다고. 남자는 떵떵 큰소리쳤다는군, 두고 보라고 성공할 거라고, 나는 공부도 많이 했고, 책도 많이 읽었고, 본국 출신이며 행정중심구역 태생이라고. 그래도 여자는 결코 성공할 수 없을 거라고 더 냉정하게 말했다지. 왜? 왜 내가 성공 못해, 왜! 여자가 말했다나, 노력하지 않으면 인격이 죽는다고, 너의 인격은 죽어가고 있다고, 그러니 성공할 수 없다고. 인격? 지나가던 개가 웃는다, 남자가 말했대. 남자는 자기 안에 숨겨진 탐욕과 욕망을 인정하지 않았고, 그것을 날카롭게 지적한 여자를 향해서도 공격의 칼날을 휘둘렀대, 네가 뭘 알아, 나는 네가 무서운 열등감에 시달리는 걸 알아, 너는 세상을 몰라, 세상을 몰라도 너에 대해선 잘 알아, 그렇지만 넌 원시인일 뿐이야.

동물 같은 원시인.

남자는 그 말을 처음 내뱉고 당장 사과하지 않은 걸 두고두고 후회했대. 주먹으로 벽을 치면서 후회했대. 그러면서 '하늘에서 내려오는 이건 뭐예요?' 하고 묻던 여자의 빛나던 얼굴을 다시 떠올렸대. 겨울날, 밤새 내리던 눈이 아침까지 이어진 어느 날, 아무도 없는 공원에서 여자는 들떠서 또 물었다지. '이 하얗고 아름다운, 이 끝에서 저 끝까지 휘날리는 작고 하얀 것들은 다 뭐예요?' 아아, 태어나 눈을 처음 보았다는 남쪽 여자, 눈을 먹기도 하고 눈 위에 누워도 보던 신비한 어린아이, 남쪽 어느 부족의 여자, 하지만 이제는 상처받고 쓰러져 울다 목까지 쉬어버린 속국인 여자. 남자는 흑흑, 울면서 여자를 새삼 그리워했다지. 그러면서 천천히 자신의 마음에서 탐욕과 욕망을 버리기 시작했다지.

여자는 남자의 박수소리가 그리웠다나. 얼굴이 보고 싶은 것도 아니고, 손길이 그리운 것도 아니라 박수소리가 그리웠다니. 역시 원시인이야. 여자는 남자의 말 때문에 깊은 상처를 받았지만 그 말이 결코 진심은 아니었을 거라 믿었다지. 또한 자신을 향해 눈물을 흘리며 박수를 쳐주던 남자의 마음도 그 순간만큼은 결코 거짓이 아니었을 거라 믿었다지. 하지만 상처는 깊어서 아프지 않은 척할 수가 없었대. 칼에 벤 것처럼 마음이 아픈 이런 시간을 다시는 갖고 싶지 않았대. 여자는 외로웠지만 겨우 강물에서 뭍으로 나와 숨을 쉴 수 있었대. 그러면서 다짐했대. 다시는 이런 위태로운 자리에 마음을 두지 않으리, 다시는 사랑을 꿈꾸지 않으리, 다시는 한 남자를 향해 노래하지 않으리.

노래는 벌써 끝났다나. 저 넓고 화려한 무대에서 꼭두각시처럼 사느니 맨발로 사는 건 어떠실지. 삶이 그렇게 만만하지 않잖아. 조명은 이미 꺼졌잖아. 무대복을 벗고, 분장을 지우고, 가발을 벗으면, 누구에게나 남는 것은 외로움이잖아. 껍데기뿐이잖아.

누가 먼저 상대방을 찾아갔을까? 무대복을 벗고 화장을 지우고 가발을 벗고 조명도 꺼진 어둔 길을 누가 먼저 찾아갔을까. 아쉬운 사람이 찾아갔겠지. 아니, 더 잘못한 사람이 먼저 찾아갔겠지. 그래서 울고 껴안고 입맞추며 화해했겠지. 뻔하지. 이렇게 한번쯤 고비를 넘겨야 평생 붙어살 힘이 생기는 거라니까. 그래야 다시는 할퀴며 안 싸운다니까, 또한 그렇게 싸워선 안 된다는 걸 알게 된다니까. 남자 여자 사랑이야긴 다 그렇다니까. 강물 앞에서 더이상 위태롭게 서서 싸우지 않기 위해선 하나가 기꺼이 빠져야 한다니까. 그래도 깨닫지 못하면 그 연인들은 자격미달인 거고, 깨닫고 달려오면 합격인 거라니까.

보면대는 맘을 편안하게 한다지. 이상한 물건. 보면대가 있는 곳

으로 마음도 따라간다나. 소리가 들리는 것도 아닌데, 당장 소리
가 되어 나오는 것도 아닌데, 보면대 위에 악보도 없이 먼지만 수
북해도 그 주변으로 가야만 맘이 편하다나. 그 위에 머물렀을 긴
장의 눈동자들, 집중의 흔적들, 터질 듯 팽팽하게, 하지만 한없이
유연하게 온몸을 휘돌았을 신경들, 핏줄들, 땀방울들, 추상적인 것
을 지켜내는 망각의 태도들, 보면대를 지탱하는 힘들, 음악을 가
능하게 하는 비밀들. 이것들은 모두 팽팽함과 유연함의 영역싸움
의 열매라나. 그러니 음악은 그 다음의 것. 음악은, 거짓말처럼 나
타난 게 아니라, 신비롭게 울려퍼지는 게 아니라, 아름답게만 기억
되는 게 아니라, 누군가 아무도 모르게 지독한 패배를 당했다거나,
아니면 미치도록 외로웠기 때문에, 혹은 처음 본 들꽃이 아름다워
눈물을 흘렸다거나, 숨어서 사랑하다 칼로 베인 듯 마음을 다쳤기
때문에, 혹은 배고팠지만 먹을 것도 없고 추웠지만 외투 한벌 없
었기 때문에, 병이 들어 목숨이 위태로웠기 때문에, 그렇기 때문에
가슴을 옥죄어오는 고통도 슬픔도 잊을 기운이 없어 그것에 파묻
힌 채 살았다는 증거로 세상을 영원히 떠돌며 사람 마음을 이토록
세차게 후려치는 영혼의 회초리일 거라고. 음악은, 누구나 다 들을
수 있지만 소리를 붙잡아 가슴에 넣어둘 줄 아는 한 사람을 찾아
고통스럽게 흘러다니며 이래도, 이래도? 하며 인생에 시비를 거는
영원한 반항아일 거라고. 꿈꾸는 사람을 찾아, 존중할 줄 아는 사
람을 찾아, 박수칠 줄 아는 사람을 찾아, 노력하며 인격을 키워갈
줄 아는 사람을 찾아 음악은 천년 전에도 만년 전에도 이렇게 흐

르며 세상에 맞서던 용감한 전사일 거라고. 살굿빛을 찾아, 맨발의 연인을 찾아 지치지 않고 달리던 거친 시대의 낭만적 기사일 거라고. 음악은, 아마도 그런 존재일 거라고 남자는 말했다는데, 남자는 보면대 옆에만 서면 마음이, 멀쩡하던 마음이, 그 옆을 서성거리기만 해도 마음이….


# 개인필수면담 1


"어서 내려오시지요. 마기 씨는 벌써 와 있어요."

간사는 왼손으로는 수화기를 든 채 누군가에게 말하랴, 오른손으로는 무언가를 적으랴, 눈으로는 마기더러 앉으라는 눈짓을 보내랴 바빠 보였다. 오늘은 간사도 단체복을 입고 있었는데 올린 머리와 곱게 화장한 얼굴이 옷하고 전혀 안 어울렸다. 간사들이 입는 단체복에도 속옷이 함께 재단돼 있을까, 간사도 알몸에 저 옷 하나만 걸친 걸까. 마기는 엉뚱한 생각을 하며 문가에 계속 서 있었다.

"아뇨, 제가 다 가지고 있습니다. 그냥 오시기만 하면 됩니다."

누군가 더 올 사람이 있다는 게 다행스러웠다. 안 그러면 마기는 자신도 모르게 간사를 머리끝부터 발끝까지 또 훑어볼 게 뻔했다.

오늘은 하늘이 흐렸다. 곧 비가 쏟아질 기세였다. 무섭게 내릴 때가 되기도 했다. 이틀 전엔 눈이 부시도록 밝았지만 오늘은 온 방안의 조명이 다 밝혀져 있다. 마기는 더운 것보다 우중충한 게 더 싫었다. 습기 많은 날이 길면 길수록 무기력증도 길게 이어졌다.

간사가 전화를 끊고 마기에게 몇 걸음 다가왔다. 마기의 생각은 거기서 끊겼다. 우중충한 하늘도, 간사의 단체복도 모두 사라졌다. 습관처럼 고개를 숙여 인사했다. 오늘 간사의 목에는 아이디카드가 걸려 있었다. 지금보다 젊어 보이는 아이디카드 속 사진으로 마기의 눈길이 향했다. 같은 얼굴인데 사진 속 여자가 더 착해 보였다. 아니 더 어리숙해 보였다. 수석상담치료사 하륜, 그 유명한 하륜 간사였다.

"앉지 왜 서계세요?"

간사는 자리를 안내했다. 마기는 전에 앉았던 자리로 가 천천히 앉았다. 간사도 건너편 자리로 가 똑같이 앉았다.

"혼자 계시기 어떠신가요?"

간사는 구면이라 그런지 전보다 친근한 태도로 물었다.

"나쁘지 않습니다."

"다른 분과 같이 계시길 원하면 그렇게 해드릴 수도 있는데요."

"괜찮습니다."

"큐 선생님은 룸메이트를 원했거든요. 사람마다 취향이 다르니까요. 혼자 있는 걸 힘들어하는 사람도 있죠."

"그렇죠."

마기는 말을 조심해야 한다고 스스로 다짐했다. 어떤 부분에서 어떤 오해를 살지 모르니 차분해야 한다고, 냉정해야 한다고, 친절하다고 방심해선 안 된다고.

"참, 오늘 마기 씨를 뵙자고 한 건, 큐선생님 때문이 아닙니다."

"알고 왔습니다."

"아직 힘들지 모르겠지만 어머니를 비롯한 마기 씨 가족에 대해 궁금한 점이 있어 뵙자고 한 겁니다."

간사는 등을 돌려 팔을 뻗더니 소파 뒤 책상 위의 물건을 민첩하게 집어왔다. 마기는 그 짧은 사이 의자에 몸을 깊이 파묻으며 고개를 편안히 뒤로 젖혔다. 지난밤 잠을 설쳐서인지 눈만 감으면 어느 곳에서라도 금방 잠이 들 것 같았다. 얇은 잠의 기운이 몸과 마음 구석구석을 예리하게 파고드는 기분이었다. 먼지의 기운보다도 약할 것 같은, 하지만 아차 하는 순간 정신을 잃을 게 뻔한, 미세하지만 치명적인 기운이 온몸을 감돌고 있었다.

"어디 불편하신가요?"

5층 여자 세벽의 말이 떠올랐다. 여자의 말이 옳았다. 불편한 곳에 데려다놓고선 불편한 점은 없냐고 물어대는 힐이었다. 마기는 똑바로 앉으며 고개를 저었다. 간사의 목소리가 다시 이어졌다.

"들으셨는지 모르지만, 번역 심사중인 글은 긍정적인 방향으로 검토되고 있습니다. 절차상 저희가 확인해야 할 것이 몇 가지 있는데, 오늘 마기 씨께서 잘 협조해주시면 감사하겠습니다."

협조.

간사는 문 쪽을 몇 번 쳐다보았다. 마기도 간사를 따라 눈길을 돌렸다. 두 사람의 눈이 마주친 순간 마기는 간사의 얼굴이 벌써 변해 있는 걸 보고 적잖이 놀랐다. 간사에게 의미없는 움직임이란 없었다. 이유 있는 접근, 차분하게 밀착해오는 눈빛, 비밀스럽게 열리는 입은 신체기관이라 할 수 없을 만큼 기계적이었다. 의혹에 맞서야 할지, 진실을 왜곡해야 할지, 졸음부터 쫓아야 할지, 책상 위의 스탠드 불을 꺼야 할지, 이제는 정말 아무 거라도 미루지 않고 선택해야 할 순간이었다.

"마기 씨, 돌아가신 어머니 리간 선생님은 국제표준어를 잘 모르셨죠?"

"인사말이나 자기소개, 간단한 일상회화 정도 하시는 수준이었습니다."

마기는 윗몸을 숙이며 두 손을 맞잡았다.

"마기 씨가 어머니의 통역관이었죠?"

"그런 셈이죠."

"그렇다면 어머니는 제국행정어를 언제 배우셨나요?"

"고향을 떠나 정규학교에 입학하실 때쯤, 열여덟 정도 되셨을 때일 겁니다."

간사는 집어온 서류를 이제야 펼쳤다. 혼자서 생각을 정리하는지 머리를 끄떡거리다 다시 등을 돌려 시계를 바라보더니 생각난 듯 마기를 쳐다보았다.

"이건 개인적인 의견이지만, 저는 언젠가 리간 선생님의 강에 대한 에세이를 읽으며 제국행정어가 이렇게 아름다운 언어던가 감탄한 적이 있습니다."

"고맙습니다. 어머니가 직접 들으셨다면 더 좋아하셨을 텐데요."

마기는 순간이지만 두 눈두덩이 근처가 화끈거리는 걸 강하게 느꼈다. 두 손으로 얼굴을 한번 비볐다.

"그 어머니의 그 아들답게 마기 씨도 멋지게 번역을 하셨더군요. 줄곧 제국 안에 사셨는데 언제 국제표준어 공부를 하셨는지요. 실력이 이렇게 뛰어나신 줄 몰랐습니다. 전집을 번역하고자 하는 계획이 꼭 이뤄지길 바랍니다."

"오늘 너무 친절하십니다."

마기가 웃으며 말을 건넸다. 그때 문이 열리더니 똑같은 단체복에 양 손에는 투명 유리잔 두 개를 든 한 남자가 들어섰다. 남자의 옆구리엔 간사의 것과 똑같은 색의 파일 뭉치가 끼여 있었고, 목에도 역시 아이디카드가 걸려 있었는데 남자는 어딘가 허둥대는 폼으로 들어오자마자 미안 늦었어요, 장난스럽게 소리부터 쳤다. 머리가 조금 벗겨지긴 했지만 나이는 많아 보이지 않았다. 잔을 챙기랴 옆구리의 서류를 챙기랴 문을 닫으랴 인사를 건네랴, 남자의 얼굴과 몸짓은 여전히 부산스러웠다.

하륜 간사가 일어나 재빨리 잔을 받아들며 자리를 안내했다. 남자는 간사와 마기 사이의 일인용 소파에 앉으며 마기에게 먼저 인사를 건넸다.

"마기 씨, 역시 미남이시군요. 어려서부터 봐왔는데요, 이렇게 멋진 청년으로 자랄 줄 알았습니다요."

남자는 이번에는 깡마른 겉모습과 달리 호탕한 듯 우스꽝스럽게 말했다.

"반갑습니다. 에보스입니다. 늦어서 죄송합니다."

마기는 에보스라는 남자와 악수를 나눴다. 마기 귀에는 남자의 목소리가 낯설지 않았다. 간사가 잔을 마기와 남자 앞에 놓자 남자는 간사 쪽으로 밀며 깍듯하게 한마디 했다.

"나는 마시고 왔어요. 하류 간사님 드시죠."

마기는 기다렸다는 듯 잔을 들어 한모금 마셨다. 역시 시원한 꿀차였다. 마기는 남자를 슬쩍 쳐다보았다. 남자도 눈이 마주치자 또 한번 시원하게 웃어주었다. 이 남자?

일단 마기도 예의상 웃으며 이번에는 눈길을 간사에게로 돌렸다. 간사는 눈으로는 서류를 내려다보며 꿀차를 마시고 있었다. 마스카라를 한 속눈썹 때문인지 서류를 보는 간사의 모습은 어딘가 어색했다. 옷과 머리 스타일, 서류 뭉치, 화장한 얼굴 등 모든 게 각각 완벽하게 어색했다. 저렇게 당당하게 눈을 내리깔고 자신의 번역 원고를 읽었을 간사를 상상해보았다. 아마도 간사는 감탄하지 않았을 것이다.

"하던 이야기 마저 할까요?"

간사의 말에 마기는 잔을 내려놓았다. 손에 묻은 물기를 바지에 닦는데 남자가 잽싸게도 티슈를 뽑아주었다.

"오늘은 강의 준비 안 하세요?"

티슈를 받아들며 마기가 먼저 작은 목소리로 알은 척을 했다.

"눈썰미 끝내주시는구만요."

"그날은 왜 굳이 노란 모자를 쓰고 강의하셨어요?"

"그땐 에보스 씨가 아니니까요."

그때 간사가 두 사람의 대화를 막듯 조금 빠르게 말하기 시작했다.

"전집 번역이 무리라고 생각하는 사람도 있지만, 리간 선생님 글은 그럴 가치가 있으니 어떤 일이 생기더라도 마기 씨는 힘을 내시길 바랍니다."

하륜 간사는 남자가 오기 전보다 형식적인 투로 말문을 열었다.

"나도 일부 읽어봤는데, 역시 소문대로 마기 씨 집안은 뭐, 세기에 나올까말까 한 집안이니까."

에보스가 덧붙였다.

"그런데, 리간 선생님이 글을 쓰실 때 처음부터 제국행정어로 쓰진 않으셨죠?"

마기는 이제부터 제대로 설명해야 한다고 생각했다.

"아무래도 큰 틀을 잡는 초고는 어머니가 태어난 소수족 방언으로 쓰실 수밖에 없었죠. 머리의 생각을 문장으로 전환시키는 속도를 따라가려면 성인이 돼서 배운 언어로는 부족했기 때문입니다. 그래서 모든 글의 처음은 어머니 고향 방언으로 시작됐다고 저도 알고 있습니다."

"그런 다음에 제국행정어로 정리하는 과정이 이어졌겠군요."

남자가 물었다.

"그렇죠."

"번역은 제국행정어판을 가지고 작업하신 거, 확실하지요?"

"확실합니다."

"사실, 왜 마기 씨가 굳이 국제표준어 번역판과 함께 방언본을 출간하고자 하는지 제일 궁금할 뿐입니다. 상부에서는 납득할 수가 없다는 입장이거든요."

에보스와 간사가 뚫어질 정도로 마기를 쳐다보았다.

"마기 씨도 방언을 하시죠?"

"어려서부터 집에서 배우고 썼으니까요."

"리간 선생님의 방언 원고도 마기 씨가 다 갖고 계신가요?"

"제가 좋아하는 글 몇 편은 제게 있지만, 대부분은 외가에 있을 겁니다. 부족 원로들이 보관하고 있습니다."

"오늘의 결론부터 말씀드리자면, 방언본까지 내는 건 의미없는 출간이다, 이겁니다. 물론 당국의 생각입니다다만, 마기 씨도 그러한 상황임을 감안하고 모든 물음에 대답하셔야 합니다."

에보스는 간사보다 더 간단하게, 아니 더 냉정하게 말했다.

"국가 주도로 번역된 리간 선생님의 글만으로도 국제 시장에서 그 명성은 대단합니다. 이미 이름에 권력이 붙어 나라로서도 리간 선생님의 작품을 맘대로 할 수는 없는 상황입니다. 다만, 다른 나라의 지원이나 보호 아래 이 일을 추진하는 일은 피해주시길 바랄 뿐입니다. 여러 다국적 출판사와도 접촉이 있었던 것으로 압니다. 마기 씨가 양심껏 거절한 것도 다 알고 있어서 드리는 말씀인데, 정말 지혜로운 판단이셨습니다."

"그런가요?"

말을 마친 간사의 얼굴을 향해 마기는 도전적으로 물었다. 손의 물기를 닦은 티슈는 마기의 오른손 안에서 더할 나위 없이 꼬깃꼬깃해져 있었다.

"방언본만 포기하면 오늘 면담은 끝이다, 이 말씀이신가요?"

"힐에 오래 머물지 않아도 된다는 뜻인데요."

남자가 불쑥 끼어들었다.

"그리고 우리는 당국에다 마기 씨의 생각을 전하는 사람들입니다. 위로 올라갈수록 이해력이 떨어지고 말귀가 어두운 사람들이 많습니다만, 나나 하류 간사 정도는 아직 쓸 만해요. 로봇은 아닙니다. 로봇이라 해도 말이 통하는 로봇이라 할 수 있죠."

"방언본에 대한 마기 씨의 생각을 좀더 구체적으로 듣고 싶습니다."

간사가 강한 어조로 말했다. 마기는 두 사람을 어디까지 믿어야 할지 알 수 없었다. 말이 통할까도 의문이었다. 이들보다 윗사람은 여기에 없었다. 마기도 이들이 어떤 사람인지 알고 있었다. 이 방 안에서는, 아니 힐 안에서 이들은 신이자 재판관이었다. 그러니까 마기는 지금, 매수된 재판관들의 정의로움에 기대를 걸어야 할 판이었다.

"이번 일은 여러 각도에서 갖가지 죄목으로 마기 씨를 괴롭힐 만한 일입니다."

"마기 씨를 돕고자 최악의 경우까지 대비하고 강구하려 하는데, 당사자는 조금 뻣뻣하시구만요."

마기는 휴지를 오른손에서 왼손으로 옮겼다.

"제가 내란죄라도 지었나요?"

"성의껏 대답해주십시오, 마기 씨."

간사가 강압적으로 말했다. 기본서류 양식 열다섯 장 가득 써낸 보고서도 안 읽어보고 그들은 여기 죽치고 있었다.

"두 분, 제 보고서는 참조하셨습니까?"

마기는 간사를 보며 간단히 물었다.

"보고서는 으레 쌓아두려고 받는 거니까, 마기 씨의 생각을 어서 말해보십시오."

에보스가 나서서 대답했다. 늘 눈을 부릅뜬 것처럼 보이는 남자의 두 눈이 더 커진 듯 보였다.

마기는 고개를 숙인 채 자신의 실내화만 내려다보았다. 지압슬리퍼가 오늘은 시원하질 않았다. 마기는 발바닥에 몇 번 힘을 주었다. 기다리기 지루했는지 남자가 간사의 꿀차 잔을 들어 마기 잔에 넘치도록 부었다. 마기는 불쾌한 얼굴로 고개를 들었다. 간사와 남자는 아무렇지 않은 듯 마기만 쳐다보았다. 탁자 주변은 흘린 꿀차로 지저분해졌다. 그들의 눈빛을 읽어낼 수 없어서 마기는 절망스러웠다. 장난을 치는 그들보다 더 영악할 수 없어서 불안하기까지 했다.

"번역판과 함께 소수족 방언본이 나와야 온전한 판본이 완성된다는 내 생각엔 변함이 없습니다. 방언본 원고들은 추리고 추려 전래동화와 민요, 시와 소설, 평론과 에세이, 논문 등에서 대표작에 해당하는 각 한 편씩만 골라놓은 상황입니다. 더이상의 양보는 없습니다."

마기는 첫마디를 내뱉었다.

"가슴에서 먼저 터져나온 거칠지만 뭉클한 글은 방언으로 씌어진 글입니다. 그렇지만 시장에 내놓을 문화상품으로서의 값어치는 떨어지는 글이죠. 그 글은 정신에 더 가깝기 때문입니다. 그래서 상품으로서의 가치를 높이기 위해 사용인구가 많은 언어로 다시 쓰고 다듬은 글이 제국행정어 판이죠. 두 글 모두 각각의 값어치가 있는 셈이죠. 어떤 글들은 분량과 내용이 아주 다르게 진행되기도 했습니다. 사람의 태생을 숨기는 건 손바닥으로 하늘을 가리는 것과 똑같은 일이 아닐 수 없습니다. 고향의 부족에게도 당연히 영광이고, 사라져가는 방언을 연구하는 분들에게도 좋은 자료가 될 것입니다. 어머니 부족의 방언은 제국행정어와도 뿌리가 같으니까 제국행정어 연구에도 당연히 도움이 될 겁니다. 그뿐입니다. 힘없이 사라져가는 한 부족이 자부심을 얻었다 해서 나라에 큰 위협을 가하겠습니까, 체제를 전복하고자 혁명을 일으키겠습니까. 그들은 남쪽 자치구에 살며 더이상의 개입도, 또한 더이상의 개발도 바라지 않는 사람들입니다. 다만 저는 그들에게 아름다운 글을 읽게 해주고픈 마음뿐입니다. 그들의 피를 물려받은 작가를 기억하게끔 도와주고 싶은 겁니다. 권력적 해석이나 접근으로 다가오시면 할 말이 없습니다."

마기는 말을 마치고 꿀차를 한모금 마셨다. 남자와 간사는 아무 반응 없이 입을 다물고만 있었다.

"왜 방언본이 금지되는지 더 정확히 알려드려야 말이 쉽게 풀리겠는데요."

에보스가 간사를 보며 먼저 입을 열었다. 저번 필수강연에서 자신을 불안연구가라고 떠들던 이 남자는 상대를 불안하게 했다 웃기기도 하면서 능수능란하게 마기를 헷갈리게 했다.

"저도 쉽게 가고 싶습니다. 정확한 길이 쉬운 길일 테니까요."

"방언본으로 씌어진 글은 '공격'이란 단어와 같은 겁니다. 어떤 내용이건, 어떤 형식이건 체제 안에서 검토될 땐 '공격'의 수단으로 분류되거든요."

"그럼, 죽을죄란 말씀이시군요."

"당연한 걸 말씀하시네요."

"속국인으로서 자부심을 갖는 것 자체가 죄질이 나쁜 것이라면, 그래서 '공격'적 부족으로 분류된다면, 제국이 말하는 '온 국민의 높은 삶의 질'이라는 구호 또한 얼마나 허황된 겁니까. 어머니의 글이 국제 사회에 알려질 수밖에 없었던 건 무서운 공격을 휘두르는 이 나라에서 씌어진 가장 용감한 글이었기에 가능한 일이었습니다. 잘 들어두십시오. 계약금 많이 주는 다국적 출판업자들과 같은 편이 될 생각은 조금도 없습니다. 어쨌든 어머니와 우리 가족이 태어나 살고 있는 땅은 여기니까요. 당국의 틀 안에서 리간 전집 번역 건을 '공격'적 사건으로 분류하시면, 그걸 사실로 받아들이고 그 틀 안에서 싸워나갈 다른 방법을 찾도록 하겠습니다. 하지만 저도 약자이기 때문에 어머니의 세계적 명성을 이용하지 않을 수 없다는 점을 미리 양해해주시면 고맙겠습니다."

마기가 두 사람을 번갈아 쳐다보며 말을 마쳤다.

"글쎄요, 더이상의 다른 방도가 있을까요? 현실성 없는 이야깁니다. 우리는 마기 씨를 돕고 싶습니다."

"간사님도 분명히 말씀하셨죠. 어머니 글을 읽으며 제국행정어가 이렇게 아름다운 글이었던가 감탄하셨다고요. 사실, 말과 글은 그 이상입니다. 이것은 엄청난 무기입니다. 권력을 쥔 자가 언어도 쟁취합니다. 언어를 쟁취해야 상대방의 감정과 사고, 문화와 역사까지 지배하니까요. 언어를 점령해야만 상대방을 완벽히 배제한 채 자신의 탐욕에 맞게 새 판을 짤 수가 있으니까요. 제국이 원한 게 이거 아닌가요? 그러니 저라고 이 무기를 쉽게 내드릴 순 없죠."

"마기 씨, 흥분하지 마십시오."

"그래요, 위험수위가 높아가는데요, 그러면 교육수위도 높아갑니다."

"걱정 마시고, 여기까지 정리해서 보고서에 적으십시오."

마기의 말이 끝나자마자 남자의 입에서 슬슬 웃음이 새나왔다.

"내가 이깟 받아쓰기 하러 박사님 공부를 한 건 아닌데, 참, 마기 씨 유머에 웃긴 했지만, 우리가 그렇게 만만한 사람은 아닙니다."

중얼거리며 남자는 서류에 무언가를 적었다. 마기는 남자를 바라보았다. 유심히 보니 남자의 왼쪽 팔꿈치 안쪽으로 굵은 흉터가 있었다. 가죽만 남은 팔뚝의 흉터는 여러 가지를 상상하게 했다. 칼자국일까, 자해일까, 사고일까. 반면 간사는 마기를 바라보기만 했다. 간사의 거친 눈길을 맞받아치며 마기는 꿀차 한모금을 마셨다. 하지만 눈길은 자꾸 에보스의 흉터로만 향했다.

"마기 씨의 생각이 그렇게 철저하다면 결과는 뻔합니다. 어머니의 글이 세계로 나가는 건 불가능합니다. 번역을 혼자서 계속하실 수는 있겠지만 아무도 읽을 수 없는 서랍 속 원고가 될 겁니다. 나라로서도 손해요, 마기 씨도 아니, 마기 씨 가족과 어머니 부족에게도 모두 손해일 겁니다."

"그렇다면, 없던 일로 하겠습니다."

"그렇게 간단히 대답하실 문제가 아닌 듯한데요."

"왜죠?"

"너무 즉흥적 아닌가, 이 청년?"

"오해는 당국에서 비롯됐습니다. 저희 가족은 바라는 게 없습니다. 명성도 돈도 권력도 원하지 않습니다. 저희가 원하는 건 어머니, 어머니 부족의 행복입니다."

"저희는 전문갑니다. 그렇게 나오시면 당장에 문화국에서 지적소유권 소송을 할 겁니다. 개인의 지적소유권을 뺏는 건 일도 아닙니다. 마기 씨도 알고 계시죠?"

마기는 쥐고 있던 티슈를 자신도 모르게 찢기 시작했다.

"그렇게 하신다면 힘없는 사람들이 별 도리 있나요. 지적소유권 뺏는 것도 모자라, 아마 어머니 부족 땅까지 찾아가 뒤엎어버리겠죠. 방언본을 찾아 압수해버리고, 원로들 잡아다 교육을 빙자해 사람들 겁주며, 정신을 마비시켜버리겠죠. 아니, 저도 모르게 이미 진행되고 있을지도 모르죠."

"마기 씨는 얻는 게 아무것도 없어요. 좀더 냉정하게 생각하길 바랍니다."

"별 도리가 없다니까요. 당국이 그렇게 하겠다면 막을 도리가 없지 않습니까. 하지만 머릿속에 들어 있는 건 당국이 어쩌지 못하니 나는 여기다 날마다 집어넣는 겁니다. 교육을 가장한 감금도 모자라 결국에 죽는다 쳐도 머리에 넣은 걸 당국이 어쩌겠어요. 정신과 가슴에 새겨넣은 걸 어떻게 제도가 빼앗겠어요."

그때 간사가 에보스 선생, 하며 남자를 불렀다. 그러자 기다렸다는 듯 남자가 일어나 빠른 동작으로 방을 나갔다. 얼마나 시간이 흘렀을까. 사물이 또 한번 어지럽게 부풀어 올랐다 가라앉을 동안 중심을 잡고 앉아 있기 위해 마기는 안간힘을 썼다. 1분, 아니 5분, 어쩌면 일생에 해당하는 시간이 흐른 듯했다. 어머니처럼 어떻게 갔는지도 모르게 당하고 싶지 않았다. 막상 입을 열고보니 겁날 것도 없었다. 마기는 눈을 감았다. 몇 초가 지났을까. 눈을 감았는데도 책상 위의 불빛이 느껴졌다. 마음 같아선 일어나 당장 스탠드 불을 끄고 싶었다. 그러면 눈이 덜 피곤할 것 같았다. 모든 게 부풀어 오를 때, 불빛들은 더 뜨겁게 달려들곤 했다. 조심스럽게 눈을 떴다. 눈을 천천히 떴다 감으며 사물의 경계를 확인했다. 간사는 담배를 피우고 있었다. 조용히 담배를 피우는 간사의 모습은 다시 봐도 매혹적이었다.

남자가 들어왔다. 간사가 남자의 이름을 불렀다. 마기는 비가 오길 바라며 창밖으로 눈길을 돌렸다. 실내를 향하면 눈에 더 무리가 갔다.

"리간 선생님 산소도 부족 땅에 있죠?"

간사의 목소리가 들렸다. 아주 멀리서 들리는 듯 희미했다. 마기는 눈길은 창밖을 향한 채 간단히 네, 대답했다. 자신의 목소리도 희미하게 들렸다. 마기는 어머니 산소 주변의 낮은 하늘과 수직의 편백나무들, 그리고 무덤으로 올라가는 좁은 오솔길 옆 작은 호수를 떠올리며 네, 네, 낮게 중얼거렸다. 네, 바로 거기.

"일이 있기 반년 전부터 어머니는 엉터리 교육과 갖은 토론회에 참석하셨습니다. 강압적인 데다 다소 공포스럽기까지 했습니다. 아버지와는 다른 스케줄로 움직이도록 당국에서 감시하셨죠. 칠십이 다 된 노인을 굳이 사복형사가 끌고다닐 필요는 없었습니다. 무엇보다 집을 떠나계신 시간이 길었고, 어머니가 20여 년간 다니시던 병원으로 진료를 신청해도 당국에선 중앙수도병원 특실만을 허락했습니다. 그 병원 특실은 아는 사람은 다 알다시피 수용소나 마찬가지인 곳입니다. 충분히 기만당했다고 생각합니다. 아무렇지도 않게 말씀하시니 더 모욕적이네요."

마기는 여기서 일단 말을 멈췄다. 가슴이 뛰는 게 심상치 않았다.

"오해 마십시오. 나라에서는 리간 선생님께 늘 최고의 대우를 해드렸습니다."

"하다마다요. 어머니는 워낙 심장이 안 좋았습니다. 젊은 시절부터 객지생활 하면서 몸이 약해졌거든요. 어머니 집안 어른들은 모두 심장을 움켜쥔 채 돌아가셨습니다. 그걸 아들이 모르면 바보죠."

"마기 씨는 말이야, 지금 분명 믿는 구석이 있어요. 그게 도대체 뭘까요, 왜 이리 꿈쩍을 안 하실까? 난 이런 사람이 제일 무서워."

남자는 때론 광대처럼, 때론 광인처럼 말을 내뱉었다. 마기는 남자의 정체를 알 수 없었고, 그래서 남자가 부담스러웠다.

"마기 씨 같은 사람을 당국이 왜 주시하는지 알고 계시나요?"

"알고 있죠."

"마기 씨가 갖고 있는 게 무엇인지도 알고 계십니까?"

"알다마다요."

"그걸로 승산이 있다고 생각하십니까?"

간사는 기도하듯 모았던 손을 풀면서 펜을 찾아 쥐었다. 마기는 간사의 방금 전 물음에 묘한 흥미를 느꼈다.

"지금 누구를 상대로 싸우는지도 알고 계십니까?"

제국.

마기가 앉은 자리 밑으로 물이 뚝뚝 떨어졌다. 남자의 이해할 수 없는 장난 덕분에 마기의 주변은 꿀물로 흥건해졌다.

"왜 승산 없는 싸움을 계속하려는지 알고 싶습니다. 우리 대화의 핵심은 아무래도 번역본, 방언본이 아닌 듯합니다. 제 생각에 공감하신다면, 마기 씨, 질문을 회피하지 말아주셨으면 합니다."

"그래요, 하륜 간사 말이 맞아요. 나도 머리만 안 다쳤어도 이렇게까지는 안 됐을 거예요, 아마 마기 씨처럼 됐을 겁니다."

마기는 백치처럼 지껄이는 남자를 바라보았다. 이 정도면 바보인지, 로봇인지, 사람인지 가늠조차 할 수 없는 지경이었다. 아무래도 남자의 흉터가 모든 비밀의 열쇠인 듯했다. 하지만 논쟁의 맥이 끊기기 전에 마기는 말을 이었다.

"아무래도 제가 지겠죠. 제국은 힘이 세니까."

"아뇨, 마기 씨가 이길 수도 있어요. 저희에게도 사람 보는 눈이 있습니다."

"물론 제가 이길 수도 있겠죠. 제국은 모든 걸 갖고 있다고 생각하지만 그것만큼 어리석은 생각도 없으니까요. 제국이 갖고 있는 것은 아무것도 없어요."

"이제야 마기 씨다우시네요."

"국적불명의 기업들과 이합집산을 밥먹듯 하는 각계의 전문가들이 세상의 주인이 되겠죠. 제국이 세상을 만들고 모든 것을 소유했다고 착각하지 마십시오. 제국은, 지난 세기의 전쟁부터 참회해야 합니다."

간사와 남자는 동시에 서로를 쳐다보았다. 마기는 서로를 쳐다보는 그들을 쳐다보았다. 그들은 웃음을 참는 듯한, 아니 지독한 냄새를 참는 듯한 얼굴로 서로를 쳐다보았다. 마기는 간사의 이마에 흩어진 몇 가닥 머리카락의 기묘한 실루엣을, 그리고 남자의 훤한 이마에 얇게 패인 주름을 처음 본 것처럼 신기하게 쳐다보았다. 그들도 공범이었다. 그들의 머리카락과 주름도 그것을 증명하고 있었다. 어떤 것도 그들의 뻔뻔함과 잔인함을 숨길 수는 없었다.

"언제부턴가 제국 안에서는 오래전부터 전해오는 이야기도 사라졌고, 힘들 때마다 다함께 부르던 옛 노래도 사라졌고, 이름 모를 새와 소박한 들꽃이며 희귀한 동물들도 다 사라졌습니다. 사람들 손때가 묻은 것은 죄다 폐기처분됐고, 아이들은 들판을 맘껏 달려보지도 못한 채 어른이 됩니다. 제국은 정책과 제도로 할 수 있는 일의 극단까지 해버렸습니다."

탁자 밑으로 잊을 만하면 물이 뚝뚝 떨어졌다. 마기는 자신이 조금씩 찢었던 휴지를 물이 떨어지는 지점에다 가만히 버렸다. 하얀 휴지뭉치는 순식간에 물에 젖어 푹 꺼져버렸다.

"우리는 더이상 들을 수가 없네요. 정리해서 적을 수 있는 수위를 넘어섰습니다. 서류로 남기기엔 마기 씨의 말이 너무 허황돼서요, 마기 씨, 어쩌죠?"

"그만할까요?"

"계속하세요."

입을 다물고 있던 간사가 잠깐 두 눈을 감았다 뜨며 말을 이었다.

"제국에 아무 목표가 없다고 하신 부분에는 공감할 수 없지만, 설득력 있는 의견이었습니다."

"보세요, 이런 상황이 바로 당신들이 떠받들고 있는 제국의 한계입니다. 말과 글, 뿌리에 대한 소중함을 모르는 사람들일수록 핵심에 다다랐을 때 바보 천치가 되어 정돈이 안 된다고 말을 하죠. 참회하라고 하면 무생물처럼 반응하죠. 한번도 진실을 들어본 적 없기 때문인 걸 어쩌겠습니까. 저도 안타까울 따름입니다."

"진실은 수세에 몰린 사람이 하는 변명입니다."

"아뇨, 당신들에게 정보를 빼면 뭐가 남겠어요. 나는 정보를 탐닉하지 않아요. 그래서 지금 두 분과도 당당하게 말할 수 있는 겁니다."

"나중을 생각해야죠. 우리는 아직은 마기 씨 편이지만 나중엔 달라질 수 있어요."

"저는 나중은 생각지 않습니다. 두 분도 나중을 생각하지 마세요. 제 편이 아니어도 상관없어요. 옳은 것을 옳다 말하는 게 중요해요."

"마기 씨와 우리는 원래 한편이에요. 근데 왜 편을 가르죠?"

남자가 서류철을 탁, 소리나게 덮었다. 조금 소리를 높이자 남자의 목소리는 끝에 가서 우습게 꺾였다. 워낙 목청에 힘이 없어서 조금만 힘을 주어도 오히려 위엄이 사라졌다.

"네 편 내 편을 말하는 게 아닌데요. 집중하세요. 당신들의 전문 지식과 개성, 됨됨이가 너무 아까워요. 이렇듯 훌륭한 분들의 사고

마저도 제국은 정형화시키지 않습니까. 여기에서는 그 누구도 자유롭지 못해요. 이 길이 최고의 길은 아니라고 생각해요. 나는 속국인이에요. 그래도 나는 당신들보다 자유롭습니다."

"나나 에보스 씨가 불행해 보입니까? 본국인이라는 이유 하나 때문에?"

"아뇨, 제국을 투쟁의 대상으로, 뛰어넘어야 할 벽으로 보지 못하는 당신들의 한계 때문에 불행해 보여요. 당신들이 저지른 일에 대해 부끄러워할 줄 모르는 뻔뻔함 때문에 불행해 보여요. 본국인 과는 아무 상관 없습니다."

"하륜 간사님과 나, 그리고 제국의 국민들은 모두 행복해요."

"당신들은, 그리고 당신들의 나라는 누군가를 공격해야만 행복 해요. 다른 이를 억압해야만 행복해요. 당신들이 저지른 전쟁 때문에 당신들도 이렇게 살 수밖에 없는 거예요. 그러니까 어머니의 글도, 아무리 아름다운 글도 '공격'이라고만 해석하는 거예요. 아시겠어요? 두 분도 제국의 피해자인 겁니다."

"그런 선입견은 대물림의 산물인가요?"

"하륜 간사님, 니 부모 탓이다, 이런 논리는 누구에게나 그렇듯 이 제게도 최고의 결례입니다."

"마기 씨는 도구에 불과한 말과 글을 지나치게 절대화하고 있어요. 그것들은 삶의 필요한 도구일 뿐이에요. 거기에 정신이나 진실이 담겼다고 생각하며 고집피우는 방식은 이미 지나간 세대의 사고입니다. 이 땅에서 살게 됐으면 이곳에서 쓰는 말과 글을 쓰는 게 자연스런 삶입니다. 굳이 핏줄을 따져서 부모가 쓰던 말과 글을 써야 된다는 생각, 그 말과 글을 보존해야 된다는 생각은 폭이 좁아도 너무 좁아요. 그건 효심도 아니고, 애국심이 강한 것도 아니며 그저 시대착오적인 판단일 뿐입니다."

"그런가요? 에보스 간사님?"

"교육은 이래서 필요한 거죠."

"말씀하신 대로 말과 글이 도구에 불과하다 해도, 받아들일 수 없는 게 있는데요."

"말씀해보시죠."

남자는 넓은 이마를 쓰다듬으며 마기를 바라보았다. 마기는 탁자를 가리키며 입을 열었다.

"보세요, 숟가락도 도구고 이런 컵도 도구인데, 이것들은 아주 값싸고 쉽게 얻을 수 있는 도구니까 힘없는 사람들로부터 맘대로 빼앗아도 된다, 이렇게 말씀하시는 건가요? 마찬가지로, 말과 글도 어느 땅 어느 부족에게나 있는 흔한 도구니까 하나쯤 빼앗아도 상관없다, 이렇게 생각하시는 건가요? 도구가 절대화될 수밖에 없는 이유도 모르면서 맘대로 예측하시면 어떤 결과가 나오는지 아십니까? 바로 오늘의 이런 결과가 나옵니다. 제국이 빼앗은 숟가락이나 물컵, 심지어 말과 글에 이르기까지, 이건 다 흔한 것들도 아니고 쉽게 얻을 수 있는 건 더더욱 아닙니다. 식구들이 함께 끼니를 먹으며 수없이 손에 쥐었던 숟가락과 시장에서 막 사온 흠집 하나 없는 새 숟가락은 전혀 다른 물건이란 말입니다. 부모님 품에서 배운 말과 글이야말로 공포 속에서 강제적으로 깨우친 말과 글과는 전혀 다른 언어입니다. 좋습니다, 숟가락이나 언어는 둘째 치고, 그 숟가락을 잡고 끼니를 먹던 사람들, 그 말과 글을 쓰며 그 땅에서 살던 사람들이 어느 날 갑자기, 왜 죽어야 하는지도 모른 채 당신들의 탐욕 때문에 죽어갔는데, 왜 책임을 지지 않고, 왜 참회하지 않으며 '삶의 질' 운운하십니까? 어떻게 사람이 살면서 가르쳐주지 않아도 깨우치는 이러한 것들을 모르세요? 이것은 당신들이 저지른 전쟁 때문에 생긴 모두의 악몽인 것을 왜 인정하지 않으세요? 당신들이야말로 도대체 무슨 교육을 받은 건가요?"

"마기 씨야말로… 마기 씨는 왜 남들과 다른 거죠?"

듣고만 있던 하륜 간사가 입을 열었다.

"사람들은 다 달라요. 간사님과 에보스 씨만 봐도, 두 분도 달라요. 같아야 인정받는 이 체제가 위험한 겁니다."

"마기 씨, 말장난은 그만두고요, 도대체 책을 내실 건가요, 안 내실 건가요? 그것부터 말해봐요."

남자가 갑자기 큰 소리로 외쳤다. 마기도 1초도 기다리지 않고 대답했다.

"어머니 책을 내지 않겠다구요. 못 알아들으셨습니까? 청력에 문제 있어요?"

"그럼 어느 나라, 도대체 어느 출판사와 계약하시려구요?"

"그게 문제가 아니라니까요."

마기는 자신의 머리가 울려터질 만큼 거칠게 내질러버렸다.

"아직 뭘 더 숨기십니까."

"정말 청력에 문제가 있으시군요."

마기의 외침을 끝으로 실내는 조용해졌다. 세 사람은 한동안 아무 말도 없었다. 마기의 얼굴은 위험할 정도로 붉었고, 심장은 붙잡지 않으면 터질 듯한 속도로 뛰기 시작했다. 마음 같아선 오른손을 들어 빠개질 것 같은 가슴을 움켜쥐고 싶었다. 외가의 어른들처럼, 어느 부족의 고인들처럼 머리를 밀고 진흙 위를 구르며 마지막 날을 재촉하는 괴성을 지르고 싶었다.

얼마나 시간이 흘렀을까. 간사가 마기의 이름을 조용히 불렀다. 그러나 마기는 대답하지 않았다. 간사의 목소리가 천천히 이어졌다.

"마기 씨, 그렇게 나오시면 다른 교육프로그램에 참여해야만 합니다. 사실상 감금조치나 마찬가지라는 걸 마기 씨도 알고 계시겠죠. 시간을 더 끌고 싶지도 않고, 우리도 젊은 마기 씨를 그렇게까지 내몰고 싶지 않습니다. 마기 씨, 나중을 생각하셔야 합니다. 분명 국제 시장에서도 마기 씨와 어머니 작품을 가만 놔두지는 않을 겁니다. 제국에서도 마기 씨와 리간 선생님 작품을 포기하지 않을 거구요. 마기 씨 생각 가운데 날카로울 정도로 정확한 건 이것 하나입니다. 제국의 것은 아무것도 없어요. 맞습니다. 제국의 것으로 영원히 남아야 할 것은 말과 글뿐입니다. 마기 씨는 그 진실을 알고 있고, 그렇기 때문에 당당한 것이리라 짐작됩니다. 말과 글을 지키기 위해서도 힘이 필요하지요. 힘의 안배를 위해 전쟁이 필요한 순간이 인류에게 있기 마련입니다. 안 그러면 권력을 비롯한 모든 것은 변질됩니다. 언어로 이루어진 문학작품도 자본으로 빼앗아가는 시대가 왔으니까요. 리간 선생님 부족의 아름다운 언어를 빼앗은 제국이 제국의 힘으로 이것을 다시 살려줄지, 아니면 제국도 미래의 또다른 강국에게 빼앗길지, 그것은 저도 의문입니다. 하지만 어쨌든 마기 씨가 옳았고, 마기 씨의 방향이 옳은 줄은 압니다. 그러나 감금 뒤엔 방법이 없습니다. 다른 누구도 마기 씨에게 접근하지 못하도록 제국에서 모든 접근 루트를 막아버릴 겁니다. 첫번째 단계가 감금이라는 것, 마기 씨가 어느 글에선가 표현한 대로 '교육을 가장한 감금'이라는 사실을 잊지 마십시오."

마기는 참지 못하고 오른손을 들어 뻐근한 가슴을 천천히 눌렀다. 그리고 눈을 감았다. 미친 듯한 가슴의 파동이 가라앉을 동안은 아무 말도 하고 싶지 않았다. 마기 씨? 멀리서 간사의 목소리가 들렸다. 남자의 장난스런 목소리도 이어서 들렸다. 마기? 대답해요. 마기는 천천히 눈을 떴다. 그들이야말로 대답하지 않을 것이다. 그들은 그들이 감추려는 것, 그들이 빼앗으려는 것을 끝까지 숨길 것이다. 상대방에게 네가 옳았고 네가 이겼다 말하면서도 그들은 뉘우치지 않을 것이다.

"면담이 길어졌습니다."

남자가 너무나도 진지한 목소리로 말했다.

"아직도 승산이 있다고 생각하세요?"

이어 간사가 물었다. 마기는 가슴에서 손을 내렸다.

"최선을 다한 사람은 나예요. 당신들에게 이만큼의 정성과 열정을 다해 사태를 설명한 사람은 아마 없었을 겁니다."

마기는 작지만 강한 어조로 말했다.

"그건 우리도 마찬가지입니다."

간사가 당당하게 받아쳤다.

"당국에선 정신을 병들게 한 뒤 풍요롭게 살도록 어서어서 총칼이나 만들라 하십시오. 아니면 맨날 그 타령인 법과 제도나 만들든가."

"그럼 이건 어쩌죠?"

남자가 서류를 들어 흔들어 보였다.

"'공격'이라고 쓰세요. 동관 803호 마기의 프로젝트는 '공격'이라고, 장기교육 대상자, 라고."

"마기 씨는 지나치게 제국을 사랑하거나 아니면 지나치게 혐오하는 것 같습니다. 마기 씨의 말을 듣다 화가 나다가도 나까지 통쾌해지니 원, 오늘 면담 왜 이러죠? 동생 분 얘긴 다음 기회로 미룰 수밖에요."

남자의 말이 끝나자마자 마기는 잠깐 눈을 감았다. 그들은 동생까지, 아무것도 모르는 어린 욘데까지 속일 작정이었다.

"일어나실까요?"

"저 불은 꺼도 될 것 같아요, 저 책상 위의 스탠드 불은."

마기는 눈을 감은 채 몇 초를 더 앉아 있었다. 자리에서 일어나는 게 이 순간만큼은 죽을 것처럼 힘들었다. 다행히 아무도 재촉하진 않았다. 뜨거워진 머리와 터질 것 같은 가슴에 어울리지 않는 허술한 승리감이었다. 하지만 이렇게라도 머리와 가슴을 메워주지 않으면 견딜 수 없었다. 그래, 나는 옳았다, 나는 이겼다. 마기는 스탠드의 쓰라린 빛을 향해 승리를 외쳤다.

# 2

## 예언자와의 통화

"왜 이제야 전화했어요?"

"도청장치를 제거하느라…."

"네?"

여자는 뜻밖에도 넉넉하게 웃으며 덧붙였다.

"방안이 아니라, 내 마음속에 그런 게 있어요. 그걸 없애야 마기씨와 편하게 얘기할 수 있거든요."

"혹시 스파이?"

이번에는 마기가 웃었다.

"마기 씨에 대해서 알 만큼은 다 알아요. 더 캐낼 건 없어요."

"겁나는군요."

마기는 방바닥에 던져진 음악회 팸플릿을 집어 왼손으로 괜히 삐뚤게 접기 시작했다. 이 일에 열중할 필요도 없는데 히죽거리며 계속했다. 급하게 씻고 나오는 바람에 손등이며 팔뚝에 물기가 아직 남아 있었다. 깊은 밤에 뚜벅뚜벅 엄마 몰래 뚜벅뚜벅, 멜로디가 들리자마자 튀어나왔다.

"마기 씨, 그거 알고 계세요?"

여자가 가볍게 물었다.

"이곳은 역사적으로도 굉장히 유명한 곳이래요."

"뜻밖이군요."

"이 땅에서 유명한 마지막 예언자가 나왔대요. 사람들은 잘 모르죠. 이젠 예언자 따위에 관심이 없으니까요."

마기는 이번에는 팸플릿은 내려놓고 무릎까지 걸어올렸던 파자마 바지를 굳이 왼손으로 내리며 대답했다.

"그렇군요. 차라리 예언자가 살았던 때가 행복했을 것 같네요. 예언자 말을 듣기엔 지금 사람들은 너무 영리해요, 나만 빼고."

여자의 웃음소리가 들렸다.

"제 이름은 세벽이에요."

"알고 있어요. 말했잖아요."

"저희 고향에서 세벽이 무슨 뜻인지 아세요?"

"정확히는 모르겠어요."

"'힘센 장사'라는 뜻이에요."

"북쪽 여자일 거라 생각했어요. 거긴 여자이름 남자이름 구분이 없잖아요."

"네, 그러고보니 마기 씨는 태생이 좀 특이하시네요."

"열등한 튀기에다, 잡종이죠."

두 사람은 실없이 오래 웃었다.

마기는 접힌 바짓부리도 다 내리고 할 일이 없어진 왼손으로 창문 밖을 가리켰다. 눈에 한가득 들어오는 하늘 바로 가운데로 검은 구름떼가 수직으로 나 있었다. 아직 비는 내리지 않았다. 하지만 곧 닥쳐올 것을 알 수 있었다. 멋진 풍광이라고는 할 수 없었다. 옆에 여자가 있기라도 한 듯, 오늘도 산란하다고, 저것 좀 보라고, 옆을 바라보며 마기는 소리 없는 웃음을 벽에 보냈다. 그러한 자신을 향해서도 웃음밖에는 나오지 않았다. 말 없는 벽을 좋아하는 것이나 대답 없는 천장을 사랑하는 것, 이름만 아는 여자를 향해 마음이 치닫는 것, 이것은 모두 질환이었고 게다가 좋지 않은 징후였다.

"언제 아침 드시러 가세요? 혹시 벌써 드셨나요?"

"그런 자상한 질문은 의외인데요."

"안 드셨으면 별관에 같이 가서서,"

"싫은데요."

여자는 말허리를 끊으며 대답했다. 마기는 약간 당황해 이마를 만지작거렸다.

"어제 음악회에서는 모른 척하시더니 오늘 아침엔 적극적이시네요."

음악회? 마기는 나뒹구는 팸플릿을 다시 힐끗 쳐다보았다.

"아 음악회, 그런 것도 음악회라 할 수 있나요?"

"마기 씨는 아예 주무시던데요?"

"어디 앉아계셨나요?"

"종종 울기도 하는 것 같았고."

"그래도 나는 살굿빛 옷을 찾아봤는데."

"박수는 한 번도 치지 않고."

마기는 팔뚝의 물기를 옷에 문지르며 변명거리를 찾아보았다.

"소리가 귀에 들어오질 않아서, 오전 필수면담에 거의 힘을 쏟고 나니까 몸과 마음에 여유가 없기도 했고, 혼자 딴 생각을 하다가 그만,"

"동생 소리만 듣다 수준 낮은 사람들 소릴 들으려니 지겨우셨을 거예요."

마기는 허리를 곧추세웠다. 온데?

"이제야 잠이 깨네요."

"마기 씨에 대해선 다 안다고 했잖아요. 동생도 당연히 알죠. 동생도 어쩌면 날 알지 몰라요. "

잠결에도 마기는 투숙자간 설정 동요벨소리가 들리는 듯해 몇 번을 잠에서 깨곤 했다. 깊은 밤에 뚜벅뚜벅, 그러나 소리는 늘 흘어졌고 자신이 이토록 안타깝게 전화를 기다리는 까닭을 생각하다 잠이 들었다가, 또다시 벨소리가 들리는 듯해 깨어나곤 했다. 이 사실도 모르면서 아침에 전화를 걸어 불쑥 동생 이야기를 꺼내며 마음을 들쑤셔오는 여자는 정말, 장사 중에 장사일 게 분명했다.

"나에겐 동생이 있어요. 맞아요, 그 아이를 만나러 가야 해요. 그렇지만 나에게 장난을 치진 마세요."

마기는 갑자기 간절해진 목소리에 자신도 놀랐다. 또한 왜 자기가 여자에게 이렇게 간절히 말하는지도 알 수 없었다. 세벡이란 여자를 알게 된 건 이틀 전이다. 아직 얼굴도 보지 못한 정말 낯선 사람이다. 그런 사람에게 왜 애가 타게도 온데 이야기를.

"걱정 마세요. 나는 장사잖아요."

"동생은 어려운 길을 나보다 먼저 선택한 아이예요."

"그 부분에선 오빠보다 훌륭하죠. 나도 알아요."

"이젠 내 차례죠."

"또한 내 차례기도 해요."

"나도 돕겠어요."

"나에겐 딱 일주일이란 시간이 남았어요."

일주일?

"좋은 소식으로 들립니다."

"어젯밤, 음악회 끝나고 밤늦게 관리국에서 온 전화를 받았어요. 일주일의 자유시간을 누릴 수 있게 됐어요. 그러고 나서 일터와 가족에게로 돌아가도 된대요. 수도에 잠깐 들러 마지막 보고서만 제출하면 끝이죠.”

마기는 아무 말도 할 수 없었다. 5층에 갈 필요가 없어진 것이다. 다행이다, 아니다, 어쨌든 다행이다, 아니다…. 세벽이란 여자가 없는 힐에서 살굿빛 환상이며 체력단련은 아무 소용이 없다. 밥 생각도 사라졌다.

“부러우세요?”

여자가 조금 작아진 소리로 물었다.

“잘됐어요.”

마기는 짧게 대답하며 수직 구름띠로 눈길을 돌렸다.

“나는 여기서 나가자마자 동생에게 갈 겁니다. 제국이 그 아이도 가만 놔두지 않았을 것 같아요.”

여자가 마기의 이름을 더 조용히 불렀다. 마기는 그 목소리가 어쩐지 두려웠다. 그 소리는 아무 말이라도 지껄이고 싶은 욕구를 강하게 자극했다.

“너무 진지하게 제 이름을 부르지 마세요.”

마기는 불평하듯 말했다. 그러나 여자의 목소리는 여전히 진지했다. 아니 무거웠다.

“기다리던 소식이었지만 마기 씨를 생각하니 기쁘지만은 않았어요. 이상하죠? 하지만 정말이에요.”

마기는 대답은 않고 왼손으로 자신의 뒷목덜미만 주물러댔다. 마기 씨, 여자는 두어 번 더 중얼거리듯 마기를 불렀다. 저어, 마아기 씨이이?

"들을 준비 끝났어요."

네, 여자는 낮게 웃었다.

"하고 싶은 말 어서 하세요."

네, 여자는 잠깐 말이 없었다.

"제가 하고 싶은 말은,"

여자는 또 잠시만요, 하더니 몇 초 동안 덜그럭거리기만 했다.

"그러니까 제가 알고 싶은 건, 마기 씨 가족에 대한 거예요."

"네."

"혹시 최근에 정보국 가족과에서 마기 씨 가족정보를 조회해본 적 있으신가, 그게 궁금해서요."

"자기 가족정보를 정보국에서 확인하는 싱거운 사람이 어딨어요?"

가볍게 대답하긴 했지만 마기는 세벽이 무슨 말을 하려는 건지 궁금했다. 그러면서 동시에 무슨 말을 해도 듣고 싶지 않은 기분이기도 했고, 진실이라 해도 믿고 싶지 않은 마음이기도 했다. 이상한 마음이었다. 자신에 대해 모르는 게 전혀 없는 여자가 존재할 수 있는 것은 모두 제국 덕분이었다.

"스파이 맞으시죠?"

마기는 억지로 웃으며 물었다.

"아직까지 망설이고 있어요. 말씀드리고 싶기도 하다, 그만둘까 싶기도 하다, 지난밤에도 그래서 전화를 못 드렸어요."

"그럼 어서 말해요."

마기와 여자는 아무 말도 없었다.

"무슨 말이든 해요"

여자는 여전히 말이 없었다.

"시간이 없어요."

"마기 씨,"

드디어 여자가 입을 열었다.

"네."

그런데 마기야말로 이제 곧 야단이라도 맞을 아이처럼 자기도 모르게 고개를 숙였다.

"잘 들어요. 3년 전에 어머니는 '자연사망'으로, 그리고 6개월 전쯤 동생은 '자연귀향'으로 가족에서 제외됐어요. 마기 씨 가족은 마기 씨와 마기 씨 아버님, 이렇게 두 사람으로만 조회돼요."

자연사망, 자연귀향, 마기는 혼자 되뇌어보았다.

"동생의 계획된 선택이었는지 당국의 집요한 강요였는지는 아무도 모르죠. 서류상으론 자연귀향이지만 사실 강제추방의 경우가 더 많은 편이거든요. 생각해보세요, 동생은 공부를 하겠다고 가족을 떠나 제3국으로 가더니 제국으로 입국할 시기를 늘 뒤로 미뤘고, 어머니가 돌아가셨을 때도 닷새 동안만 체류했을 뿐 가족들의 권유도 뿌리치고 학교로 되돌아갔어요. 자신의 신분상 연간 제국체류 최소일수를 지키지 않으면 어떤 일이 일어나는지 다 알고 있었을 텐데요. 분명 가족들에겐 연장심사를 거쳐 공부한다고 말했을 테죠. 그러나 온데는 그러지 않았어요. 결국, 자연귀향 처리

112

되어 제국 거주자에서 남쪽 소수민족 신분으로 되돌아갔어요. 다시는 제국 땅으로, 그러니까 중앙으로, 가족들에게로 돌아갈 수 없게 됐어요."

새빨간 거짓말.

"모르고 계실 줄 알았어요."

일주일만 지나면 이 여자도 사라진다.

"당황스러우시죠?"

여자는 이제 차분함이 지나쳐 칼날 같은 목소리로 말했다. 마기는 수직이 점점 흐트러지는 듯한 구름띠 저 너머를 바라보았다. 여자가 계속 말을 이었다.

"저도 거기까지만 알아요. 욘데가 어디로 갔는지는 몰라요. 학교 학적부에 아직 이름은 있어요. 그렇지만 강의실에선 볼 수 없어요."

마기는 이제 분수대 텃밭 쪽으로 눈길을 돌렸다. 돋아나는 상추나 빨갛게 익어가는 방울토마토, 작고 연약한 열매들이 눈에 보일 것만 같았다.

"나는 마기 씨를 속이지 않아요. 지금 이 상황에서 사실을 알고 있어야 할 것 같아서 그래요. 욘데의 판단이었다면 분명 가족을 돕기 위한 선택이었을 거예요. 다만 이상한 건 욘데의 행방이에요. 어디 있는지, 어디로 갔는지, 아무도 모르는 것 같아요."

저런 여린 싹들이 눈에 보이지 않는 것처럼 마음 같은 곳은 더욱 눈에 띄지 않는 것이다. 제국은 욘데의 마음을 상하게 했고, 그 아이의 삶을 이미 멍들게 했다. 마기는 나뒹구는 음악회 팸플릿을 집어 현관 쪽으로 던져버렸다.

"잠깐 정보국 가족과에서 일한 적이 있어요. 그때 알게 됐어요."

마기는 새삼스레 자신의 파자마 차림을 훑어보았다. 여자도 한참 동안 아무 말이 없었다.

"여보세요, 듣고 계세요?"

제국 학교가 아닌 제3국에서 공부하고 싶다고 동생이 처음 말했을 때부터 모든 가족이 걱정했던 일이다. 욘데의 진심을 의심해서라기보다 세상을 의심했기 때문이었다. 파자마 차림으로 한지붕 아래서 함께 지낼 수 없다는 건 더이상 함께 모험을 할 수 없다는 뜻이다.

"제가 경솔했나요?"

"아뇨."

신선한 아침바람이 불어왔다.

"알려주실 게 더 있으면… 떠나기 전에 다 말해주세요."

누가 뭐래도 욘데는 세상에서 노래를 가장 잘 부른다. 마기는 눈을 감았다. 그런데 왜?

"면담하실 때 그 자리에서 알게 되면 더 힘드실 것 같아서 말씀드렸어요. 마기 씨, 욘데의 마음을 헤아린 다음 그들을 상대하세요. 욘데에게 가려고 할 때마다 일이 생겼던 것도 사실은 모두 우연이 아니었을 거예요. 욘데의 진심은 의심할 것도 없어요. 이 선택을 그들이 어떻게 해석하는가 두고보셔야 해요. 그들의 회유와 협박을 간파하셔야 해요. 그래서 리간 선생님 번역본 출간과 이 사태를 어떻게 연결하는지, 그것으로 어떻게 마기 씨 가족을 공격하는지, 그래서 어떻게 마기 씨 가족을 이용하려 드는지, 마기 씨는 당황하지 말아야 해요."

도대체 이 여자는 누구일까.

"그래요, 이제 눈을 떠야죠."

눈을 감은 채 세벽의 말을 들으니 팔뚝에 소름이 돋았다. 마기는 정말 눈을 떴다. 실내가 더 어두워진 듯 느껴졌다.

"마기 씨 남매는 누가 뭐래도 닮았어요. 하긴, 온 가족이 다 닮았으니까."

알갱이 한알 한알로만 살면 제국 안에서는 문제가 없었다. 그러나 마음을 나누거나 눈빛이 통했을 때는 무리 모두가 감시와 교육에 시달리게 돼 있다. 욘데의 생각은 날카롭고도 정확했다. 욘데가 옳았다.

"정보국 가족과 같은 무시무시한 곳에서 일했다니, 본국인이시군요."

마기의 말에 여자는 아무 반응이 없었다.

"나에 대한 모든 걸 다 알고 다가오니까 갑자기 화가 날 것 같은…."

마기는 잠깐 기다려요, 하고는 빠른 몸짓으로 일어나 냉장고 앞으로 갔다. 더할 수 없이 목이 탔다. 냉장고 문을 열자마자 콘돔이며 수건 등 쑤셔 넣었던 생필품들이 바닥으로 쏟아져 내렸다. 내가 하는 일이 다 그렇지, 마기는 중얼거리며 일단 물병을 꺼내 뚜껑을 열고 물을 들이키면서 다시 달려와 수화기를 들었다. 혹시라도 세벡이 끊었을까봐 순간 초조한 마음이 들기도 했다.

"여보세요."

아무 소리도 들리지 않았다.

"여보세요?"

"욘데는 그런 거 묻지 않아요. 동생은 당당해요."

여자의 목소리는 방금 전과 분명 달라져 있었다. 마기는 물 한 모금을 더 들이켰다.

"마기 씨가 욘데와 함께 움직여줬더라면 이런 문제는 없었을 거예요. 욘데를 왜 혼자 제국 밖으로 내보내셨나요?"

마기는 선선한 실내에서 갑작스럽게 얼굴과 몸이 달아오르는 걸 느꼈다.

"나는 그게 정말 궁금했어요. 속국인 본국인, 이런 소리는 지금에 와서, 특히 마기 씨가 따질 문제가 아니에요. 그것에 골몰하다 동생을 잃었다고는 생각지 않으세요?"

마기는 물병을 조심히 옆으로 밀어냈다. 자신의 손가락이 떨리는 걸 마기는 정확히 보았다.

"왜 갑자기 날카로워지셨죠?"

"혐오하는 제국 땅에서 한 발자국도 벗어나지 못한 겁쟁이는 욘데가 아니라 마기 씨 아닌가요?"

"그렇게 공격해오실 줄은 몰랐는데요."

"욘데는 리간 선생님 친딸이 아니니까, 그러니까 마기 씨의 친동생이 아니니까 어른이 되면 당연히 그런 선택을 할 거라 생각했던 건 아닌가요? 소수족 출신의 입양아가 제국 땅에서 자란다고 본국인이 될 순 없으니까 언젠간 돌아가도록 내버려둘 생각이었던 건 아닌가요? 욘데를 혼자 내보내신 걸 잘한 선택이라고 생각하시나요? 저는 가족이 너무 냉정했다고 생각하는데요."

여자의 목소리야말로 더할 나위 없이 냉랭했다. 이런 매몰참을 숨긴 채 이야기하느라 이제껏 세벽은 얼마나 힘들었을까.

"정보국에서는 서류만 보고 일을 하니 그렇게 말씀하시는 것도 무리는 아니죠. 백번을 양보하고, 여기까지만 하고 싶은데요. 어쨌든 나는 동생을 잃지 않았으니까요."

싸우고 싶지 않았다. 더욱이 풍성한 갈색 머리카락의 북쪽 여자와는 싸우기 싫었다.

"정보국 이야긴 하지 마세요. 거긴 가장 끔찍한 곳이에요."

"그러니 날 오해하지 마세요."

"마기 씨는 모르는 것 같은데, 많은 사람들이 마기 씨의 선택을 눈여겨보고 있다는 걸 잊지 마세요. 마기 씨가 생각하는 것보다 더 많은 사람들이 마기 씨 가족을 알고 있어요. 세상에 비밀이 있다고 생각하세요? 그런 건 없어요. 욘데를 어서 찾아야 해요. 어떡해서든 힐을 통과해 나오세요. 장기교육에 걸리지 않도록 영리하게 처신하세요."

"나는 바보가 아니에요. 제국을 떠나는 것은 욘데의 방법이었고, 남아 있는 건 내 방법이었어요. 동생을 걱정해주는 건 고마운데, 우리 가족을 가볍게 판단하지는 마세요. 부모님이 욘데나 나를 훌륭한 제국인으로 키우려 했다면 벌써 우리가 그들 곁을 떠났을 겁니다. 우리 부모님을 모르면서 많이 아는 것처럼 말하지 마세요."

"내가 본국인이라니까 이제 나도 믿지 못하는 건가요?"

"서로의 오해를 풀자는 말일 뿐입니다. 그리고 본국인임을 확인하듯 묻는 건 제 오랜 습관일 뿐, 다른 뜻은 없습니다. 제 당황함을 숨기느라 다른 이야기를 꺼냈던 걸 수도 있어요. 그뿐이었습니다."

"불쾌하셨나요?"

"네."

마기는 짧게 대답했다. 여자도 더 묻지 않았다. 남은 물을 다 마셨다. 아무리 찬물을 들이켜도 온몸의 뜨거운 기운은 그대로 남아 있었다.

"나는, 리간 선생님은 물론 마기 씨를 좋아하는 만큼 욘데도 좋아해서 시작했을 뿐인데, 내가 지나쳤군요."

"지나쳤다기보다는 너무 기습적이어서…."

마기는 빈 병을 식탁 밑으로 아무렇게나 던졌다.

"도와드리려고 했던 건데, 죄송합니다."

"네."

"음악회 내내 욘데 생각이 간절했어요."

"동생의 이름은 처음부터 욘데였어요. 족장이 지어 보낸 이름 그대로란 소리예요. 그 아이가 어디로 가든 욘데는 내 동생이고 부모님의 딸이고 당연히 우리 가족입니다. 자연귀향 어쩌구 하는 건 서류에서나 의미가 있어요. 욘데라는 이름을 지어준 곳으로 되돌아가는 게 어쩌면 욘데에게는 자연스런 삶이에요. 그곳에 지금 그 아이가 있다면 그건 축복입니다. 그렇지만, 그렇지만 그 아이가 거기에 없다면…, 그때부터는 제국을 상대로 싸움이 시작되는 것이겠죠. 꼭 욘데를 찾을 겁니다."

여자는 아무 말 없이 듣기만 했다.

"2차 개인면접이 언제시죠?"

여자가 조심스런 투로 입을 열었다.

"내일."

"꼭 도울게요."

"이미 도왔어요, 예언자로서."

"떠나기 전까지 더 도울게요."

"떠나도 남아도 감시와 경계의 표적인 건 똑같아요. 제국 안에서나 제국 밖에서나 다 마찬가지인 삶이에요. 그게 나의 운명이기도 하고, 욘데의 운명이기도 해요."

"우리, 같이 아침 먹을까요?"

"미안해요. 밥 생각이….."

# 필수강연—열정에 대한 고찰

열정은 비극을 동반합니다. 공감하시나요? 공감 안 하셔도 끝까지 들으셔야죠. 제 이야기가 진행되는 동안 여러분 삶을 제 이야기에 대입해가며 따라오시길 바랍니다. 딴 생각으로 넘어가지 않도록 주의하세요. 안 그러면 이보다 더 지겨운 강연은 없을 테니까요. 네, 다시 한번 말하겠습니다, 열정은 비극을 동반합니다. 비극은 좋은 겁니까, 나쁜 겁니까? 사실 이렇게 간단하게 말할 수 없는 개념이 비극입니다. 하지만 너무 깊게 생각하지 마시고 상식의 틀에서 받아들이시면 됩니다. 원래 제 강연은 상식의 수준을 벗어난 적이 없거든요. 아무튼 여러분에게도 열정이 넘치시죠? 그렇다면 여러분의 삶도 비극으로 끝날지 모릅니다. 아름다운 비극도 있죠. 사람 마음을 쿵 하고 내려치며 감동을 전하는 비극이 있어요. 하지만 우리를 패닉 상태로 몰고가는 소름끼치는 비극도 있습니다. 또한 우리에게 상처와 혼란을 주는 암울한 비극도 있습니다. 이런 비극, 참 찜찜하죠. 여러분 삶이 어떤 비극을 맞을지는 나중에 봐야 알겠죠.

그렇다면 열정 없이 사는 게 더 행복할 수도 있겠어요. 그렇죠? 자신의 삶은 어느 쪽이라고 생각하십니까. 자신의 삶이 한낱 값싼 비극적 결말로 끝맺게 될 거라 확신하는 사람은 없을 테죠. 저도 그러한 삶을 바라지 않습니다. 불행을 향해 삶을 억지로 억지로 꾸려가는 사람이야말로 병든 열정으로 비극을 맞게 될 겁니다. 정말 그런 사람이 있습니다. 그런 사람에겐 병명을 갖다 붙이기도 힘들어요. 단순한 자기학대가 아니니까요.

사실 열정이란 무엇일까요. 여러분은 이러한 질문을 스스로에게 던져본 적이 있으신가요? 그러한 기초적인 물음도 없이 인생의 길을 선택하진 않으셨겠지요. 열정은 삶의 필수요소라고 우리는 배웠습니다. 물, 공기, 햇빛, 그리고 열정이라고 한동안 떠들었잖아요. 이름만 대면 거의 다 아는 어떤 박사님은 '열정학'이라는 저서도 냈으니까요. 교과서에서 삶의 열정을 가르쳤다는 건 놀라운 일입니다. 개인 삶의 아주 주관적인 곳까지 교과서가 침범했단 말이거든요. 그러나 그런 교과서적인 소린 다 잊어버리십시오. 뻔한 호들갑 아니었나요?

일단 곁가지부터 살펴보죠. 수준 낮은 열정부터 봅시다. 포장만 열정인 열정도 있거든요. 이런 열정은 나를 속이고, 너도 속일 수 있는 가장 간단한 핑곗거리로서의 열정입니다. 열정을 이렇게 얄팍하게 정의하고 그것에 맞춰 살아가는 사람이 있습니다. 아마도 제일 많을 겁니다. 나를 살피지 않고 내가 원하는 것을 살피지 않고, 다른 사람이 나를 어떻게 볼 것인가만 따지다가 급조된 열정을, 그러니까 상품화된 열정을 선택하는 사람이 이런 경우에 속합니다. 사랑, 성공, 도전, 야망 이런 낱말에 속아 사는 사람들이죠. 이런 사람들에겐 남들에게 뒤처지고 싶지 않은 승부욕만이, 갖출 것은 완벽히 갖추고 산다는 욕망만이, 세련되고 봐야 한다는 허영심이 가득 차 있죠. 그들에겐 절실함의 이유가 없습니다. 남들을 봐요, 다른 사람도 다 그렇게 생각해요, 다들 그렇게 살아요, 굳이 남들과 다를 필요 있나요, 이렇게 되묻습니다. 그래서 그런 핑계 말고 자신의 생각을 밝혀달라고 요청하면, 남들도 하니까 그게 옳은 길 아니겠어요, 하며 또 '남들' 타령을 합니다. 이렇게 해서라도 열정을 갖춘 삶을 살고 싶은 거겠죠. 내면의 이유와 나만의 절실함도 없이, 나를 향한 깊은 성찰과 너를 향한 따뜻한 배려도 없이 그들은 '멋지게' 삽니다. 구색을 갖추듯 열정을 고릅니다. 드라마나 광고에서 보았던 주인공들이 사는 것과 같은 방식으로, 그렇지만 나도 원래 그런 삶을 꿈꿨다고, 그들을 따라하는 건 아니라고 줄곧 자기변명을 하며 자신의 삶을 포장하는 것이죠. 같은 부류의 사람이라면 이들의 책략에 넘어가겠지요. 그들 사이에선 서로를 속이는 게, 서로에게 속아 넘어가주는 게 예의니까. 넌 정말 멋진 삶을 살고 있어, 사람들은 다 너를 부러워해, 이러한 형식적인 격려를 나누면서 맞장구를 칩니다. 비극이죠. 이런 거야말로 비극이죠. 이런 사람들만 있다면 열정 없이 사는 게 훨씬 소박하고 진실한 삶일 거라는 결론이 과장은 아니죠. 열정은 귀걸이나 코걸이가 아닙니다. 다이아반지가 아닙니다. 이런 사람들이랑 삶에 대해 무슨 말을 할 수 있을까요. 비극이죠. 이러니 열정은 비극을 동반하고도 남지요.

또 이런 사람들도 있습니다. 어떤 사람들은 열정을 열심과 혼돈하기도 합니다. 이들에겐 첫번째 사람들에게서 볼 수 있는 허영심은 없어요. 이들은 성실합니다. 꾀를 부리거나 남을 따라하거나 남들에게 잘 보이기 위해 갖은 애를 쓰거나 하지 않습니다. 그들은 부지런하고 성실하며 늘 최선을 다합니다. 그러면서 이러한 삶의 정신과 자세를 열정이라 생각하죠. 그러나 이것은 안타깝지만 결코 열정이 아닙니다. 아무거라도 무조건 열심히 하는 자세가 열정이 아니라, 자신이 원해서 선택한 영역에 몸과 마음과 정신의 온힘을 쏟는 자세가 열정입니다. 나 자신에게 집중하되 다른 이를 관용의 눈길로 바라보는 게 열정입니다. '나'와 '너' 모두에게 충실할 수 있는 삶의 자세, 이것이 바로 열정입니다. 열심과는 다른 것이죠. 열심인 사람들의 천성은 대부분 착하고 부지런한 경우가 많습니다. 그래서 다른 이를 도울 줄도 알고 내 것을 양보할 줄도 압니다. 하지만 그렇기 때문에 내가 무엇을 원하는가를 꼼꼼히 따지지 못한 채 내 것을 많이 내줍니다. 나의 에너지를, 시간을, 마음을 내줍니다. 조금만 영리해지면 좋겠는데 말입니다. 그것이 바람직한 삶 아닙니까, 이렇게 물을 수 있죠. 이러한 자세가 분명 우리 삶에 필요합니다. 그러나 사람은 '주고-받기'의 균형을 잃으면 누구라도 무너지게 돼 있습니다. 다른 사람이 내게 요구하는 것을 무시하지 않되 내가 나에게 요구하는 것이 무엇인가를 놓치면 안 됩니다. 나를 위해서, 내가 원하는 것을, 내가 만족할 만큼 몰두하지 않으면 인생은 늘 허무와 공허에 빠집니다.

다재다능하고 똑똑하고 됨됨이가 원만한 사람들이 넘어지는 경우는 바로 이런 실수를 범하기 때문입니다. 이들은 어떤 사람과 어떤 장소에서라도 어울리고 융화될 뿐만 아니라 다른 이를 돕기도 하는 '비범한' 능력을 가졌지만, 자신의 내면의 소리를 살피지 못하는 역시 '비범한' 아둔함으로 에너지를 지혜롭게 쓰지 못하는 경우죠. 분명 어느 순간엔 이들 또한 깊은 절망과 회한에 빠지고 맙니다. 내 삶은 어디에 있는 걸까, 나는 맡은 일에 늘 열심이었고, 남을 도우며 성실히 살았는데 왜 내 삶의 한자락 끝엔 묘한 슬픔과 아쉬움이 남는 걸까, 이들은 이렇게 스스로에게 고백합니다. 여러분 잊지 마십시오. 사람 마음엔 온전히 나를 위해 가꾸고 몰두하며 조심스레 보살피지 않으면 안 되는 부분이 있습니다. 이 부분은 돈이나 명예 따위로 채워지지 않는 아주 정직하고 거룩한 영역이죠. 나를 위한 기본적인 욕망을 채우지 못한 채 '열심히'만 살다가는 분명 큰 피해의식에 시달리며 마음의 평정을 잃습니다. 열정과 열심은 다르기 때문입니다. 열심에 매달리는 사람도 어쩌면 다른 이의 눈을 지나치게 의식하는 사람일 수도 있어요. 거절하는 법을 배워야 합니다. '시간은 남지만 이 시간은 나를 가꾸기 위해 남겨둔 시간입니다'라고 말하는 법을 익혀야 합니다. 언제나 늘 무언가를 열심히 해야만 한다는 생각을 버려야 합니다. 내가 나를 통제하고 억압하는 사감 선생님이었다는 걸 모르셨다면 어서 깨닫고 여러분 자신을 좀 편하게 놔주십시오. 늘 최선을 다하지 않아도, 늘 성실하지 않아도 됩니다. 방이 더러우면 어떻고, 이빨 좀 안 닦으면 어때요, 차가 더러우면 어때요. 그것에 골몰하기보다는 여러분이 무엇을 원하는가, 내가 무엇을 할 때 가장 즐거운가를 먼저 찾아내십시오. 그러면 여러분 마음은 그것을 향해 무섭게 집중할 겁니다. 그러면 생활의 나머지 것들에 대해서도 더욱 넉넉한 마음으로 성실히 임할 수 있을 겁니다. 이러한 길을 찾지 못하면 정말 비극이죠. 열정이라 믿었던 열심 때문에 이토록 착하고 성실한 분들이 삶의 활력을 잃는 거야말로 비극이죠.

여러분, 삶은 수수께끼 같아요, 그렇지 않습니까. 그래서 이 사람 저 사람 모두 삶에 대해 이야기하지만 다 다른 걸 말하나봐요. 나는 삶을 열정과 묶어서 말하고 있지만 다른 분들은 또다른 통로로 삶을 바라볼 수 있잖아요. 삶을 이야기하는 것은 재미있는 일입니다. 하지만 딱 하나 재미없는 경우가 있는데, 바로 열정이라는 것을 잘못 알고 있을 때, 이럴 때 좀 재미없어지는 거죠. 열정은 삶의 아주 중요한 요소이기 때문입니다. 그렇다면 열정의 척도는 과연 무엇일까요? 성공일까요, 성실일까요, 아니면 도전일까요? 모두 아닙니다. 열정의 척도는 바로 여유입니다. 넉넉함, 관용이 바로 열정의 판단기준인 것입니다. 내가 원하는 부분에 원하는 만큼의 집중과 열심을 낼 수 있으면 삶의 조바심은 사라집니다. 내가 원하는 것을 이뤄서 세상에서 성공하는 것보다 더욱 중요한 가치는 내가 원하는 것을 위해 치열하게 집중할 수 있는 길을 찾았다는 행복감, 그것을 향해 매진할 수 있음에 대한 감사, 그리고 지금 당장 보이진 않지만 내가 원하는 것을 찾기 위해 남을 따라 하지 않고 내면의 목소리를 기다릴 수 있는 인내입니다. 그러면 모든 것에 여유가 생기고 급한 마음은 사라지죠.

여러분, 열정에는 '이것이 가장 바람직한 것이다' 하고 내보일 수 있는 샘플이 없습니다. 여러분의 삶이 모두 소중한 샘플이며 모두 고유하고 특별한 경우의 수이기 때문입니다. 그럼에도 '열정'에 가득 차 폭력을 휘두르는 사람이 우리 주변에 아직 많이 있습니다. 이런 사람들이야말로 열정중독자이자 상습폭력자죠. 삶을 열정적으로 살고 있다는 사람들 가운데 이런 사람들이 많이 있습니다. 더 깊이 들여다보면, 이들 속엔 가장 중요한 일을 하는 내가 시시한 일을 하는 너를 지배해도 된다는 권력욕이 숨어 있지요. 자신들은 그렇지 않다 말하겠지만 결국엔 다른 이들이 하는 일은 내가 하는 일에 비해 전문적이지도 않고 하찮을 뿐이라는 거예요. 쓸데없는 인간들이라는 거죠. 이런 생각은 삶의 모든 요소에 대한 폭력으로 작용합니다. 즉 열정이 권력으로 확장되고 맙니다. 사람들만이 아니라 나라들끼리도 이런 상황입니다. 나라들끼리 이런 문제로 붙으면 세상은 정말 심하게 파괴되죠.

어쨌든 이런 사람들을 우리 같은 전문가들은 '색깔안경'이라고 부릅니다. 색깔안경들은 정말 열심이죠. 두번째로 예를 들었던 열심인 사람들과는 좀 다릅니다. 색깔안경들은 영리합니다. 이해타산도 빨라서 손해볼 일은 절대 하지 않습니다. 자신의 시간관리며 건강관리, 돈관리 등등 약아빠지게 챙기죠. 그런데 그들은 행복하지 않습니다. 아니 행복이 무엇인지를 모릅니다. 그리고 열정적이지도 않습니다. 왜냐하면 결국엔 다른 사람에게 상처만 주고 배려하지도 않아 외톨이가 되기 때문입니다. 외톨이들에겐 열정이 있을 수 없어요. 왜냐구요? 더 이야기하다보면 까닭이 밝혀집니다. 어쨌든 그들은 외톨이라 해도 자기가 외톨이인 줄도 모르죠. 여러분, 사람은 하루 스물네 시간을 삽니다. 열정이 많다고 해서 하루에 백 시간을 사는 게 아니에요. 인간의 유한성을 서로 존중하고 이해해주어야 합니다. 이러한 자세에서 열정은 시작됩니다. 공감과 배려의 태도 위에서 열정은 깊어갑니다. 자신은 하루 백 시간만큼의 일을 하고 뜨거운 열정으로 하루를 장식했다 생각하지만 그러한 우월감 뒤에는 폭력이 숨어 있는 겁니다. 다른 이의 힘과 시간을 억압과 통제의 기제를 써서 그만큼 빼앗은 겁니다. 그것은 열정이 아닙니다. 그것은 아까도 말했듯이 폭력입니다. 건강한 열정은 '나'와 '너' 모두에게 유익과 행복을 줍니다. 나의 열정적인 삶의 태도 때문에 누군가 상처받고 배제당한 것은 아닌지 돌아볼 필요가 있습니다. 그런데 외톨이들은 되돌아볼 게 없어요. 소통이 막혀 있으니까. 그러니까 그들에겐 열정이 없는 겁니다. 색깔안경들이나 그리고 그들이 무시하는 사람들이나 모두 스물네 시간을 살아낸 건 빼도 박도 못할 진리이며 앞으로도 영원히 변하지 않을 진리입니다.

우리가 열정을 가지고 살아왔다고는 하지만 유령 같은 열정 때문에 얼마나 많은 사람들과 단절되었는가를 보세요. 그러니 열정 같은 게 뭔지도 모르고 그것 없이도 당당하게 할 일을 하며 사는 사람들이 더 소박하지 않겠어요? 그들이 더 진실한 사람들 아니겠어요?

하지만 열정이 없는 사람에겐 절망의 상처나 삶의 환멸도 없을 거라고, 이런 말조차 우월감에 가득 차 내뱉는 사람들이 아직도 있습니다. 자신도 가짜 열정에 속아 살며 남을 업신여기는 태도라니. 그런 사람들과는 대화가 통하지 않는다나 뭐라나. 그럼 그들과 무슨 말을 할까요. 날씨 이야기, 맛있는 먹을거리나 건강에 좋은 버섯 이야기, 아이들 키를 키우는 보약 이야기, 아니면 정상혈압과 정상혈당을 유지해주는 의료기구 이야기 등등, 이런 이야기 정도도 못 하나요? 삶의 여러 켜를 속속들이 봐도 절망이란 말이 사전에 없는 것처럼 보이는 사람들도 분명 있겠죠. 배만 부르고 등만 따뜻하면 잠이 드는 사람들이 있겠죠. 고민도 슬픔도 외로움도 모를 것 같은 사람들이 있겠죠. 설령 그러한 사람들이 있다 해도, 그 사람들 마음에 여러분이 들어갔다 나올 수 있다면 그들을 무시하십시오. 우리가 그들의 마음속을 훤히 들여다본 다음엔 무시해도 되는 겁니다. 하지만 다들 뻔한 인생을 살잖아요? 내 마음을 나도 모르잖아요? 그러니 어떻게 남을 하찮게 여길 수가 있겠어요. 섣불리 사람을 무시하지 맙시다. 사람 우습게 보는 걸 정당화할 만한 이유는 세상 어디에도 결코 없습니다. 이것이 바로 '열정'의 첫걸음입니다. 이 기초 위에 서지 않으면 열정은 편견과 아집과 탐욕과 폭력이란 낱말과 다를 게 없어지고 맙니다. 못된 버릇 중에서도 최고로 못된 버릇이죠. 남을 우습게 보고 무시하는 버릇을 버린 사람들에게만 열정은 찾아옵니다. 열정이 없는 사람을 낮춰 보는 이유가 나에겐 열정이 있기 때문이라면, 웃기지 말라 하십시오. 그건 열정이 아니라 폭력입니다. 삶이 연극처럼 과장되기 시작하면 그 순간 스스로에게 물어볼 일입니다. 사람들이 우스워 보이는가, 정말 그들을 인정하기 힘든가, 그들을 말도 안 되는 이유로 밟아버리고 싶은가. 그럼 차라리 열정 없는 삶을 사십시오. 사람이 우스워 보이지 않도록, 못된 버릇에 속아 평생을 살지 않도록, 다른 이를 존중할 수 있도록.

사실 삶에 열정뿐이라면 그러한 비극이 또 어디 있겠어요. 열정이 넘친다는 사실은 여러 평계 가운데서도 후한 점수를 얻곤 하지만 그것으로 인한 열매도 깨달음도 없이 열정을 삶의 장식으로 평생 달고 살아봤자 나중에는 '최고 어리석은 사람' '최고 못돼먹은 사람'이라는 평 말고는 어떤 것도 얻지 못합니다. 사람을 존중해주지 않고, 서로의 삶을 동정해주지 않고 공감해주지도 않으면서 무엇을 이루고자 하세요? 사람들은 당신의 오만에 돌을 던질 게 뻔합니다. 여러분, 여러분을 중독시킨 열정으로부터, 여러분 정신을 마비시킨 열정으로부터 어서 벗어나세요. 왜 열정이 비극을 동반하는지 이제 다들 아시겠습니까? 이 강연의 첫마디 뜻을 이해하시겠습니까?

보십시오 여러분, 그런데 이러한 마음의 병들은 발견해내기도 어렵고, 발견했다 하더라도 고쳐나가기가 참 어렵습니다. 왜냐하면 다들 삶에 대해 자신도 알 만큼 알고 있다고 생각하기 때문이지요. 다른 사람의 말을 들을 필요성을 못 느끼기 때문이죠. 이 길이 틀렸다 해도 이 방법으로 이만큼 성공했다 생각하기 때문이지요. 안 고쳐집니다. 저도 그렇습니다. 사실 저에게도 고쳐지지 않는 병이 있습니다. 생활하는 데 눈에 띄는 불편함은 주지 않지만 점점 더 심해지는 걸 자각하고 있어요. 근데도 고치려 들지를 않습니다. 내가 삶을 안다고 생각하기 때문이지요. 망가지고 있는 상태가 편안하기 때문이지요. 비극이죠. 그리고 사실 뭘 어떻게 고쳐야 하는지도 모르겠구요. 고치기 위해선 분명 나를 바꿔나가야 하는데 그것도 귀찮구요. 오래된 친구로서 박사님 소리를 듣는 한 친구도 그러더군요. 그럼 그냥 편하게 살라고, 뒤는 책임 못 진다고.

저번에도 말했지만 나는 강연이 없는 나라를 꿈꿉니다. 정말입니다. 강연하기가 참 싫습니다. 그런데도 나는 강연하지 않을 수 없습니다. 왜냐하면 불특정 다수 앞에서 이렇게 마이크를 쥐어야만 제정신이 되기 때문입니다. 왜 웃으시죠? 여러분, 불특정 다수를 웃기는 게 얼마나 힘든 일인지 아십니까? 저 정말 대단한 사람이죠? 나는 지금 무거운 마음으로 말을 꺼내는데 여러분은 웃고 있군요. 하지만 끝까지 들어보세요, 제 이야기가 웃긴 이야긴지 아닌지.

나는 이러한 강단에 서면 마음이 편안합니다. 덜덜 떨리거나 무릎이 후들거리거나 눈앞이 캄캄해지지 않습니다. 처음부터 그랬습니다. 여러 사람의 눈동자를 하나 하나 맞받아치며 강연을 진행할 때는 묘한 쾌감을 느끼기도 합니다. 글쎄요, 뭐라 설명해야 할까요, 어쨌든 내겐 사람들 앞에 서는 게 전혀 어려운 일이 아닙니다. 내가 어려워하는 건 다른 겁니다. 여러분은 아마 상상도 못할 일일지도 몰라요. 하지만 내가 늘 두려워하는 순간을 오늘은 솔직히 말해버리고 싶습니다. 이것이 치료의 첫걸음일 테니까요. 나는 어떤 걸 두려워하느냐면, 나는, 오히려 누군가와 단둘이 있는 상황을 두려워합니다. 그런 순간이 정말 불안합니다. 도망가고 싶어요. 에너지를 집중해서 상대방 말을 들어야 하는 상황, 또한 내 내면의 이야기를 꺼내야 하는 그런 상황이 정말 두렵습니다. 여러분 모두의 이름을 다 알지 못하고, 무슨 생각을 하고 앉아 있는지, 어떤 상처가 있는지, 어느 지방 출신인지, 어느 계절을 좋아하는지 등등 사소한 것에 신경쓰지 않고 강연하는 이 상황이 차라리 나는 더 편안합니다. 불특정 다수와 정서적 거리를 두고 강연하는 자리가 나는 더 좋습니다. 이렇게 마이크를 통해 울리는 과장된 내 목소리가 내 귀에는 편안합니다. 둘이서 혹은 셋이서, 아무튼 몇 안 되는 사람끼리 모여 눈을 마주치며 숨소리가 들릴 만큼 가까이 다가앉아 있어야만 하는 시간이 오면 정말 괴롭습니다. 대화 나누는 것이 두렵습니다. 마이크 없이 서로의 자연스런 목소리로 말하는 순간이 너무 어색합니다. 친밀감이란 정서가 어떤 것인지 누가 제발 나에게 설명해주십시오. 강연이라면 나 혼자 떠들 뿐 여러분 반응에 사실 무관심해도 상관없는 거 아닙니까. 여러분 중 반은 졸고 반은 눈을 뜬 채 딴 생각을 한다 해도 그게 문젭니까. 어차피 이 자리에서 여러분은 한 무리요, 단체의 구성원입니다. 개인을 상대하는 것도 아니고 무리를 상대하는데 내가 힘들 게 있나요? 그런데 둘이서는 너무 귀찮습니다. 힘들어요, 짜증스럽기만 합니다. 그 시간이 징그럽게 길게 느껴져요. 이것이 저의 병입니다. 다른 사람들에겐 당연한 삶의 모습이 내겐 짐이요 불안입니다. 증세가 점점 심해지고 있지요. 이렇게 많은 사람 앞에서는 청산유수로 떠들면서 둘이서 대화하라고 하면 그걸 두려워하는 사람 보셨나요? 아마 처음 보셨을 겁니다. 그래서 나는 두셋이 모인 자리에선 꼭 돌출행동을 합니다. 그 순간에 집중을 못하니 비상식적이고 비이성적인 행동들이 나타날 수밖에요. 상대방 말에 집중하지 못하고 장난을 치거나 딴 곳을 보거나 딴소리를 합니다. 앉아 있질 못하고 서성거리거나 들고 있던 펜을 계속 떨어뜨리거나 컵을 가지고 장난을 치거나 휴지를 계속 뽑거나 어떤 때는 어금니까지 갑니다. 이를 갈며 참는 거죠. 안 그래야지 하는데 그게 내 의지대로 안 되더라구요. 비극이죠.

여러분, 내가 왜 이렇게 됐다고 생각하세요? 처음부터 이러진 않았거든요. 원래는 저도 여러 사람 만나는 걸 싫어하고 마음 통하는 사람 하나 만나는 걸 좋아했습니다. 나는 왜 이렇게 됐을까요. 나는 박사니까 나의 증상을 남의 사례라 상상하며 분석해보았습니다. 웃기는 박사죠, 저는 그래서 스스로를 척척박사라 부릅니다. 웃지 마시라니까요. 어쨌든 결론이 무엇이냐 하면, 내 판단엔, 그러니까, 내가 성공하고 있다고 생각한 순간부터 이렇게 됐다고 결론을 내렸습니다. 어린 나이에 학위를 받고, 강의를 맡고, 박사님 소리 들어가며 나의 지식과 타고난 화술로 사람들을 현혹시킬 때부터, 아무것도 모르는 나를 사람들이 칭송할 때부터 이렇게 됐다고 저는 결론지었습니다. 세상을 깜짝 놀라게 해줘야지 하는 나의 오만이 나를 이렇게 만들었다고 봐요. 그때는 이것이 열정에 찬 삶이자 젊은이다운 삶이라고 생각했습니다. 멋진 삶이라고 생각했어요. 그런데 지금은 병명도 해괴망측한 '간헐성소통불능장애' 혹은 '개인간기피증후군및대화장애' 환자라나 뭐라나, 간단히 말해 정신병자가 되고 만 거죠. 지금 자가치료중입니다만, 내 인생이 이렇게 곤두박질을 거듭할 줄은 저도 몰랐습니다.

여러분, 나 자신에게 지나치게 집중하면 이렇게 됩니다. 저에겐 부모도 형제도 친구도 연인도 이웃도 필요하지 않았습니다. 기숙사와 연구실이 나의 우주였습니다. 모든 시간을 나의 연구실적을 위해 쏟아부었습니다. 하지만 사람은 '나'와 '너'에게 골고루 집중해야 합니다. 그러면 이런 복잡한 이름의 병에 걸리지도 않을뿐더러, 진짜 열정적인 삶을 살 수 있습니다. 개인만이 아니라 나라끼리도 역시 마찬가지죠. 세상을 좀 보세요. 앞에서도 분명히 말씀드렸다시피 열정의 첫걸음은 다른 이에 대한 존중과 배려이기 때문입니다. 나만을 향한 애정과 관심에서 출발한 열정은 끝에 가선 여러분을 병들게 할 겁니다. 탐욕의 노예로 여러분을 전락시킬 겁니다. 나와 너를 향한 균형잡힌 시각에서 모든 걸 시작하십시오. 지나친 사랑은 치명적인 독이죠. 여러분의 중독 증세를 개인별로 체크해드리기엔 내 병이 너무 깊고 시간도 없는 게 유감일 뿐입니다. 시간이 없어요, 정말 이상하죠, 누구에게나 시간이 없어요. 도대체 시간은 어디에 있는 걸까요. 누가 시간을 많이 가지고 있는 걸까요.

어떤 이에겐 내 말이 경고로 들릴 수도 있고, 또다른 이에겐 애정 어린 충고로 들릴 수도 있고, 어떤 분들에겐 정신나간 소리로 들릴 수도 있겠죠. 하지만 내 고백은 진심이고, 여러 날 망설이다 용기를 냈습니다. 개인적으로 증상이 점점 더 심해지는 것 같아서 머리가 완전히 돌기 전에 과감히 강연을 준비했습니다. 예? 그렇다고 갑자기 미친놈 보듯 불쌍한 눈으로 나를 쳐다보지 마세요. 자가치료중이라 했는데요…. 허허… 그래서 내가 이런 병에 안 걸리려면 어떻게 해야 한다고까지 알려줬잖아요. 나와 너에게 다 관심을 두라고 했잖아요. 치료중이라니까요….


## 신호등, 호루라기


큐선생과 자리를 바꿔 신호등 불빛이 보이지 않는 자리에 앉았는데도 뒤통수가 뜨끔거리는 듯해 마기는 찜찜했다. 지금쯤 꺼졌겠지, 이제는 켜졌겠지, 꺼졌겠지, 켜졌겠지, 꺼졌다 켜졌다…. 불빛에 대해 이야기를 해도 큐선생 부부는 마기만큼 불쾌해하지 않았다. 저런 게 있었나, 하며 흘려듣고 말았다. 동관에선 잘 보이니까 신호등이 유독 거슬렸을 거라는 큐선생 부인의 대답으로 그 대화는 끝이 났다. 마기도 괜한 데 신경을 썼나 싶어 신호등 얘긴 그만두었다.

초저녁의 넉넉한 시간이 흘러가고 있었다. 마기에겐 이 시간이 무척이나 애틋하게 느껴졌다. 언덕 밑의 회색빛 무리들에게도 마찬가지일 듯했다. 오늘 예정되었던 필수면담이나 자유면담 일정을 소화하고 방금 필수강연까지 다 듣고 저녁식사를 기다리는 시간이었다. 바라던 지시가 내려오겠지, 하며 낙관적인 웃음을 지을 수 있는 시간이었다. 내일이라도 당장 자유로워질 거라 기대할 수 있는 시간이었다. 꿈꿀 수 있는 시간이었다. 마기는 힐에서의 이 시간을 이제야 완전히 이해했다. 어떤 뜻을 가진 시간인지 일주일이 다 돼서야 깨달았다. 사람들이 왜 이 시간엔 저렇게 움직이는지, 또한 사람들이 여행가방이란 사물을 왜 간절한 눈으로 바라보는지, 그리고 가방 안에 담아온 것들을 왜 다 버리고 떠나는지, 빈 가방 속에다는 도대체 무엇을 숨기고 가는지 정확히 깨달았다. 다시 얻게 된 나만의 자유도 물론 그 속에 있겠지만 아무에게도 말 못할 상처의 일기장들이 그 안에 있을 건 분명했다. 몸에는 어떤 폭력의 자국도 없었고 욕지거리도 한번 듣지 않았지만 가방 속에는 모든 게 고스란히 들어 있었다. 모욕과 무기력의 무게로 가방이 채워지면 밤은 이미 깊은 후였다. 깊은 밤, 가방을 미리 싸둘까, 새벽에 짐을 챙길까, 관리국에서 연락이 오면 그때 챙겨도 늦진 않겠지, 어차피 다 버리고 갈 것들인데, 관리국에서 연락이 오긴 올까, 서둘러 일찍 일어나야겠지, 나는 내일 어떻게 될까, 내일 새벽 집으로 가는 기차표를 예매할 수 있을까, 그러려면 외출복을 아예 입고 잠자리에 드는 게 좋겠지, 관리국에서 과연 연락이 올까, 안 올까, 그렇다면 더 기다려야겠지, 더, 더, 밤새도록 더, 더. 같은 것을 고민하는 사람들의 숨막히는 조바심으로 밤이 깊어질수록 힐은 슬슬 생지옥으로 변했다. 아무하고도 대화하지 않아도 서로의 마음을 알 수 있었다. 족쇄에 발이 묶인 채 불안과 고통으로 시간을 버텨야 하는 사람들끼리는 눈 한번만 마주쳐도 극단으로 치닫는 서로의 의지를 알 수 있었다.

그러니까 완전한 어둠이 오기 전, 힐에서의 이른 저녁은 천국이 임한 순간이었다. 모든 게 불투명한 가운데도 하루가 저무는 풍경은 투명하고 정확했다. 당연한 자연의 순환이 위로가 될 만큼 힐에서는 모두들 외로웠다. 또한 간절했고 그렇기 때문에 날카로웠다. 저녁바람이 조용히 불어왔다. 저 멀리 벌판으로부터 불어온 넉넉한 바람이었다. 대강당 앞의 만국기와 현수막이 바람에 날렸다. 아침 나절엔 흐렸던 날씨가 오후 되면서 맑아지더니 바람도 달라졌다. 검은 구름떼는 어느 새인지 사라지고 없었다. 하늘이 있고 벌판이 있고 바람이 분다는 사실, 그래서 이제 곧 새들도 숲속의 둥지로 찾아들며 밤이슬을 안전하게 피할 것이라는 사실이 이처럼 감동스러울 수가 없었다. 힐에서의 이른 저녁은 경건하기까지 했다. 마기는 이 시간이 영원으로 남기를 기도했다. 어리석게도, 불가능하게도, 이따위 말들을 이 순간만이라도 잊을 수 있도록 기도했다. 그래서 다시 한번 바람이 불어올 때, 마기는 어린아이처럼 웃을 수 있었다. 깊은 밤이 곧 온다고 바람이 말해주었지만, 그래서 순간의 천국마저 끝이 난다고 벌판도 귀띔해주었지만 그는 순진하게도 웃는 길을 택했다.

강연이 끝나자 세 사람은 전에 만났던 나무의자 근처에서 또 만나 누가 제안했는지도 모른 채 산책길을 따라 이곳 정자까지 어슬렁거리며 올라왔다. 소나무숲을 따라 올라올 때는 많은 사람들이 정자로만 모여들까봐 걱정했는데, 사람들은 역시 오늘도 강연자를 둘러싼 채 떠들거나 풀밭에 주저앉은 채 움직이질 않았다. 정자 언덕 위는 생각보다 터가 넓고 깨끗했다. 웅장한 자연석 기단 위에 우아하게 자리잡은 정자 주변으로는 경계석처럼 세워진 바위들이 중앙을 둘러싸고 있었고 경계석 틈틈으로는 고만고만한 회양목들이 얌전히 심겨져 있었다. 잘 다듬어진 쥐똥나무가 울타리처럼 주변을 둥글게 감싸고 있어서인지 마기는 깔끔하고 단정한 정원에 앉아 있는 기분이었다.

위에서 내려다보니 유리 대강당 근처는 온통 회색빛이었고 정자에는 단 세 사람뿐이었다. 멀리로는 드넓은 벌판, 가까이로는 소나무와 삼나무로 뒤덮인 숲, 그리고 그 숲과 벌판 위로는 조심스레 내려앉은 하늘이 있었다. 몸을 숨기고픈 사람들만 이곳 정자로 모여든 게 분명했다. 벌판도 이렇게 위협적일 수 있음을 마기는 처음으로 느꼈다. 어디에도 가시덤불 같은 건 없었다. 힐을 둘러싼 것은 오직 숲과 벌판과 하늘뿐이었다. 휴양림 속 인공의 낙원에 갇혀 있다는 사실이 그렇게 불안할 수가 없었다.

세 사람 모두 회색 단체복을 입었지만 마기만 긴팔 윗도리였고 큐선생 부부는 짧은팔 옷을 입고 있었다. 마기는 언덕을 올라오며 팔을 걷었고, 큐선생은 바지를 걷었으며, 큐선생 부인은 짧은 머리를 질끈 묶었다. 오늘 다시 보니 큐선생은 생각보다 얼굴이 더 까맸고, 여자는 마른 몸매에 비해 볼과 턱에는 살이 있는 동그란 얼굴을 하고 있었다. 마기는 조심스레 두 사람을 살폈다. 냉랭해 보이지도 않았지만 살가워 보이지도 않았다. 여자는 머리라도 감았는지 전날처럼 불결해 보이지는 않았다. 그 점이 일단 마음에 들었다.

"마기 씨한테 말했어?"

여자가 큐선생을 향해 편안한 목소리로 물었다. 두 다리를 쭉 펴고 두 팔을 등 뒤로 뻗어 윗몸을 지탱한 채 앉아 있는 모습이 어딘가 소년처럼 보였다.

"아직."

큐선생은 고개도 안 들고 간단히 대답했다.

"내가 지금 말할까?"

"그러든가."

한동안 아무도 말하지 않았다. 마기는 벌판과 힐 풍경을 바라보기만 했다. 큐선생 부부가 하려는 말이 무엇인지 알 것 같았다. 다정하게 마주앉아 있지만 어딘가 균형이 깨진 듯한 느낌이었다. 5층의 힘센 장사 세벽도, 큐선생 부부도 일주일만 견디면 되는 것이다.

"곧 떠나시나봐요."

저 아래 사람들의 웃음소리가 여기까지 희미하게 들렸다. 벽을 뚫고 나온 소리보다 자연스럽고 경쾌했다. 역시 여기는 벌판이었다.

"네, 우리는 떠나요."

"일주일 후에?"

"네."

여자가 대답했다. 큐선생이 부인을 향해 몸을 약간 틀었다. 큐선생은 뭔가를 체념한 듯한 눈빛으로 부인과 마기를 한번씩 쳐다보았다. 바람도 없고 분노도 없는 눈빛이었다. 그러더니 다시 저 아래로 눈길을 돌리며 덧붙였다.

"당분간 주거한정자로 삽니다."

"남편에겐 전문기술능력이 있기 때문이에요."

"전문기술능력이 아니라 노동력이야. 말은 바른 대로 해."

"학생들도 계속 가르칠 수 있게 됐어요."

"정말 잘됐어요. 축하해요."

"글쎄요, 학교도시를 벗어나지 말라는 건 갇혀서 앵무새처럼 떠들기만 하란 소린데."

"일시적 조치거든요."

"주거한정자란 타이틀은 가끔 명예를 대변하기도 하잖아요. 전문가에게만 내려지는 조치니까 좋게 생각하시죠."

"모든 권리를 그대로 준 것 같지만 그것을 누릴 자유는 없어요."

"우리는 정말 여기를 빨리 빠져나가고 싶어요."

"나가봤자 또 지옥이야."

"아뇨, 그렇게 말하지 마세요. 정말 잘된 일이에요."

"누구의 발상인지 모르지만 잔인하죠."

"정말, 이곳에 오래 있을 필요가 없어요."

"백번 옳아요."

마기는 정자 위로 떨어진 솔방울과 잔가지를 모으기 시작했다. 큐선생 부부가 마기를 쳐다보았다. 그들이 쳐다보는 걸 알고부터는 그만둬야지 했는데 반복되는 손동작은 이상하게 멈춰지질 않았다. 근처 눈에 띄는 것은 다 발 아래로 집어왔다. 이곳에 오래 있을 필요가 없어요, 여자의 말이 마기 가슴을 쿵, 하며 내리치는 기분이었다.

그때 여자가 갑자기 마기의 이름을 불렀다. 마기는 잔가지를 손에 든 채 여자를 잠깐 바라보았다.

"그날은, 초면에 실례가 많았어요."

"한두번 있는 일이냐."

큐선생이 퉁명스럽게 끼어들었다. 마기는 두 사람을 보며 편하게 웃었다. 다른 말은 필요없을 것 같았다.

"그날은 마기 씨가 있어 정말로 점잖았던 거예요. 그리고 산 지 오래됐어요."

마기는 손이 닿지 않는 곳에는 발까지 뻗어 잔가지와 솔방울을 끌어와 동그랗게 모았다.

그대여 그대여 나는 숲에 숨어 글을 배운다오. 그대의 부모님께도 말해주오, 그 사람은… 그 사람은…. 마기는 갑자기 생각난 노래를 흥얼거렸다. 흥얼거리면서 저 아래 회색 무리 가운데 갈색 머리카락의 누군가를 잠깐 떠올렸다.

"근데 오늘, 마음이 좀 불편하네요."

마기와 큐선생이 동시에 여자를 쳐다보았다. 여자는 허리를 곧 게 펴며 자세를 고쳐 앉았다.

"뜻대로 다 됐어. 설마 결정을 번복해서 우리를 못 나가게 할까 봐 그래?"

큐선생이 위로하는 투로 말을 건넸다. 어찌 들으면 다정하게 들 리는 목소리였다.

"그런 건 아냐. 그런 건 아닌데,"

여자는 말을 하려다 말았다.

"어디 몸이 안 좋아?"

여자는 고개만 저었다.

"배고파?"

여자는 살짝 웃었다.

"아냐, 사실 강사 강연을 들을 때부터 그랬어."

"원래 에보스 씨가 명강사라 그래. 너도 현혹당한 거야. 소문 못 들었어?"

큐선생은 별것 아니라는 듯 시큰둥하게 받아쳤다.

"그런 걸까."

여자가 이번에는 마기의 얼굴로 눈길을 돌렸다.

"마기 씨는 오늘 강의 어땠어요? 저번에 했던 강의보다 오늘 강의가 더 듣기 힘들지 않았어요?"

기계적인 손동작이 저절로 멈춰졌다. 무엇이? 왜?

"나는 에보스 씨가 사람을 현혹시키는 강사 같진 않았어요. 어떠세요, 마기 씨?"

"나도 그렇게 생각해요."

마기는 간단히 대답했다. 그런데 여자가 계속 쳐다보았기 때문에 말을 보탤 수밖에 없었다.

"그렇지만 사실, 정상인은 아닌 것 같아요."

"내 말은… 정상 비정상을 떠나서, 그 사람, 뭔가 독기를 품고 말하는 것 같지 않았어요? 누구에겐가 굉장히 화가 난 듯한….."

"또 추측한다."

큐선생이 벌렁 누우며 말했다.

"아냐, 나는 정말 가슴이 뭐에 눌린 것처럼 힘들었어. 차라리 이번 강의가 더 불안했어. 저번 불안강의는 제목만 그랬지 이렇지 않았다구."

"나는, 독기까지는 아니지만 오늘 발언 중에는 군데군데 위험요소가 있었다고는 봐요. 개인면담 때 만났던 그 사람이 맞나 싶을 정도였어요. 근데, 이건 속국인인 내 입장에서 느낀 거라 두 분 생각과 다를 수도 있어요."

마기는 재미삼아 작은 솔방울 하나를 산책길 쪽으로 던졌다. 굴러 떨어지는 소리가 저녁 공기 속에서 투명하게 들려왔다. 마기는 여기까지만 말하고 싶었다. 그런데 어디선가 산새소리가 들렸다.

더 말해, 네가 느꼈던 불편함을 너도 어서 말해, 마기 귀에는 산새가 그렇게 우는 것처럼 들렸다. 바로 손닿을 곳에서 들려오듯 귀에 쟁쟁했다.

"내게 아직 여유가 있어서인지, 아예 포기해서 그런 건지, 내 코가 석자면서 강사 선생이 걱정되더라구요. 그 사람을 향해 묘한 연민과 존경심마저 일 줄은 몰랐어요. 어딘가 수세에 몰린 사람 같다고도 생각했어요. 간사는 자신의 머리가 돈 것 같다고 말은 했지만 결코 아니에요. 당국의 지시와는 거리가 먼 강의였다고 생각해요."

"들었지? 내 느낌이 터무니없이 허황된 게 아니잖아. 마기 씨처럼 글을 많이 읽은 분도 그렇게 느꼈다잖아."

큐선생은 여전히 누운 채 마기에게 물었다.

"마기 씨는 진짜 그 강의를 끝까지 다 들었단 말입니까?"

"듣다보니 재밌길래…."

"역시 작가 선생이라 다르시네."

"저는 작가가 아닌데요."

여자는 좀더 적극적인 태도로 말을 이었다.

"마기 씨, 속국인으로 느꼈다는 그 부분은 내 느낌과 비슷할 것 같기도 해요."

"또 추측한다, 또."

"그럴 수도 있죠."

"열정중독자는 자신이 폭력을 휘두르면서도 그것이 폭력인 줄 모른다고 그랬잖아요."

"그랬죠."

"근데 그런 사람만 있는 게 아니라 그런 나라도 있다고 그랬잖아요."

"언제부터 그렇게 분석적이었어?"

"그래요, 망설임 없이 그렇게 말했어요."

"그랬나?"

"나라까지 언급할 줄 몰랐어요."

"어쨌거나 강의는 한 귀로 듣고 한 귀로 흘리는 거라고 강사 선생님이 접때 그랬는데. 기억들 안 나시나?"

"사실 나도 좀 놀랐어요."

"실수였을까요?"

"아니라고 봐요."

"추측은 병이야."

"여기가 그렇게 나쁜 나란가요?"

마기는 여자의 질문을 듣는 순간 숨을 몰아쉬지 않을 수 없었다.

"이 나라의 병을 이렇게 정확히 짚어낼 줄은 몰랐어요. 물론 제국의 맹점을 명확히 비난했지만, 과연 에보스 간사님의 진심은 어디까지인지 의심이 들어요. 강연 내용이 진실이었다면 에보스 간사님은 제국에서 하루도 살 수 없었을 테니까요. 아 그렇지만, 여기까지만 하죠. 두 분이 혹시라도 난처해지면 곤란하니까요. 그리고 이건 개인의 문제가 아니고 세상의 무지막지하게 큰 틀의 문제니까. 그리고 무엇보다 일주일을 잘 견디셔야 하니까."

　제국의 병을 제국의 기관교육생들에게 들려줄 필요가 있었을까. 에보스 씨는 자신을 치료하기 위해 말했을까, 포기하기 위해 말했을까. 에보스 씨는 앞으로 직위나 명예를 빼앗기지 않을까. 팔뚝의 흉터 위에 또다른 상처가 생기는 건 아닐까. 그 사람은 왜 '열정'적인 반기를 굳이 오늘 들어 보인 걸까. 세상에 틈이 있기는 한가, 그런데 지금 큐선생 부인은 나를 시험하는 걸까. 나는 큐선생 부인을 본국인이라는 이유로 의심하는 걸까… 마기의 머릿속은 이어지는 질문과 에보스의 흉터 이미지로 벌써부터 뒤죽박죽이었다.

　"어, 근데 저 불 이상하네?"

　갑자기 큐선생이 내뱉었다. 마기는 그의 목소리에 놀라 모아놓은 잔가지를 자기도 모르게 발로 건드렸다. 애써 동그랗게 모았던 가지들이 살짝 흩어졌다. 왜 저러지, 윗몸일으키기를 할 때처럼 누운 큐선생의 배가 말할 때마다 출렁거렸다.

　"저것 봐, 순간 빨간 불로 바뀌더니 계속 번쩍거리네?"

　누워서 손가락질하던 큐선생이 벌떡 일어났다. 마기도 머릿속 생각을 지워버리려는 듯 재빨리 큐선생 쪽으로 몸을 옮겨 정자 언덕 위의 신호등을 바라보았다. 신호등은 빨간 불로 바뀐 채 깜빡거리고 있었다. 노란불이 깜빡이던 속도보다 확실히 빠른 속도였다. 악의적인 태도로 힐을 굽어보던 신호등이 오늘은 빨간 불빛을 뿜기 시작한 것이다. 위험해요, 길을 건너지 마세요, 목숨을 잃어요, 라는 메시지가 아닌 듯했다. 마기에게는 차라리 더 큰 위험이 오기 전에 지금 길을 건너라는 뜻으로 여겨졌다. 미친 듯한 명멸은 해 저무는 평온한 하늘 위로 외계인이 남긴 암호처럼 번져나갔다. 저 신호등 하나 때문에 벌판도, 하늘도, 가까이 들리던 산새소리도 다 무의미하게 느껴졌다. 거대한 소음처럼도 느껴졌다. 풀 수 없는 암호에 속아 속을 태우며 지내야 하는 힐 감금자들의 마음속을 바로 이곳 정자 위의 미친 신호등이 대변해주는 것 같았다. 마기는 자신의 심박수도 함께 빨라지는 걸 느꼈다. 이상한 곳이야, 정말 나쁜 나라야, 어디선가 이런 아우성이 들리는 듯했다.

"이상해요."

그때 여자가 두 사람 곁으로 다가왔다.

"저것 봐."

어느 새인지 여자가 무릎걸음으로 그들보다 몇 걸음 앞선 자리로 가 아래를 가리켰다.

"이상하게 사람들이 저쪽으로만 모이고 있어, 저기 입구 아래 계단 있는 데."

"저기까지 나와서 사인해주나봐."

"사람들이 자꾸 한쪽으로 밀려요."

"에보스 씨 노란 모자가 떨어진 것 같은데."

세 사람은 여자가 말한 쪽을 바라보았다. 말없이 그곳을 바라본 지 몇 초가 흘렀을까. 저 아래, 어느 곳인지 모를, 또한 누구의 소리인지도 모를, 처음 언뜻 들으면 거친 바람소리에 가깝지만 결국

터지고 말 듯 팽창된 소리가 어딘가에서 들려오기 시작했다. 그 속도에 질려버린 순간, 깊이를 헤아릴 수 없는 이상한 진동도 곧 보태지기 시작했는데 숨이 턱 막힐 만큼 위협적인 소음이 더해지면서 사람들의 움직임도 한곳으로 더욱 심하게 쏠리는 듯했다. 신호등 깜빡임보다 더 불안한 속도의 강압적인 여러 소리들은 모아지지 않은 채로 산만하게, 하지만 서로의 통증과 공포를 정확히 발산하며 이곳 정자 위까지 올라왔다.

그러나 이제는 또다른 기류가 밀려왔다. 나무와 돌들도 움찔할 만큼 날카롭고도 급박한, 사람의 소리인 건 분명하지만 사람이 냈다고는 믿기 힘들 만큼 무서운, 그러니까 여러 사람이 한꺼번에 겁에 질려 내지른 소음이 저 아래에서 들려왔다. 더이상 뜻모를 웅성거림이 아닌 정확한 공포의 소리였다. 아아, 아아. 여자는 어린아이처럼 귀를 막았다. 징그러워 징그러워, 큐선생은 여자의 어깨를 감싸주었다. 마기는 신호등을 다시 올려다보았다. 신호등은 방금 전보다 더 빠른 속도로 명멸하고 있었다. 사람들 일부는 흩어졌다 다시 모였고, 계단 아래 가까이 있던 사람들은 더 촘촘히 모이기 시작했으며, 점점이 흩어지는 사람들도 멀리로는 가지 못한 채 대강당 주위를 뱅뱅 돌며 알 수 없는 소리만 내지르고 있었다. 사람들이 이리저리 휩쓸리며 파라솔을 쓰러뜨리는가 싶더니 곧이어 사이렌소리가 울리기 시작했다.

"누군가 다쳤어."

비명소리의 알맹이는 사라졌지만 소리의 껍데기는 불꽃이 튀듯 벌판 끝으로 번져나갔다. 사람들은 귀를 막을 엄두도 도망갈 엄두도 내지 못한 채 정신나간 목격자가 되어 현장에 붙들려 있었다. 그러나 저들은 아무것도 제대로 볼 수 없는 사람들이었다. 그저 겁에 질린 사람들일 뿐이었다.

세 사람은 모두 일어섰다. 그 순간 마기는 가슴에 강한 압박을 느꼈다. 갑자기 찬물을 뒤집어썼을 때처럼 심장이 얼어붙는 느낌이었다. 숨이 턱 막히며 뼛속과 골수까지 맹렬하게 저릿해왔다. 집요한 사이렌소리에 세상의 소리는 모두 파묻혀버렸다. 큐선생 부부 중 누군가의 입에서 고함소리가 계속 터져나왔지만 마기는 그것조차 알아들을 수 없었다. 뭐라구요? 여기는 나쁜 나라라구요? 아아 여기 오래 머물면 안 된다구요? 그러나 아무 대답도 들리지 않았다. 다만 누군가는 다쳤고, 누군가는 소리를 질렀으며, 누군가는 뜨거운 피를 흘릴 뿐이었다. 그리고 또 누군가는 옥죄어오는 가슴을 움켜쥘 뿐이었다. 겁쟁이만 모였나요? 목숨을 구해드릴까요? 아아 나를 도와주세요… 도와주세요. 동시에 누군가는 흐려진 눈으로 옆사람 팔을 붙잡고 몸을 지탱하려다 꺾이듯 쓰러지고 말았다. 공들여 모아놓은 솔방울과 가지들마저 흐트러지며 소리쳤고 깊은 밤 내내 호루라기소리가 째지듯 이어질 뿐이었다.

# 사가어요어

빗소리.

몇 시쯤? 그래, 조용하지, 음, 깊은 잠. 호루라기를 뺏어서…

일주일, 일주일 후, 아아 일주일밖에? 아니 일주일 안에?

눈을 떠야 할 시간이었다. 오랫동안 헛소리인지 잠꼬대인지 모를 소리를 내뱉으며 자고난 다음날임에 분명했다. 마기는 온전치 못한 정신으로도 '다음날'이라고 자신에게 다시금 타일렀다. 몸과 마음을 잠의 힘으로부터 빼내기가 견딜 수 없이 힘들었다. 스스로의 몸을 어쩔 수 없기도 했고 일어나 눈을 뜨고 모든 걸 시작하기 싫은 마음이기도 했다. 일상으로 되돌아가기 싫을 때, 눈 감고 있는 동안 세상이 변할 거라 착각하고 싶을 때, 이럴 때면 자신의 몸이 믿기지 않을 만큼 물렁물렁한 것 같았다. 하지만 눈을 뜨고 시간을 확인하면서부터 어수룩한 착각 따위도 모두 끝이었다. 마기도 당연히 그것을 알고 있었다. 그래서 그런 순간을 어떻게든 피하고 싶었다. 눈을 뜨면 그때부터 머리는 굳어버렸고 몸은 딱딱해졌으며 시간은 그야말로 기다렸다는 듯 폭포수처럼 내리꽂히기 시작했다. 마기는 세상의 속임수를 알고 있었다.

혼자 손가락을 겨우 움직여보았다. 이불속에서 몸을 최대한 웅크렸다. 몸에 이불이 닿는 감촉마저도 아리고 쑤셨다. 보고 들은 것이 아무것도 기억나지 않았다. 아무 일도 일어나지 않았을 수도 있었다. 사고도 비명도 없었을 수 있었다. 여기는 그저 비가 오는 곳, 날씨가 변덕스러운 곳, 멀쩡한 사람을 누워 있게 만드는 곳, 스스로를 속일 수 있을 만큼 어두운 곳, 감옥보다 더 잔인한 곳, 절망 아닌 다른 말로는 설명할 수 없는 곳이었다.

빗소리.

빨라졌다 느려졌다, 바람과 섞여 오른쪽 왼쪽으로 쓰러지듯, 빗소리로 운명을 점치는 전설 속 주술사의 손짓처럼, 앙상하게 노련하게, 역시 기괴하고도 묵직한 빗소리뿐이었다. 하지만 그 소리 틈으로 곧 방문이 열리는 소리, 살금살금 걸어다니는 소리, 벌써 깨어난 이를 깨우지 않으려 헛되이 노력하는 소리, 결국엔 이름을 부르는 사무적인 소리. 마,기,씨,네, 호루라기를 뺏어서… 마기의 생각은 거기서 자꾸 끊겼다. 호루라기를 뺏어서 그것을 강물로 던지고 입도 틀어막아서 맷돌을 목에 달아 두 팔로 번쩍 들어올려 또 한번 강물로 저 깊은 강물로… 하지만 마,기,씨? 대답하지 않을 자신이 없었다. 아니 대답하지 않을 자유가 이곳엔 없었다. 몸이 딱딱해지기 시작했다. 마기는 천천히 이불을 걷어냈다. 그런데 순간 얼굴로 빗물이 쏟아지는 듯한 충격에 마기는 감은 눈을 더욱 세게 감았다. 눈을 뜰 수 없는 속도감, 내리꽂히는 날카로운 힘, 온몸을 얼어붙게 하는 미친 빗줄기였다. 그 빗줄기가 지나가도록 마기는 숨을 죽였다. 얼굴을 내밀고도 한참 있다 눈을 떴다. 안전한 천장, 따뜻한 실내, 조용한 침실, 지친 숨소리뿐이었다. 이렇게 조용한 방은 다른 이의 방일 것이다. 마기의 방은 시끄럽다. 하지만 그의 방은 이미 제국이 점령했다. 좁약 냄새 가득한 붙박이장, 옷걸이 하나 맘대로 빼 쓸 수 없는 네모난 방만 아니라면 마기는 만족했다. 그렇지만 다가오는 저 사람은 타인이 분명했다. 마기는 얼굴을 확인하려고 눈에 힘을 주었다. 그랬더니 반갑지 않은 빗소리만 더욱 가깝게 들렸다.

"괜찮으세요?"

더 귀를 기울여야 했다.

"어두우면 불을 켜드릴까요? 커튼을 걷을까요?"

저 사람은, 그러니까 눈빛과 뺨이 모두 이국적인 저 사람은.

"주사액이 다 들어갔네요."

차가운 손길이 마기의 팔에 닿는 순간 그는 미세한 무언가가 피부에서 빠져나가며 팔이 금방 자유로워지는 걸 느꼈다.

"뭐 드실 걸 좀 가져올까요?"

어느 곳 태생인지 모를 직원의 신비한 얼굴을 확인하는 순간 마기는 우습게도 안심했다. 여기는, 그러니까 멀쩡한 사람을 누워 있게 만드는 진저리나는 이 보금자리는 힐공동체 동관 803호였다. 당연했다. 깊이 잠들 수 있었던 어제란 때가 축복의 시간인지 저주의 시간인지 분간할 수 없어 마기는 절망밖에는 할 게 없었다. 병신 같은… 마기는 혼자 중얼거렸다. 벽을 향해 겨우 돌아누우며 다시 눈을 감았다. 이런 이유 때문에 절망까지 해야 한다. 잠을 더 깊이, 더 영원히 잘 수 없기 때문에 가슴이 찢어진다. 어제 일이 정돈되지 않을 때, 오늘의 일도 감당할 수 없을 때, 잠에서 깨어난 사실이 죽고 싶을 만큼 억울할 때, 꿈으로 돌아갈 길 없는 꽉 막힌 인생이 기막히도록 서러울 때, 이럴 때마다 마기는 스스로가 길 잃은 어린아이처럼 느껴졌다. 차라리 잠에서 깨어나지 못했더라면, 차라리 가슴이 터져서 숨통이 막혔더라면, 차라리 누군가 잠든 사이 모가지를, 이 보잘것없는 모가지를 비틀어버렸더라면. 엄마, 급기야 마기의 목구멍에서 어른의 소리가 아닌 연약한 어린아이의 울먹임이 새나왔다. 엄마….

"왜 약을 꾸준히 복용하지 않으셨어요?"

직원은 링거 걸이를 한쪽으로 치우며 다가와 말했다. 따지는 투는 아니었지만 차가운 음성이었다.

"밥도 안 드시고."

밥은 희망이 있을 때나 먹는 거지요, 마기는 속으로 대답했다.

"어쨌든 젊으셔서 그런지 그래도 금방 깨어나시네요."

마기는 돌아누운 채 조심스럽게 눈을 뜨고 벽만을 바라보았다.

"저, 아무래도 오늘 상태로는 힘들어 보이니 필수면담을 연기해드리겠습니다. 몸을 추스르고 난 뒤 하시죠."

사가어요어, 마기 입에서 겨우 말이 흘러나왔지만 직원은 네? 네? 되묻기만 했다. 마기는 힘을 주어 다시 말했다.

"상,관,없,어,요…."

"혼자 있고 싶으신가요?"

혼자?

"도와드릴 일이라도?"

도움이 필요했다. 일어나 앉을 기운도 없었고, 침대 아래로 내려갈 의욕도 없었다. 늘어진 자신의 팔을 보니 아직까지 단체복을 입고 있었다. 여기 얌전히 누워 있는 게 굴욕처럼 여겨졌다. 도움이 필요하다 말하도록 상황을 몰고가는 힐의 위력을 마기는 처음으로 알 수 있었다.

"상관없어요."

마기는 힘껏 주먹을 쥐며 또 이렇게 대답했다. 그러나 곧 힘이 빠져 오래 주먹을 쥐고 있을 수 없었다. 기운이 없는 거야 도와줄 수 있겠지만, 의욕이 없는 것을 도와줄 수는 없었다. 기껏해야 우울증 치료제를 나눠먹는 식일 게 뻔했다.

"세상에 상관없는 일은 없어요, 마기 씨."

803호에 누워 직원의 목소리로 들으니 그 말이 옳은 듯도 했다.

"그럼, 저 비를 멈추게나 해봐요."

마기는 갑자기 터져나오는 눈물을 참을 수 없었다. 이불을 어깨 위로 끌어당겼다. 직원이 방안에 있어 오히려 다행이었다. 혼자 우는 것만큼은 피하고 싶었다. 누군가 있어야 이를 악물고 참기가 쉬웠다. 다시 이곳에서 정신을 차려야 했다. 다시 싸움을 시작해야만 했다.

"아니면, 정자 위 신호등을 박살내버리든가요."

마기는 최대한 자연스럽게 코를 훌쩍거리며 침을 한번 삼켰다. 그러곤 길게 숨을 내쉬었다.

"역시 마기 씨다우시네요. 해드릴 수만 있다면야 당장 해드리죠. 저도 마기 씨 팬이니까 비도 막아버리고 신호등도 콱 찍어버리고."

직원의 가벼운 웃음소리가 들렸다. 이불로 눈물을 찍어 닦으며 마기도 같이 헛웃음을 웃었다.

"거의 테러였대요."

직원이 발치에 앉았는지 매트리스를 통해 무게감이 느껴졌다.

"네?"

"어제 일 말예요."

마기는 알아듣는 척했다.

"단체복엔 아시다시피 속옷이 함께 재단돼 있잖아요. 그리고 소지품 없이 강의를 들어야 한다는 철칙 때문에 빈손으로 대강당에 들어가야 하잖아요. 그런데 속옷을 입고 그 속에 커터칼을 숨겨 들어갔대요. 이제 몸수색이 다시 극성을 부릴지도 모르겠어요. 일이 터졌던 계단 옆 화단을 파보니 커터칼이 스무개도 넘게 숨겨져 있더래요. 재주도 좋지, 사람들이 늘 지나다니는 곳인데. 참, 사실 간사님이 계단까지 나와 사람들 틈에서 너무 오래 시간을 끈다 생각하긴 했어요. 그리고 위에서 하라고 한 주제도 아닌 다른 걸로 맘대로 강연한 거래요. 간사님은 치료를 받는 중이라는데 상태는 아직 잘 모르겠어요."

직원의 억양은 정확한 제국행정어에서 점점 벗어나고 있었다.

"나도 어디서 들었는데, 간사는 독기를 품은 사람이래요. 간사는 겁날 게 없었을 겁니다. 겁이 났다면 그런 강의를 할 생각도 못했겠죠."

마기는 눈가에 남아 있는 물기를 손바닥으로 닦아내며 말을 마쳤다.

"과연, 뭐 잘 모르겠어요. 나도 사실 이렇게 방방마다 다니면서 묘한 두려움을 느끼곤 하니까요. 궁지에 몰린 사람들을 조심해야 하거든요. 그런 사람들 옆에 오래 있으면 위험하죠. 그래도 여기 사람들은 양반이에요. 나는 결과적으로 전기의자에 앉아 죽을 목숨이라 손해볼 거 없이 이리로 오겠다 했지만 간단한 일은 아니죠."

직원은 말을 하다가 멈췄다. 마기는 직원의 수수께끼 같은 말들을 퍼즐을 맞추는 기분으로 듣기 시작했다.

"나도 궁지에 몰렸지만 지금은 걱정 마세요. 힘이 하나도 없으니까."

"마기 씨는 예외라니까요. 글쎄, 커터칼 두 개를 양손에 하나씩 쥐고 막 찔러댔대요."

직원이 마기의 발목을 툭툭 쳤다. 마기는 상체를 살짝 들어 직원을 바라보았다.

"보세요, 사람들이 그러는데요, 이렇게요, 막."

직원은 머리를 가슴팍에 처박은 채 두 팔을 정신없이 휘저었다.

"나는 지금 커터칼도 없어요. 그리고 그쪽이 미울 이유도 없어요."

"모든 사람이 그런 건 아니라니까요. 그리고 마기 씨는 친절하시니까요."

마기는 도로 누우며 혼자 웃었다.

155

"사실 아무나 사람 모가지나 가슴을 칼로 후벼파나요? 이제 붕대를 감고 사는 일만 남았을 텐데, 그 인생도 불쌍하죠, 그렇게 막 나가다니. 그나저나 의약품도 제 담당인데, 약이 떨어졌으면 복용하시던 약 신청해드리겠습니다. 서류에서 의료번호만 찾으면 되니까요. 진작 알았으니 다행이네요. 안 그러면 저는 또 일자리를 잃을 뻔했네요. 마기 씨도, 이럴 땐, 참. 여기 일자리를 잃으면 저 같은 사람은 다시 수용소로 가는 인생인 걸 모르셔서 그러시지. 차라리 여기서 커터칼 맞는 게 저한테는 더 낫다니까요."

사가어요어, 마기는 다시 혼자서 중얼거렸다, 약은 제가 원할 때 주세요.

"세상에 상관없는 일은 없다니까요. 그랬다면 나도 이 길로 들어서지 않았을 텐데 말입니다."

"호루라기를 빼앗아주세요."

마기는 저도 모르게 중얼거렸다.

"저가 시골 무지렁이에다, 수용소살이 저질 인생이라 해도 호루라기뿐이겠어요? 다리몽둥이라도 분질러드리고 말구요."

직원은 마기의 중얼거림에 유쾌하게 대꾸했다. 어느 곳인지는 정확히 모를 지방 억양이 이제는 아주 강하게 느껴졌다.

"어쨌든 요즘 세상에, 그것도 힐에서 영양실조라뇨. 마기 씨는 밥부터 챙겨 드셔야겠어요. 그럼 면담 연기합니다."

직원은 일어서며 한번 더 확인하려는 듯 말했다. 그때 마기 귀에서 호루라기소리가 뚝 그쳤다. 이제는 다른 시간이었다. 엄살이

나 호소, 삶의 서러움이나 억울함이 통하지 않는 시간이었다. 손에 다시금 총칼을 쥐어야 할 시간이었다. 힐의 전투력을 알아차렸다. 상대방이 스스로 싸움을 포기하도록 점잖게 기다리는 힐의 속임수를 마기는 이제 알 수 있었다. 무기력하게 나자빠지도록 흠잡을데 없는 숙식을 제공하며 면담과 교육을 통해 세뇌를 일삼는 힐의 공격기제에 속을 수 없었다. 쉬어가라고, 쉬어가며 삶을 정돈하라고 힐은 비열하게도 명령했다.

"아뇨, 저기요, 생각이 바뀌었어요. 아직 상태가 안 좋긴 하지만, 미루지 말고 여기서 그냥, 803호에서 면담할 수 있도록 그렇게 해주세요… 다리몽둥이라도 분질러준다고 했잖아요. 부탁합니다. 여기, 803호에서요."


## 개인필수면담 2


"그러니까, 동생을 못 챙긴 오빠의 실수라는 거죠? 제국 시민으로서 연중 3개월은 반드시 제국에서 체류해야 하는데, 동생이 그걸 안 지켰다는 말씀이시죠? 그래서 경고장도 보내신 거구요. 경고장은 행정상의 착오가 아니었다, 그 말씀인 거죠."

낮과 밤 가운데 어느 때일까, 아까부터 몇 시인지 궁금했는데 시간을 알 수 없었다. 시간이 한참 지나도 어둠이 깊어지진 않았

157

으니 늦은 때는 아니었다. 위협적으로 무거운 날씨, 모든 약속이나 실천을 뒤로 미루게 되는 날씨였다. 이런 날엔 게으름이나 무기력함도 넉넉하게 허용될 듯싶었다.

"동생이 연장처리 했다고 말했어도 마기 씨가 한번쯤 확인을 했으면 지금 상황은 달라졌을 텐데요."

하륜 간사는 고개를 끄덕이며 입을 열었다. 오늘 간사는 어딘가 마음이 급해 보였다. 차분하고 냉정한 사람이라 생각했던 것과는 조금 다른 모습이었다.

마기는 이불을 끌어당겨 어깨까지 덮었다. 간사는 철 이르게도 통통한 팔이 거의 드러난 짧은 소매의 재킷을 입고 있었는데 마기는 보기만 해도 추워 이불로 저절로 손이 갔다.

"지금 우리 가족을 걱정하시는 건가요? 이상하게도 나는 욘데가 걱정되지 않는데요. 서류상 가족이 아닌 건 우리에겐 중요하지 않으니까요."

"동생과 연락이 되지 않는데 너무 태평하신 거 아닌가요?"

"그게 큰 문제가 되나요? 그 아이 하나 제국에서 사라진 것과 어머니 전집 번역 출간과 어떤 관련이라도 있습니까? 혹시 내 동생을 각별히 걱정해주시는 건가요? 아니면 지금 내 몸 상태가 안 좋아서 제가 핵심을 못 잡는 건가요? 뭐가 문제인지 잘 모르겠는데요."

"오빠인 마기 씨에게도 또한 동생인 욘데 씨에게도 이 상황에 책임이 있다는 이야기죠."

"이 상황, 그럼 이 상황을 어머니 전집 번역 건으로 한정해서 말하자면, 저야 번역을 맡은 사람이니까 책임이 있겠지만, 공부만 하는 애한테 무슨 책임이 있을까요. 갑자기 어딘가로 숨어서 보이지 않기 때문에 문제인가요?"

간사는 방바닥에 내려놓았던 가방에서 서류 하나를 꺼내 들었다. 의자 삐걱거리는 소리가 몇 초간 들렸다. 그러곤 간사가 마기를 향해 종이를 보여주는데 마기로서는 내용을 확인할 이유가 없었다. 저런 종이는 살펴보고 싶지도 않았다. 방 안에서 들을 수 있는 빗소리도 거짓처럼 여겨지는데 서류는 더 말할 것도 없었다. 밖에는 비가 안 올 수도 있었다. 제국이 이루지 못할 일이 없듯이, 약자 한 사람 속이지 못할 까닭도 없었다.

"이건 리간 선생님 고향의 자장가와 동시, 노동요, 민요, 옛날이야기 등의 원고입니다. 입에서 입으로만 전해지던 글들을 리간 선생님이 고향방언으로 손수 정리하신 것이죠. 이거야 마기 씨도 다 아는 사실이고, 뒤의 서류들은 보면 아시겠지만 옛 노래들의 번역물입니다. 이미 3, 4년 전부터 제국행정어, 그리고 국제표준어로까지 번역되어 소수족 아이들은 물론 도시외곽의 아이들에게도 읽혀지고 또한 노래로도 불려지고 있습니다. 리간 선생님 고향방언 말고도 세 소수민족 언어로도 각각 번역되었습니다."

간사는 일어나 침대 앞으로 걸어와 마기에게 서류를 내밀었다. 마기는 다른 곳에 비해 유독 앙상히 마른 간사의 손을 한참 바라보다 못 이기는 척 이불속에서 손을 빼 서류를 받아들었다. 마기는 한 장씩 넘겨보았다. 간사가 도로 의자로 가 앉는 순간 마기의 머릿속에는 익숙한 멜로디가 떠올랐다.

그대여 그대여, 내 사랑을 버리지 마오, 나는 글을 배우고 있다오.

그대의 부모님께도 말해주오, 그 사람은 내게 글을 읽어준다오.

사랑의 글을 읽어준다오, 그대여 그대여, 나는 숲에 숨어 글을 배운다오.

산새처럼 진실하게 울 때까지 나는 숨어 글을 배운다오.

그대의 부모님께도 말해주오, 그 사람은… 그 사람은…


"모르고 계셨나요?"

"지금 간사님이 주셔서 처음 보는 겁니다. 변방에선 이런 일이 있었군요."

부족 안에서도 방언의 어원을 체계적으로 공부한 욘데가 정말로 번역을 시작한 것일 수도 있었다. 이 노래를 알면서 국제표준어, 제국행정어, 그리고 몇몇 소수민족의 방언까지 섭렵한 사람은 그리 많지 않으니까. 어쨌든 이 나라에는 이런 옛 노래 하나라도 아무렇게나 흥얼거려선 안 되는 법까지 있었다.

"저희가 욘데 씨 학교로도 수차례 경고장을 보냈습니다. 그러나 달라지진 않았습니다."

"경고장이요? 무엇을 또 경고하셨는지."

"제국으로 입국하라고, 그리고 불법 번역을 하지 말라고 경고했습니다."

"그렇군요. 저도 그렇지만 욘데도 관官에서 보낸 우편물은 잘 보지 않는 편이라서요."

"직접 찾아간 직원도 욘데 씨를 만날 수 없었습니다. 고의성 짙은 행방불명이죠."

"나는 그래도 사람이 찾아오면 만나는 주는데, 욘데는 나보다 한수 위군요."

마기는 혼자 웃었다. 그러나 간사의 얼굴은 똑같았다. 마기도 금방 표정을 바꿔 간사에게 물었다.

"그런데 이것을 욘데가 번역했다는 증거는 확실히 있습니까? 어떻게 그렇게 확신하고 욘데를 찾으시죠? 단지 제국으로의 입국 일정을 챙기지 못한 오빠라고 죄인 취급 당하는 것도 좀 억울하네요. 욘데는 어린아이가 아니지 않습니까."

"이 모든 노랫말을 이렇게 친절히 전수받아 정확히 알 수 있는 사람은 실제로 많지 않습니다. 모든 정보국 직원들도 마기 씨 남매를 주목했습니다. 처음 입수된 자료를 보면 더 명백합니다. 욘데 씨는 아예 숨길 생각이 없었던 것 같습니다. 학교 로고가 페이지마다 새겨진 공책에 작업을 했더군요. 날짜와 개인적인 메모도 곁들이면서. 기숙사 책상 위에 모든 자료를 얌전히 올려놓고 사라졌습니다. 원하시면 그 자료도 나중에 보여드릴 수 있습니다."

"그렇다면 번역본을 도로 찾아 폐기처분 하십시오. 그럼 간단하지 않나요? 제국의 조직력과 자본으로 그 정도는 힘든 일도 아니지 않습니까. 그리고 제국 안에서는 그게 법대로 하는 것일 테니 어차피 소수부족으로 돌아간 아일 찾으려 들지 말고 불법 번역본을 찾으면 되는 일 아닌가요? 숨길 의도도 없었던 것으로 보아, 아마 욘데는 이런 번역이 금지되는 줄도 몰랐을 겁니다."

"묶인 번역본이 따로 있진 않습니다. 아이들에게 원본을 보며 필사를 시켰을 뿐입니다."

간사는 다소 어이없다는 얼굴로 말했다.

"필사요? 내 동생이지만 여전히 엉뚱하긴."

마기는 저도 모르게 큭, 하고 웃음을 터뜨렸다. 마기의 이러한 반응을 예상했다는 듯 간사는 흥분하는 기색이 없었다. 말을 계속하면서 마기는 점점 차분해졌다. 사실 간사가 803호까지 아무 말 없이 찾아와준 것만도 신기한 일이었다. 하지만 면담을 시작하자마자 말할 기운이 생겨나는 게 마기로서는 더욱 신기했다. 가족 이야기를 시작하자 차라리 몸과 마음이 가벼워졌다. 어제의 사이렌소리, 여러 사람의 비명소리, 터질 것 같던 가슴의 압박감 같은 건 자신의 문제도 아니고 자신이 겪은 일로도 여겨지지 않았다. 사람에겐 이상한 힘이 있었다. 어떻게 내가 겪은 분명한 일들은 내 일이 아닌 것처럼 여겨지는 반면, 당장 내 옆에 없는 사람 이야길 들으면서는 내가 그 사람과 함께 있는 것 같은 행복감을 느낄 수 있을까. 역시 욘데였다. 번역을 해서 출간한 것도 아니라 아이들에게 필사를 시키고, 이윤을 추구한 것도 아니고, 무리를 선동한 것도 아니고, 어린아이들과 재밌게 놀아준 누나나 언니일 뿐인데도 제국을 긴장시킬 만큼 욘데는 힘이 셌다.

"그렇게 됐군요. 아이들 공책 하나 하나를 제국이 빼앗는 것도 우스운 일이겠네요."

"법대로 하기엔 너무 사소한 문제들이죠, 사실."

간사의 목소리가 점점 날카로워지는 느낌이었다. 하류 간사는 아무리 급해도 정도 이상은 서둘지 않았다. 사소한 문제일 뿐이라고, 그런데도 나라가 나서서 미리미리 척결하는 정말 이상한 나라라고, 이런 나라를 처음 본다고, 마기는 803호까지 찾아온 간사에게 일러주고 싶었다.

"그렇다면 그냥 모른 척하십시오. 그 아이는 이제 제국하고 상관이 없지 않습니까."

"그렇진 않습니다."

"변방 골짜기에서 일어난 일까지 중앙에서 신경쓸 필요가 있을까요?"

"욘데 씨는 언제나 우리보다 한발 앞서 있어요. 욘데 씨는 제국을 상대하지 않습니다. 아이들을 상대합니다."

"공부하는 아이가 그냥 재미삼아 한 일이라고 넘기십시오. 동생은 아이들을 좋아하거든요. 동네아이들과 놀아준 친절한 젊은이라 생각하십시오. 이 일은 제 말대로 그 이상도 이하도 아닐 겁니다."

"동생을 그렇게 생각하고 계신가요? 아이들을 좋아하는 사람이라고, 공부만 하는 아이라고, 친절한 젊은이라고 생각하십니까?"

"물론 노래하는 아이죠. 또한 용감한 아이고."

"그 이상이죠. 마기 씨는 동생에 대해 잘 모르시네요."

"그 아이를 그냥 놔두세요. 간사님 말대로 제국 따위에 아랑곳하지도 않고 상대하지도 않는 아이를 왜 찾아 상대하려고 하세요? 모든 기득권을 버리고 좋아하던 공부도 그만두고 떠난 아이에게서 뭘 더 빼앗으려 하세요? 다시는 중앙으로 올 수 없는 아이입니다. 그런 아이가 두려우세요?"

빗소리가 뜸해졌다. 간사는 방바닥 어딘가를 한참 내려다보더니 알 수 없는 한마디를 내뱉었다.

"다시 803호군요. 역시 803호."

그러곤 간사는 입을 다물었다.

마기는 숙소 침대에서 면담을 하는 자신이 욘데의 오빠가 아닌 남처럼 느껴져 순간 무서웠다. 그 아이를 그냥 놔두라는 뜻은 무엇일까. 욘데를 위한 게 아니라 내가 위험해지고 싶지 않아서, 혹은 욘데의 일에 말려들기 싫어서, 아니면 여기서 더 힘들어지고 싶지 않아서 성의없이 던진 말은 아니었을까. 어떠한 애정도 떨림도 없는 변명은 아니었을까. 그렇다면 방금 전의 행복감은 무엇이었을까. 영리하게 처신하라는 5층 여자 세벽의 음성도 떠올랐다. 이렇게 기운이 없어 상체를 벽에 기댄 채 겨우 면담을 이어가는 자신의 모습을 혹시라도 세벽이나 동생이 본다면, 그래서 내 한몸 편하고 싶어 혀끝으로만 말하는 심장병 환자를 본다면, 마기는 다시는 그들의 얼굴을 볼 수 없을 것 같았다. 수치스러워서, 아니 그들이 두려워서 숨고만 싶었다. 마기는 또한 한 생각과 한 느낌을 오래 지탱할 수 없는 지금 자신의 정신 때문에 불안했다. 이렇게 알팍하고 경박한 자신의 생각을 꿰뚫어볼 간사의 힘도 두려웠다. 무엇을 얻기 위해 간사는 여기까지 군말없이 왔을까. 사소한 것을 위험한 것으로 둔갑시키기 위해 온 게 분명했다.

"욘데 씨를 그냥 놔둘 수는 없습니다."

"그럼 저더러 숨어 있는 동생을 잡아서 데려오라는 말씀이신가요?"

"핵심이 무엇이냐 물으셨죠?"

마기는 목이 말라 견딜 수 없었다. 지금이 몇 시인 줄 알면 목마름이 덜할 것 같았다. 때와 곳 그리고 대화의 내용, 함께 있는 사람, 모든 게 마기를 목마르게 했다.

스물 갓 넘은 소수민족 학생 하나를 왜 제국에선 잡아들이려 하는지. 찢어진 청바지나 걸치고 잠들기 전까지 비스킷이나 땅콩을 온 집안에 흘리며 먹고 다니는 덜렁거리는 여자아이 하나를, 처녀다운 수줍음보다는 아직까지도 아이다운 좌충우돌로 자신의 물건 하나 제대로 챙기지 못하는 어리병병한 아이 하나를 왜 제국은 제거하려 하는지.

"마기 씨, 이 서류를 보십시오."

또다시 서류였다. 간사가 새로운 서류를 꺼내 마기에게로 다가와 건넸다. 손에 들고 있던 서류를 침대 위에 놓고 새 서류를 받아들었다. 서류 첫 장엔 마기 가족의 이름이 모두 적혀 있었다. 간사는 자리로 돌아가 의자를 침대 앞으로 끌고 오기 시작했다. 마기는 그만 오라는 듯 간사를 도전적인 눈빛으로 쳐다보았다. 간사도 눈빛을 모른 척하지 않고 적당한 거리에서 의자를 멈췄다. 간사는 의자에 앉아 자신있는 얼굴로 마기를 쳐다보았다. 마기도 자신있는 얼굴로 서류를 훑어보기 시작했다.

　욘데의 글씨였다. 또한 욘데의 장난기 어린 그림이었다. 욘데를 다시 만난 것처럼 반가웠다. 마기는 동생이 그린 자음과 모음 앞에서, 동생이 남긴 저항의 흔적 앞에서 벌써부터 콧등이 시큰거렸다. 글과 그림 속에는 욘데의 천부적인 총명함과 빛나는 상상력이 꿈틀거리고 있었다. 마기는 자신이 얼마나 욘데를 존경하는지를 서류를 보며 새삼 깨달았다. 동생의 소박함 속에 숨겨진 천재성을, 천진함 속에 숨겨진 치열함을 자신이 얼마나 부러워했던가도 깨달았다. 욘데의 앞날이 걱정되기 시작했다. 왜 이 서류를 간사가 자신있게 내밀었는지 까닭을 알 것도 같았다. 욘데의 숨길 수 없는 재능과 능력을 마기는 드디어 걱정하기 시작했다. 남매로서 부모에게 더 큰 인정과 칭찬을 받고자 어깨를 겨루던 때의 옹졸함이 아닌, 욘데의 삶이 다칠 것을 염려하는 피붙이의 마음으로 동생을 걱정하지 않을 수 없었다. 늘 앞서가던 오빠의 눈에는 어리게만 보였고 그래서 인정하지 않았던 어린 동생 욘데의 용기와 지혜를 마기는 더 깊이 존경하지 않을 수 없었다. 할 수만 있다면 욘데를 찾아 깊이 껴안아주며 격려해주고 싶었다. 그래서 더욱 마음이 쓰라렸고 숨은 더 가빠졌다. 사람들이 욘데를 찾는 까닭을 마기는 이제야 알 수 있었다. 사라지길 잘했다, 욘데.

"제국행정어의 인칭별 동사변화와 소수민족 언어 동사변화의 공통점, 그리고 방언에서 시제를 나타내던 약호가 현대 제국행정어의 시간표현 부사로 변천한 과정을 그림으로 나타낸 것을 보십시오. 방언의 감정표현 약호가 사라지면서 지역별로, 즉 그 지역의 기후나 지형, 풍속과 지방색에 따라 차이를 두며 각각 다른 문자 형태로 정착한 것을 정리한 표 보이시죠? 그 표 내용을 지도 위에 그린 것도 보십시오. 아마도 아이들에게 전달하기 위해 작성한 자료로 보입니다. 유아교육용이라 해도 이렇듯 상세하고 창의적인 설명은 당국의 언어전문가들도 모두 처음 보았다고 하더군요. 해, 달, 별의 모형에서 시작된 방언의 뿌리를 이토록 친절하고도 명쾌히 설명한 사람은 천재 아니면 귀신일 거랍니다. 그 정도로 비상한 사람이 세상에 있다는 걸 믿기 힘들어하더군요."

욘데의 글씨였고, 욘데의 솜씨였다. 어머니에게 배운 내용 그대로였다. 짝에게 자신이 지은 사랑의 글을 서로 읽어주어야만 부부가 될 수 있는 부족이었다. 그 부족에겐 늘 원시인이란 꼬리표가 따라다녔지만 부족 안에는 문맹이란 낱말이 없었다. 아니 문맹이란 낱말을 설명할 길이 없었다. 어머니와 욘데를 낳아준 부족이었다. 놀라운 원시인들이었다.

"우리가 욘데 씨를 왜 찾는지 아시겠습니까?"

마기는 고개를 숙인 채 욘데의 동글동글한 글씨체만을 바라보았다. 지금 마기가 바라는 것은 욘데가 더 멀리 떠나가는 것 하나

뿐이었다.

"왜 마기 씨를 힐로 불렀는지 아시겠습니까?"

마기는 대답하지 않았다. 욘데의 장난기 넘치는 해와 달과 별들의 모양에서 눈을 뗄 수가 없었다.

"당국에서 왜 마기 씨 가족을 이토록 보호하는지 아시겠습니까?"

보호.

마기는 드디어 고개를 들었다. 뒷머리를 벽에 기대고 잠깐 눈을 감았다. 보호라.

"제가 알고 있는 건, 왜 제 동생이 제국을 상대하지 않는지, 그것 하나입니다."

마기는 눈을 감은 채 조용히 말을 이어갔다.

"제 동생에겐 보호가 필요없기 때문입니다. 마찬가지로 나에게도, 우리 부모님에게도 제국의 보호는 처음부터 필요없었습니다. 제국에선 보호라 말하지만, 그것은 억압이요 폭력입니다. 같이 거칠어지고 싶지 않습니다. 제국이 욘데를 필요로 하는 이유는 이 아이의 비상한 머리 때문이겠지요. 그러나 그것은 그 아이를 위한 보호도 아니고 배려도 아닙니다. 제국과는 상관없는 사람이 됐으니 그 아이는 그냥 놔두십시오."

"모든 사람에게 유익을 주고자 욘데 씨를 찾는 겁니다. 욘데 씨를 벌주기 위해서가 아니라 더 좋은 동료와 더 풍부한 자료를 제공하며 더 집중할 수 있는 물질과 환경을 마련해주어 연구에 몰두

하도록 돕기 위해서입니다. 이런 불법 번역으로 변방 소수민족에게만 기억되기엔 너무나 아까운 사람입니다. 너무나 놀라운 실력입니다."

"정말 그렇게 생각하십니까?"

마기는 어쩔 수 없이 눈을 떴다.

"제 생각을 아직도 의심하시는군요."

"당연히 의심스럽죠. 제국에선 이보다 더 가치 있고 존엄한 것을 이미 많이 훼손시키고 날려버렸습니다. 얼마나 많은 사람들을 죽였는지를 먼저 생각하세요. 그들에게 어떻게 용서를 빌 수 있을까, 그것을 생각하며 두려워하세요."

"전쟁은 모든 이들이 원했기 때문에 일어난 인류의 불행이었습니다. 제국만의 범죄행위도 아니요 제국만의 살인행위도 아닙니다."

그 순간, 마기의 눈에는 하륜이란 사람이 더이상 인간으로 보이지 않았다. 의식의 세계를 한 번도 자유롭게 날아보지 못한 로봇을 향해 할 수 있는 말은 많지 않았다. 마기는 소름이 끼치도록 정확하게 모든 걸 깨달았다. 그러니까 빗소리마저도 거짓처럼 느껴지는 건 당연했다. 그들은 자연을 두려워하지 않았다. 눈에 보이는 것도 두려워하지 않는데 눈에 보이지 않는 것을 두려워할 만큼의 거룩함이 있을 리 만무했다.

"오죽하겠습니까. 욘데에게 비상한 머리가 없었다면 그 아이도 어찌 죽었는지도 모르게 어느 어둔 골목이나 어둔 복도 끝방에서 죽었겠죠. 아시겠어요, 간사님? 세상엔 전쟁이라는 낱말이 있는지도 모른 채 사는 사람들이 있다는 사실을 아시겠어요? 제발 그들을 돕는다고 또다시 전쟁을 일으키거나 고향으로 돌아가겠다는 아이를 끌고와 괴롭히지 마십시오. 제국은 못할 일이 없지만, 사람이 해선 안 될 일을 하는 제국의 비열함과 잔인함 앞에서는 제국인들도 반기를 들어야 합니다. 사람이 목숨을 걸어야 한다면 이런 것에 걸어야 합니다. 아시겠냐구요, 욘데가 제국의 중요한 사람이 되었다면, 그 아이가 원하는 걸 하게 내버려두십시오. 그것이 아끼는 사람을 위해 할 수 있는 최선의 일입니다. 날 여기 잡아 가둬도 나는 욘데의 행방에 대해서는 아는 바도 없고, 모두 처음 보고 처음 듣는 말이라 당혹스러울 뿐입니다. 그 아일 제게서 찾으려 하지 마세요. 그리고, 전쟁을 원한 사람은 아무도 없었다는 걸 인정하세요. 오직 제국만이 원했고 결국 원하지 않았던 사람들은 모두 죽음의 길로 간 겁니다. 그걸 아셔야만 합니다."

"욘데 씨가 이토록 애정을 들여 원고를 정리한 이유는 오빠인 마기 씨와 이미 이야기가 끝났기 때문 아닌가요? 동생이 원고를 제공하면 오빠가 출판을 맡는 건 뻔한 일 아닌가요? 우리에게 제시한 내용에는 없지만 리간 선생님 번역본에 동생 분의 내용도 덧붙이려는 의도가 있었던 건 아닙니까?"

"처음 알게 된 일이라고 하지 않았습니까. 간사님 말씀대로 남들도 다 알 만한 일을 몰라서 매번 이렇게 당하기만 하는데 왜 정보국에선 세상 멍청한 남매를 가만 놔두지 못하고 잡아들이려는 겁니까."

"마기 씨의 힘은 바로 이런 순간에 드러납니다. 본인은 모르시
죠? 마기 씨가 말을 하면 사람들은 다 믿습니다. 그것이 진실이든
아니든 사람을 믿게끔 하는 힘이 마기 씨에게 있습니다. 그러니
협조해주십시오."

"말귀가 어두우시군요."

"네, 저는 말귀가 어둡습니다. 하지만 제가 속한 제국은 힘을 가
졌습니다. 정신의 빈곳을 알아채고 다가간 존재는 제국밖에 없습
니다. 다른 누구도 채울 수 없는 것을 제국은 알고 채웠습니다."

마기는 터져나오는 웃음을 최대한 참았다.

"안타깝게도 간사님은 때를 놓쳤어요, 제국도 마찬가지입니다.
참회의 때를 놓쳤으니 말도 안 되는 억지고집을 부리는 겁니다."

순간 간사는 의자에서 벌떡 일어나 두리번거리더니 바닥에 있
던 자신의 가방을 집어 들고는 그 속을 한참 뒤적거렸다. 그러더
니 포기한 듯 다시 앉으며 가방을 무릎 위에 올려놓았다. 아무래
도 담배를 찾는 것 같았다.

"유감이지만 협조해주셔야만 합니다. 마기 씨는 언제나 예외였
지만 앞으로는,"

"방금 말씀드렸듯이, 사람이 해선 안 될 일이 세상에는 분명 있
습니다."

"제국에 대한 습관적인 비난은 이쯤에서 접으시죠. 이제 어느
곳에도 배고픈 사람은 없습니다."

"간사님은 제국 안에서만 살아왔으니까요."

"제국은 사람들이 원해서 세운 나라입니다."

"정신의 힘을 바로 아십시오. 그곳에는 채워지지 않는 공간이 있고, 그곳을 공격당했을 때 사람들은 분노합니다."

"마기 씨도 영원히 젊을 수는 없습니다."

"삶의 한때만 젊을 수 있다는 생각은 제국의 생각이죠."

"젊을수록 어리석은 법이니까요."

"상대방 말이 내 뜻과 달라 받아들일 수 없으니 그 말을 한 사람을 굳이 죽여야겠다는 생각은 제국 안에서야 문제될 게 없죠. 그렇지만 모든 사람이 그 폭력 앞에 무너질 거라 착각하진 마십시오."

"결국 힘 아니면 진실입니다. 마기 씨 생각으론 두 개가 상반된 개념인 겁니다. 하지만 제가 볼 땐 두 개념은 같습니다. 사람의 마음을 움직일 수 있는 건 진실이겠죠. 그것이 힘인 거구요. 사람들을 억지로 이곳까지 끌고 왔다면 제국은 지난 세기에 벌써 망했겠죠. 그러나 보십시오."

목이 마르다는 사실과 몇 시인지 알 수 없다는 사실, 마기는 두 사실 때문에 불행했다. 서류는 이미 저만치 내팽겨쳐졌고, 간사의 형체는 흐릿해졌다. 갑자기 803호 안이 어두워진 것 같기도 했다. 머리와 가슴은 더할 수 없이 팽팽해져 눈앞이 펑펑 돌았지만 다행히도 눈물은 나오지 않았다. 마기는 두 손을 들어 뭐에 맞은 듯 얼얼한 이마 주위를 꾹꾹 눌렀다.

"잘 들으십시오. 욘데가 정리한 내용은 이미 어머니가 정리한 것일 뿐 새로운 게 없습니다. 이 자료가 그렇게 소중했다면 어머니를 죽이지 말았어야죠. 제거하고 보니 너무 이른 감이 있었다, 이런 상황인가요? 그러니 아들은 여기 잡아왔고, 내용을 정리한 딸도 찾아서 겁을 줘야겠다, 이런 말씀이신가요?"

간사는 마기를 쳐다보기만 할 뿐 말이 없었다. 한참 뒤에야 간사는 입을 열었다.

"안타깝지만, 동생은 어느 곳에도 없습니다."

이마를 누르던 마기의 두 손이 순간 힘없이 떨어졌다. 앞에 앉아 있는 간사가 뿌옇게 보였다. 분명 위협적인 말투였다.

"듣고 계십니까? 소수민족 거주지에서도 찾지 못했습니다."

"더 찾아보십시오."

"어떤 경로로든 먼저 다른 나라로 이동했을 수도 있고, 아니면…"

"거짓말이라도 앞뒤가 맞게 좀 하십시오."

"사고를 당했을 수도,"

"……."

마기는 잠시 말이 없었다. 그러다 더이상 참지 못하고 아까부터 참았던 웃음을 드디어 터트렸다. 마기의 급작스런 웃음소리에 맞춰 간사 무릎 위에 있던 가방도 바닥으로 떨어졌다.

"중앙의 허락도 없이 어디론가 사라진 제 동생이 문제로군요. 제국 체류일수도 지키지 않고, 경고를 해도 나타나지도 않고, 머리는 똑똑한 데다 귀신도 놀라게 할 천재성을 가져서 소수민족의 사라져가는 방언을 꼬마들한테 자꾸 가르쳐대니 내 동생 욘데는 정말 큰 죄를 범했군요. 이제 그 죗값으로 제국에 충성하지 않으면 살 길이 없는 신세가 되었군요. 아, 아무 곳에서도 욘데를 못 찾았다고요? 그렇다면 제국 안에 있을 겁니다. 숨겨놓은 사람이 모른다고 하면 모른다 하는 까닭이 있겠죠."

마기는 웃음을 참을 수 없었다. 바로 이렇게 제국은 망해가고 있다고 말하고 싶었다. 아니, 이미 신뢰를 잃은 제국이 발광을 하며 여기까지 왔다고, 마기는 똑똑히 말하고 싶었다.

# 3

## 판타지 3―동서남북 이야기

저 멀리 동쪽 경계를 보세요. 적군을 물리치고자 쌓아올렸던 흙 언덕이 보이세요? 적군의 강한 요새를 무너뜨리기 위해 남쪽 사람들은 흙으로 높은 언덕을 쌓아올렸답니다. 한쪽에선 뚝딱뚝딱 하늘까지 닿을 키 큰 사다리를 만들고 있었지요. 그들은 언덕을 요새만큼 높이 세워 사다리를 타고 몰래 성으로 들어가 그 성을 함락시키려 했대요. 정말 끈기 하나는 대단한 사람들이에요. 그래서 남쪽 사람들은 우직하니 제 할 일에 열심인 사람에게 지금도 이렇게 말하곤 하죠. '흙언덕이 곧 완성되겠네.' 하지만 반대로 빈둥거리는 사람에겐 이렇게 놀려준답니다. '흙언덕이 미끄러지기만 하네.'

이제는 고개를 돌려 서쪽을 보세요. 서쪽에서는 뭔가 다른 냄새가 나요. 당연하지요. 서쪽으로는 바다가 있기 때문입니다. 배를 타고 다니며 장사를 해서 큰돈을 버는 배들과 남의 것을 도적질하는 해적선이 바다 위를 함께 누빕니다. 사실 어느 배가 무역선이고 어느 배가 해적선인지 구별할 수 없을 정도로 배를 타고 온 사람들은 모두 남쪽 사람들을 괴롭혔습니다. 그래서 남쪽 사람들은 무역선이나 해적선이나 사람을 해치고 도망가는 나쁜 배라고 아이들에게 가르쳤답니다. 사람들은 바닷가 근처에서 피를 많이 흘렸고, 눈물도 많이 흘렸으며, 집과 먹을 것을 빼앗겼으며, 끌려가며 매를 맞았고, 끌려간 사람들을 기다리느라 더러는 굶어죽거나 얼어죽거나 심지어는 마음이 아파 죽기도 했으니까요. 남쪽 사람들의 공통점이 있다면 이것 하나인데, 아무도 까닭을 모른 채 피를 흘리며 얻어맞고 끌려갔다는 점입니다. 그래서 아직도 남쪽 사람들은 아무 이유 없이 상처를 주는 사람을 이렇게 표현하곤 합니다. '저 놈은 배를 탄 놈이야.' 혹은 '배를 탄 놈보다 더한 놈이지.' 이렇게요.

그럼 이제, 무시무시한 서쪽에서 눈을 돌려 북쪽 경계를 바라볼까요? 북쪽도 만만치 않습니다. 저렇게 크고 높은 산은 세상에 둘도 없으니까요. 물론 저 험한 산이 북쪽의 사나운 적들을 막아주는 덕분에 남쪽 사람들이 안심할 수는 있었지요. 하지만 든든한 방패인 산은 잊을 만하면 부글부글 끓다가 터져버리는 바람에 사람들을 겁에 질리게 했어요. 사람들은 산을 두려워했습니다. 지옥불을 연상시키는 공포의 열기와 눈깔을 빼내고도 남을 산의 괴성을 사람들은 잊고 싶었습니다. 산이 터지며 갈라지는 걸 한 번이라도 본 사람은 기적처럼 아무 해를 입지 않았다 해도 도저히 그곳에서 살 수가 없었습니다. 그래서 사람들은 무서운 산을 떠나기도 했습니다. 또한 남은 사람들도 산을 화나게 하면 안 된다고 생각하며 착하게 살았습니다. 남의 것을 빼앗거나 싸우지도 않았고, 힘들수록 노래하며 함께 일했습니다. 달빛이 밝은 밤엔 글도 배웠습니다. 그리고 산의 돌조각 하나나 떨어진 나뭇잎 하나라도 맘대로 집어오지 않았습니다. 산은 남쪽 사람들이 겸손하도록, 글을 익히도록, 욕심을 버리도록 가르쳐주었습니다. 그래서 남쪽 사람들은 아직도 뜨거운 것을 싫어하며 북쪽을 등지고 살길 좋아한답니다. 그리고 자신에게 가장 소중한 것을 표현할 때는 '이것의 임자는 산이라오'라고 말한답니다.

마지막으로, 이제 슬슬 남쪽으로 발길을 돌릴까요? 남쪽 경계로는 모두 형제의 나라라 이곳은 늘 평온합니다. 싸움이 없으니 피도 없고 고통이나 눈물도 없습니다. 남쪽으로는 강이 흐릅니다. 평화롭고 아름다운 강물이 혼돈의 바다로 흘러가 묻혀버리는 게 남쪽 사람들은 슬펐습니다. 그래서 되도록 강가에서는 기쁜 일들을 이야기했고 아기들을 씻겼습니다. 그렇게 하면 강물의 힘이 세져 바닷물에 섞여도 혼돈의 바다를 이길 거라 믿었습니다. 산이 터져 그 화산재가 하늘로 치솟다 못해 강물까지 흘러 내려왔을 때, 사람들은 두 번 통곡하지 않을 수 없었지요. 그들에게 강은 생명이 었으니까요. 그래서 남쪽 사람들은 아기가 태어나면 지금까지도 이렇게 말하곤 한답니다. '이 아기는 강물에서 건져왔다오.'

저기 마침 한 가족이 나와 아기를 씻기고 있습니다. 가까이 다 가가볼까요.

아기는 딸이에요. 물을 좋아하는 아기로군요. 아기를 붙잡고 있 는 엄마의 몸이 휘청거릴 만큼 아기는 좋아라 손발을 휘저으며 물을 튕기고 있어요. 아빠는 아기 뒤에서 통통한 배를 쓰다듬고 있습니다. 엄마와 아빠는 아기의 환호성에 대답하느라 바쁘답니 다. 시원하지? 더 놀고 싶어? 어허 위험해요 꼬마아가씨, 이제 곧 해가 져요, 하늘을 보세요, 달보다 고운 꼬마아가씨. 아기는 엄마 아빠의 손을 뿌리치고 혼자 놀고 싶어 해요. 이번에는 아빠가 손 을 뻗어 엄마 얼굴의 물기를 닦아줍니다. 엄마는 아빠의 손길이 입가에 닿자 그 손에 살짝 입맞춥니다. 엄마 아빠가 사랑의 눈길 을 주고받는 동안 아기는 두 손에 물을 묻혀 엉성하게도 얼굴을 닦아냅니다.

평평한 바위에 앉아 있는 한 소년도 보입니다. 소년의 머리카락 은 엄마의 머리카락과 똑같은 짙은 갈색입니다. 하지만 눈동자는 아빠의 푸른 눈동자를 닮아 깊고도 조용합니다. 소년은 아직 어리 지만 산을 쳐다보며 늙은이처럼 하늘을 살피곤 합니다. 소년의 두 손에는 아기를 위한 흰 수건이 들려 있습니다. 언제부턴가 소년의 눈길은 아기에게서 떠나지 않았습니다. 소년은 웃지 않을 수 없었답니다. 아기는 물을 수백 번 움켜쥐지만 결코 잡을 수 없다는 걸 모르거든요. 그런 아기의 사랑스러움을 소년은 하나도 놓치고 싶지 않습니다. 오빠가 해줄게, 소년은 다짐합니다. 네가 원하는 것은 오빠가 다 해줄게. 소년은 태양을 향해 수건을 더 활짝 펼칩니다. 곧 이 수건은 아기의 몸을 감싸안아 물기를 닦아줄 사랑의 한 조각이니까요. 소년은 아기와 엄마와 아빠의 뒷모습을 바라봅니다. 강가에서의 어느 하루일 뿐이지만 소년은 이 하루를 영원히 잊지 않겠노라 다짐합니다. 소년의 눈에 눈물이 고입니다. 소년은 이러한 느낌이 행복일 거라고 생각합니다. 동시에 이 순간이 영원할 수는 없다는 것을 작은 아픔과 함께 예감합니다. 네 식구의 어깨 위로 드리워진 각자의 짐들이 소년의 눈에 보이기 시작합니다. 하지만 소년은 총명합니다. 그래서 엄마 아빠가 자신에게 해주었던 말을 잊지 않고 아기에게도 속삭여줍니다.

　—삶에는 완전한 길이 있어. 세상 사람들이 그런 건 없다고 해도 너는 속으면 안 돼. 아가야, 삶은 정말 짧아. 하지만 짧은 시간 동안 너는 영원한 걸 준비할 수 있어. 멋지지 않니. 너는 그 길로 가야 해. 바로 그 길이 가장 완전한 길이야.

# 제 동생을 아세요?

다른 것은 마기 눈에 들어오지 않았다. 팔꿈치 아래로 남겨진 흉터가 에보스라는 사람의 모든 것을 설명해주는 듯했다. 저 자리에 치명적인 상처가 생기고 그 상처가 아물어 길쭉한 흉터로 남기까지 에보스라는 사람이 겪었을 비밀의 시간들을 캐내고 싶었다. 평온에서 돌출된 징그러운 기억을 엿보고 싶었다. 그러나 흉터는 우직하게도 비밀을 지켰다. 한편으로 그것은 한없는 극단으로 비춰지기도 했다. 마기 자신이 체험해보지 못한 삶의 준엄한 표징으로도 보였다. 한겹의 살가죽을 뚫고 칼이나 총알이, 아니면 독설이나 저주가, 폭력이나 감금이, 아니 견고한 정신을 뚫지 못한 제도나 서류가, 혹은 강연이나 교육이 끔찍한 공격기제가 되어 에보스라는 사람을 이 지경까지 만든 게 틀림없었다. 아니 그것도 모자라 다시 변종이나 독종을 만들어 한 사람을 공격하고 파괴하다, 그러다 그것도 성에 안 차, 차라리 스스로가 스스로에게 해를 끼쳐 더러운 싸움을 끝내도록 협박했을 수도 있다. 물론 가해자는 늘 동일했을 것이다.

에보스는 눈은 뜨고 있지만 온몸은 잠들어 있는 듯 고요했다. 목에서 턱을 거쳐 입술까지 붕대가 휘감겨 있었다. 에보스의 얼굴은 무섭게 부어올랐고 특히 붕대로 압박당한 아랫입술은 보랏빛으로 뒤틀린 채 비현실적으로 너덜거렸다. 부어오른 얼굴 속에 파묻힌 눈동자는 녹슨 철조각 같았다. 어떤 것에도 주의나 흥미를 느끼지 못하는 눈이었다. 숨은 쉬지만 육체에는 아무 미련도 없다는 듯 심장의 파동은 게으르고도 안일하게 이어졌다.

　마기는 그 점을 걱정하지 않을 수 없었다. 사고였든 쇼였든, 한 번쯤은 당할 것이라 예감했기에 지나치게 고요해선 안 될 일이었다. 그런데도 아무 소리도 들리지 않았다. 병약한 두 사람의 분노한 심장만 겨우 떨 뿐이었다. 마기는 자신 안에서뿐 아니라 에보스 안에서 들려오는 굴욕적인 박동소리를 확인하며 공감한다는 듯 고개를 끄덕였다. 삶이 시작되는 곳에서는 언제나 물음이 터져 나온다. 어딘가에 대고 피 터져라 묻지 않을 수 없는 기막힌 삶의 한때를 사람들은 불행이라 부른다. 그 물음은 날마다 처절해지며 집요해지는데, 대답을 찾기 위해 달려가노라면 친구도 만나지만 사나운 짐승도 만난다.

　에보스는 체념한 듯 눈을 감았다. 가늘고 긴 육체 위로 아침 해 또한 가늘게 퍼지고 있었다. 어제의 비는 그쳤지만 이 태양도 오래가지 못할 것을 예감한 마기로서는 빛이 반갑지 않았다. 지하병동 창가로 번지는 희미한 햇살 아래로는 조촐한 아침상이 펼쳐져 있었다. 그러나 탁자 위의 음식들은 받아놓은 상태 그대로인 듯 보였다. 항복하지도 않고 그렇다고 저항하지도 않은 채 에보스는 그저 눈을 감고 있었다. 마기는 다시 흉터로 눈길을 돌렸다.

　마기는 스스로에게도 자신을 설명할 수 없었다. 직원의 유니폼을 빌려 입고 이 시각 지하병동을 찾아 어둔 입원실 안에 서 있는 자신의 모습을 누군가 타당하게 설명해주었으면 싶었다.

"뭔가를 이렇게 마음 졸이며 몰래 해본 적이 처음이라 가슴이 아직까지도 미칠 듯 뛰어요. 아 근데, 차라리 아침이 허술하다 하고, 교대가 이뤄지는 시간이 제일 안전하다고 그러더라구요, 사람들이 많이 지나다니니까요."

여전히 긴장한 목소리로 마기가 말문을 열었다. 그러나 눈을 감은 에보스의 얼굴은 똑같았다. 마기는 약간의 무안함을 느끼며 재빨리 말을 이었다.

"본관 지하병동 경비, 까짓 별거 아니네요. 동관 직원에게 구입한 고급 와인 두 병과 약간의 현금으로 해결봤어요."

마기는 큐선생 말투를 흉내내며 억지로 웃었다. 그러곤 생각난 듯 시간을 확인했다. 앞으로 7, 8분 정도.

"이 옷은 지하병동 경비에게 다리를 놔준 동관 직원에게 빌렸구요. 참, 옷 빌려준 그 직원이 약 배달도 담당해요."

마기는 받아온 에보스의 약봉투를 주머니에서 꺼내며 말했다. 그런데 죽은 듯 누워 있던 사람이 상체를 들더니 팔을 휘젓기 시작했다. 몇 번 움직이자 순식간에 약봉투는 다시 마기의 윗도리 주머니에 꽂혀버렸다. 마기는 슬쩍 부딪힌 팔 힘에서 벌써 밀려나는 기분이었다. 의지가 없고선 그렇게 움직일 수 없을 듯했다. 그 의지를 꺾을 어떤 말도 생각나지 않았다. 에보스는 언제 일어나 팔을 휘둘렀느냐는 듯 다시 조용해졌다. 복도에서 사람들 두런거리는 소리가 났다. 그 소리가 지나가도록 마기는 입을 다물었다.

"왜 에보스 간사님은 그런 강의를 했는지… 하륜 간사님 같으면 상상할 수도 없는 강의였지만, 에보스 간사님이 하니까 제국 안에 아직 쓸 만한 사람이 남아 있구나, 혼자 탄복하기도 했지만… 하지만… 그럼 이제 간사님이야말로 다시 적응훈련을 받나요?"

무엇보다 시간이 많지 않았다.

"당할 줄 뻔히 알면서요… 왜 사람들이 몰려드는 걸 막지도 않았는지…"

마기는 아무것도 이해할 수 없었다.

"아무튼, 아무래도 나는,"

왜인지도 모른 채 날이 밝자마자 수단과 방법을 가리지 않고 이곳으로 달려온 것을 에보스에게 설명할 필요는 없었다. 스스로도 알 수 없는 일이었으니.

"아무래도 나는, 여기 오래 머물 것 같아요."

그 말에야 에보스가 마기 쪽으로 몸을 느리게 틀었다.

"나을… 언망한다는 뜨신가."

처음으로 입을 뗀 것처럼 들리지 않는 투였다. 조용한 목소리였지만 지금까지 긴 대화를 나눠온 것 같은 속도와 상대를 제압하는 힘을 지닌 한마디였다. 어딘가 부정확한 발음이 오히려 간절하게 들렸다. 마기에겐 첫마디가 중요한 물음처럼도 들렸다. 마기는 윗옷 주머니에 손을 넣고 약봉투를 만지작거리며 어린아이처럼 고개를 저었다.

"원망이 아니라, 그냥, 제겐 어린 동생이 하나 있는데 동생에게 미안할 뿐이에요."

마기가 주머니 속에서 내는 부스럭거리는 소리만 한동안 병실을 채웠다.

"내가 머이만 안 다쳐써도…."

자신의 머리를 가리키며 에보스가 한 말에 두 사람은 약속이나한 듯 웃기 시작했다. 마기의 웃음소리가 점점 커지면서 긴장도 풀렸다. 시체 같던 에보스의 몸도 천천히 꿈틀거렸다

"머리를 다쳤다면 간사님은 나처럼 됐겠죠… 끔찍하네요. 하지만 나처럼 되려면 먼저 잡종이 되셨어야죠."

마기는 소리를 다시 낮춰 말했다. 에보스는 웃으면서도 굳이 침대에 소맷자락을 비벼 옷자락으로 왼팔의 흉터 부위를 가렸다. 마치 마기가 그곳만을 바라보고 있다는 걸 안다는 듯한 태도였다. 가리지 말라고 마기는 소리칠 뻔했다.

"머이를 다치고 보니 이미 판은 깨여꼬, 한판 더 하자는 사암도 어꼬."

어느새 부어 일그러진 에보스의 얼굴엔 단호함만 남았다. 모든 걸 말하려 들지 말라는 경고로 들렸다. 모든 걸 솔직히 말하려는 순진한 생각을 버리라는 질타 같기도 했다. 흉터를 가릴 때부터 알 수 있었지만 같이 머리를 다치고 싶지 않다면 조심하라는 협박 같기도 했다.

"어서 밥부터 드세요. 그래야 일어나시죠. 왜 약도 안 드시고."

"헛소리."

에보스는 간단히, 정확하게 대답했다.

"안 그러면 이 약 제가 가져갑니다."

"대충 모아서는 주끼도 힘드러."

"약에 의지해서 죽을 생각은 없어요."

"주글 생가근 이써꾼."

"생각으로는 뭘 못하겠어요."

"근데에 동생은 만나써?"

마기는 당황한 마음을 숨기고자 일단 작업복 주머니에서 두 손을 뺐다. 생각해보니 두 손을 주머니에 넣고 그 안의 것들을 가지고 부스럭거리는 행동은 다름 아닌 욘데의 버릇이었다. 그 생각에 미치자 마기의 얼굴은 순간 달아올랐다. 그때 조용한 실내로 옆 병실의 소음이 아주 낮게 스머들었다. 신음소리 같기도 하고 웃음소리 같기도 한 음성이 몇 초 정도 이어졌다.

"동생을 만나면 지긋지긋한 제국을 같이 떠나려구요."

마기는 아무렇지 않은 듯 한마디 던졌다.

"동생은 이미 전사가 댄는데에?"

"오빠 눈엔 아직 애니까요."

"운물 나는군."

마기는 에보스의 태도에 불쾌감을 느꼈지만 내색은 하지 않았다. 달아오른 마기의 얼굴이 쉽게 가라앉지 않았다.

"사실은 나도, 내가 왜 병실까지 왔는지 모르겠어요. 이렇게 옷까지 빌려 입어가며, 직원에게 뒷돈을 써대면서까지요."

"혹시 나를 이러케 만든 공범?"

마기는 그의 말을 믿지 않기로 했다. 에보스는 억지로 단순하고도 짧게 말하는 듯 들렸다. 그는 환자이고 악에 받쳐 있을 수 있었다. 그리고 자가치료중이라 했으니 예상 못한 바도 아니었다. 자신이 누군가에게 칼을 휘두를 줄 아는 사람이었다면, 자신의 몸에도 고통과 비밀의 흉터를 남길 만큼 극단을 향해 갈 줄 아는 사람이었다면 에보스 따위는 상대도 아니었을 것이다.

에보스가 붕대 감은 오른팔을 조심히 이불속으로 넣으며 말을 이었다.

"서로 가튼 꾸믈 가께 된네. 빠이 제국을 빠저어나가야게따는."

"뜻밖이네요. 제국에서 영원히 행복해하실 줄 알았는데요."

다른 이들에게 극단의 태도를 한 번도 보인 일 없으며, 다른 이들도 한 번도 자신을 극단으로 내몰지 않았다고 말하면 비웃음을 살 게 뻔했다. 애송이에 불과하다고, 겁쟁이라고, 삶을 헛살았다고 저마다 한마디씩 지껄일 것이다.

"시간이 별로 없어요. 제 동생을 아시잖아요?"

순간 에보스가 허허 하며 할아버지처럼 웃었다.

"절므니, 정신 차이시오."

에보스가 천장을 향해 연기하는 투로 소리를 높였다.

"환자복 입꺼 누워 이쓰니 내가 바보로오 보이시나?"

"다 알고 있으면서 모른 척하기도 힘드시지 않습니까?"

"머이를 다쳐따고 마랬는데?"

186

"그거야말로 헛소리."

"이 사암 이거, 정말 공범 아인가, 세엑과 공범 아냐?"

마기는 자신의 귀를 의심했다. 누구? 세엑? 혹시 북쪽 여자 세벡? 살구색 원피스? 용감하고 어여쁜 그 여자?

"세벡을 모은 처카시면 안 되지."

에보스는 이번에는 제법 정확하게 이름을 발음했다.

"세벡이란 여자는 곧 떠날 사람입니다."

"오르신 말씀, 그런데도 날 이 지경으로 만드러써어. 다따판 사람. 그러니 똑같이 다따파게 굴지 마시오, 절므니."

에보스는 여전히 과장된 어투로 말했다. 똑바로 서 있는 일이 힘겨워지기 시작했다. 마기는 한 손으로 침대 옆 받침대를 꽉 쥐었다. 현기증이 지나갈 동안 아무 말도 할 수가 없었다.

"날 차자오기이 전에 세벡을 먼저 차자가써야 되는 거 아잉가?"

"그 여자의 얼굴을 몰라요."

"부쪽 여잔데 얼굴은 바서 뭐하게. 보면 홀딱 반해…."

"그래도 이유가 있었을 테죠."

"누구에게나 까다기 이찌, 이찌만,"

"적이 많으시네요."

"세벡은 내 편이라 생각핸는데."

"그럼, 세벡이란 여자는 앞으로 어떻게 되나요?"

"몰라서 묻나아?"

마기는 잡았던 침대 옆 받침대를 스르르 놓았다. 그러곤 에보스를 똑바로 내려다보며 물었다.

"말해주십시오. 어떻게 되는 겁니까, 세벡이란 여자는?"

에보스는 다시 눈을 감을 뿐 아무 말이 없었다.

"내 동생처럼 되는 겁니까?"

내 동생처럼? 마기는 자신이 묻고도 무서운 느낌에 사로잡혔다. 이 땅에 사는 지혜롭고 용감한 여자들은 다 소리소문 없이 어딘가로 사라져야만 하는 겁니까.

"동생은 세벡과는 또 다르지. 동생허테느는 날개가 달렸나봐. 투명잉가인가?"

이번에는 에보스가 상체를 들어 건너편 벽에 걸린 시계를 바라보더니 부운 눈을 치켜뜨며 놀란 표정을 지어 보였다. 그러곤 후후 소리를 내며 웃었다.

"가요오, 나도 더는 모르니까. 여기서 몰래 나가고만 시퍼, 당신 동생처럼."

몰래, 동생처럼….

"그에, 당신 동생처럼."

"그 말은, 그렇다면 동생이 힐에 있었단 말입니까?"

에보스는 입을 다물었다.

"내 동생한테 무슨 짓을 한 겁니까?"

마기의 턱이 떨리기 시작했다.

"자바다 겁 좀 져써."

곧이어 손이, 이제는 다리마저 무섭게 후들거렸다. 자신의 몸은 이렇게 분노와 무력감에 떨다 세상 어딘가에 처박힌 채 짐승의 밥이 될 것만 같았다. 마기는 침대 옆 받침대를 다시 두 손으로 꽉 잡지 않을 수 없었다. 서 있는 것조차 죽을 만큼 힘겨웠다. 이상하다. 그런데 미쳐지질 않았다. 미치고 싶은 감정의 불길 속에서도 몸은 서늘한 물길을 찾아 정신을 눕힐 곳을 찾을 뿐이었다. 그래서 더욱 떨렸다. 그래서 더욱 촉박했다. 마기의 떨리는 턱 아래로 차가운 눈물이 쉼없이 떨어져 내렸다. 그러나 마기는 자신의 뺨을 타고 흐르는 것이 무엇인지조차 알지 못했다. 사람들에게 빨리 알려야 했다. 자신의 가족에게 제국이 행한 것처럼 마기도 똑같이 잔인하고 비열하게 되갚아줘야만 했다. 그러려면 사람들을 깨워야 했다. 제국이 더 큰 행복과 풍요로움을 선사해주리라 믿는 무지한 사람들에게 어서 알려야 했다.

"용가만 사람에 대해 다은 사람도 아닌 마기 씨 어머이가 머라고 쓴 줄 아시나?"

멀리서 비웃던 사람들 가운데 한 사람의 목소리가 가슴을 파고들었다. 동생이 이곳을 거쳐간 게 분명하다면 욘데의 안전은 보장될 수 없었다.

"이러케 써떤데,"

불길은 거세졌다. 그런데도 멀리로까지는 번지지 않았다. 불길은 온전히 마기만의 것이었다. 불길은 거대한 부정否定을 뜻할지도 몰랐다. 마기 안에서는 너를, 네가 속한 더러운 세상을, 그 세상을 지탱하는 법과 제도를, 법과 제도를 만들어 신처럼 떠받드는 지배

189

자인 너 제국을 결코 인정하지 않는다는, 모두 더러운 것들일 뿐이라는, 옳지 못한 것들일 뿐이라는 부정의 힘이 지금 불길처럼 타오르고 있었다.

"사람 아페서 자시니 잘모슬 인정하고 운물로 옹서를 구할 줄 아는 사람이 용가만 사람이라는구운."

에보스는 이불을 턱 끝까지 끌어올렸다. 그러더니 천천히 또 입을 열었다.

"그은데 말야, 그르케 울 수 이쓰어면 무엇이 선행되어아 하는지 알고나 계싱가?"

바같이 시끄러워지기 시작했다. 철커덩 하며 철문이 여닫히는 소리, 출입구의 키카드 인식기에서 나오는 얇으면서도 높은 부저 소리, 여러 사람들의 뜻모를 대화소리가 이어졌다. 옆방에서의 소음도 다시 이어졌다. 육체의 고통일지 정신의 고통일지 모를, 무언가를 호소하는 듯한 소리가 잠깐 들렸다.

"먼저 신 아페서 울어야 사람 아파세 울 수 있는 용기가 생긴다고 리간이란 원시부족 할망구가 쓰셨떠구만. 젱장, 여기 누워 있으니 그 말이 이해가 될 드웃, 안 될 드웃, 울 수가 업쓰니, 원."

에보스는 이불을 아예 뒤집어썼다. 마기는 정신을 차리려는 듯 고개를 세차게 저었다. 그러곤 에보스가 뒤집어쓴 이불을 낚아채 버렸다. 에보스는 놀란 기색도 없이 똑바로 누워만 있었다.

"짐승은 짐승답게 짖어야지, 신 앞에서 울다니요?"

마기는 최대한 냉정하게 내뱉었다. 에보스는 만신창이의 얼굴

190

로 비실비실 웃으며 이불을 다시 끌어다 덮을 뿐 아무 말이 없었다. 눈앞의 짐승을 내려다보다 아아, 그렇다면 아버지, 마기는 저도 모르게 아버지를 불렀다. 이제는 아버지가 집에서 꼼짝 않고 계실 거라 순진하게 믿을 수가 없었다. 차라리 집에서 끼니도 거른 채 무료하게 계시기만을 간절히 바라지 않을 수 없었다. 어린 욘데를 잡으다 이미 겁을 주었다면 이젠 아버지 차례였다. 빈집에서 아무리 기다려도 귀한 아내와 사랑스런 딸은 돌아오지 않는다는 걸 아버지는 모른다. 아버지는 외로움과 두려움을 혼자 이겨낼 수 없다. 아버지는 너무 늙어서 기다릴 수도 없다. 아버지의 아들은 세상에서 최고로 무기력한데, 무엇보다 아버지의 관절은 또 오래전에 망가졌다.

그때, 중얼거리는 소리가 들리기 시작했다. 그 소리의 정체는 이불을 뒤집어쓴 에보스였다.

"즌쟁 낸새가 나,"

시간은 벌써 지났다. 지금 당장 그의 숨통을 끊어버릴 수 있었지만 그것은 제국의 방법이었다. 다른 이를 속이고도 부끄러운 줄 모르는 뻔뻔한 것들, 다른 이의 숨통을 짓밟으면서도 죄책감을 모르는 기계들, 사람이 아니라 모두 미친 전쟁기계들이었다. 즌쟁 낸새가 나, 이불속에서 너덜거리는 입술로 중얼거리는 소리는 주문처럼 이어졌다. 마기는 문을 향해 천천히 몸을 돌렸다. 병실 문을 열고 나오는 내내 미친 기계의 중얼거리는 소리는 멈추지 않았다.

복도로 나서는데 마침 옆 병실 문이 열렸다. 휠체어 바퀴가 보였다. 마기는 비스듬히 기울어진 환자의 옆모습을 보았다. 환자는 얼굴 전체에 붕대를 감고 있었다. 마기와 같은 유니폼을 입은 여직원의 모습이 곧 나타났다. 여직원은 말없이 휠체어를 밀기 시작했다. 환자와 직원을 뒤따라 마기도 한 걸음 한 걸음 천천히 걸었다. 그들은 계단 앞을 지나 또다른 철문 앞에서 잠깐 멈췄다. 직원이 키카드를 검색기에 올려놓는 사이 마기도 걸음을 멈췄다. 그런데 그 순간 환자의 움직임이 이상했다. 환자는 붕대로 감긴 왼팔을 들었다. 아니 정확히 말하자면, 왼팔을 옆으로 내밀었다. 마치 마기에게 악수라도 청하듯 그 손놀림은 진지하면서도 친근했다. 마기도 함께 손을 흔들었다. 부저소리가 들리며 철문이 열리고 그들이 먼저 통과했다. 마기도 재빨리 목에 걸린 키카드를 검색기에 올렸다. 닫히려던 철문이 다시 열렸다. 문을 통과한 마기는 방금 전처럼 그들을 따라 천천히 복도를 걸었다. 계단이 멀지 않았다. 계단을 따라 올라가면 문제없이 병문안을 마치는 것이다. 계단 앞까지 걸었다. 환자는 아직도 손을 흔들고 있었다. 마기는 걸음을 멈춘 채 또다른 철문을 향해 걸어가는 직원과 환자의 뒷모습을 뚫어지게 바라보았다. 부저소리가 나며 철문 열리는 소리가 들렸다. 환자는 두번째 철문을 통과하면서도 여전히 붕대 감긴 손을 흔들었다. 아니 손을 휘저었다. 그들이 몇 개의 철문을 더 통과해야 할지 마기는 알 수 없었다. 그래서 어느 부조리의 방으로 가는지도 알 수 없었다. 또한 왜 자신이 이렇게 애를 태우며 계단 앞에 서 있는지도 알 수 없었다. 다만 그들이 걷는 복도 위에는 철문만 아니라 숱한 악행과 불의의 제단들이 저들을 막아서고 있다는 걸 환자의 손짓에서 직감했기에 마기는 환자를 향해 두 손을 힘껏 흔들지 않을 수 없었다. 그들과 헤어져 이제부터는 수없는 철문의 제단을 혼자 통과해야 하는 마기는 분노가 끓어올라 도저히 누군가를 용서할 수 없을 뿐이었다. 마기는 복도의 영원한 끝을 향해 가는 환자에게 마지막으로 안타깝게 손을 흔들었다.

안녕히, 진실로 안녕히. 당신의 머리가 안전하시길, 악행의 제단으로 끌려가는 희생양이여, 다시 만날 때까지 안녕히.

이어 마기는 단호하게 계단을 오르기 시작했다.

## 공범자들

동관 지하 복도에 이렇게 많은 접이의자가 포개져 있는지 마기는 처음 알았다. 마기는 맹목적으로 의자를 세며 복도를 왔다갔다 했다. 처음 셀 땐 이백 개가 넘었는데 다시 세면 백 개도 안 되었다. 어느 순간부터는 무의미한 그 짓도 그만두었다.

동관 지하 직원 탈의실에서 만나기로 한 직원은 약속 시간이 지났는데도 나타나지 않았다. 빨리 유니폼을 벗고 싶었는데 열쇠가 없으니 도리가 없었다. 탈의실 보관함 열쇠를 미리 받아둘 걸 잘못했다. 마기는 복도 끝 기계실 앞까지 갔다가 기계실 소음의 불규칙한 리듬에 맞춰 탈의실 앞으로 되돌아왔다. 지하의 매캐한 공기 속에서 20여 분을 그렇게 오락가락 했다. 몇몇 사람들이 지나갔지만, 그들의 제복에는 아예 주름이 없거나 약한 주름무늬만 잡혀 있었다. 그들 유니폼의 주름을 보니 지위도 낮고 충성도도 낮은 하급 인력이 분명했다. 하지만 시간이 지날수록 누군가와 마주치는 게 점점 더 불편해졌다. 거칠고 시끄러운 기계 작동음도 이상하게 다급할 정도로 빨라지는 느낌이었다. 어딘가에 편안히 앉거나 기대 잠깐이라도 쉬고 싶었다. 서성거리다 마기는 다시 탈의실로 향했다. 아침에 옷을 갈아입으며 탈의실 오른쪽 구석의 작은 휴게실을 확인한 터였다.

탈의실엔 아무도 없었다. 탈의실 내부에서 분리된 구석 휴게실로 향하는 짧은 복도에는 전등도 없었다. 몇 걸음 안 되는 복도를 지나 문도 없는 휴게실로 들어서자 네 개의 낮은 칸막이가 제일 먼저 눈에 들어왔다. 복도처럼 어두웠기 때문에 칸막이 안에 사람이 있는지 없는지는 구별할 수 없었다. 오른쪽 벽에 전등 스위치가 있었지만 마기는 일단 어두운 채로 있기로 했다. 전등 스위치 아래로 놓인 등받이 없는 긴 의자에 쓰러지듯 앉았다. 이 자리에선 고개만 왼쪽으로 돌리면 탈의실로 들어서는 사람들이 보였고 탈의실에서도 휴게실이 보이는 터라 직원을 만나기는 어렵지 않을 듯했다. 눈을 감고 있으려니 탈의실 쪽으로 몇 사람이 들어오는 소리가 들렸다. 그 사람들도 마기를 보았을 테지만 아무도 그에게 다가와 말을 걸거나 누구냐고 따지지 않았다. 그들은 볼일을 보고는 한바탕 떠들며 곧 나가는 듯했다. 마기의 몸이 한쪽으로 자꾸 기울었다. 마기는 몸이 기우는 줄도 모른 채 얼마간을 또 보냈다. 그러다 마기는 어느 순간 의자에 꺾이듯 쓰러졌다.

마기는 생각이 나지 않는 어느 기차역 이름을 떠올리려고 안간힘을 썼다. 하지만 몸이 기울어진 후로는 아무것도 알 수 없었다. 방금 만나고 온 에보스도 역 이름은 모른다고 했다. 5층 여자 세벽도, 아버지도 대답을 회피했다. 동생 욘데가 비스킷을 먹으며 칸막이 뒤에서 나타났다. 너는 알고 있지 욘데, 내가 가려는 역 말이야. 하지만 욘데도 모른다고 대답했다. 혼자 너무 멀리 가진 마라, 마기는 욘데에게 오빠답게 타일렀다. 마기는 누워 있는 에보스 씨를 억지로 일으켜 세웠다. 왜 머리를 다치셨어요, 그러나 에보스 씨는 흉터 있는 팔뚝을 가릴 뿐 아무 말도 하지 않았다. 얼굴을 희미한 천으로 가린 세벽이 마기 옆에 누웠다. 세벽의 몸은 따뜻했다. 마기는 황홀한 기분으로 세벽의 머리카락에 얼굴을 파묻었다. 세벽의 귀 언저리 보드라운 살결이 마기의 코끝에 와닿았다. 이제 우리는 어떻게 될까요, 우리는 과연 공범일까요, 당신은 정말 내가 홀딱 반할 만큼 아름다운가요. 하늘거리는 천을 걷어내려는데 아버지가 문을 열고 서재에서 나왔다. 열쇠는 가져가지 마세요, 운동화를 신고 지팡이를 들고 어서 몸을 피하세요, 아아 아버지, 엄마 심장약은 따로 챙길 필요가 없어요, 제발 그러지 마세요, 엄만 돌아올 수 없잖아요…. 벽의 찬 기운이 몸에 와닿는 것도 모른 채 마기는 꿈결에서 끝없이 말을 건넸다.

하지만 비몽사몽 속 대화마저도 오래 이어질 수 없었다. 두런두런 이어지는 낯익은 목소리에 마기의 눈은 저절로 떠졌다. 눈을 뜨자마자 벌떡 일어나 주위를 둘러보았다. 번번이 고맙군, 어느 칸막이 너머에선가 말소리가 들렸다. 상대방은 짧게 몇 번을 웃기만 했지 길게 말하지는 않았다. 직원, 직원을 만나야 했다. 그에게서 열쇠를 받아야 했다. 그러면서도 마기는 그 자리에 다시 폭 쓰러졌다. 초여름이었지만 지하는 서늘했다. 포근한 담요 한 장이 간절히 그리웠다. 마지막까지 나는 신경썼어요, 웃기만 하던 상대방이 말했고, 말만 하던 상대방이 낮게 웃었다.

마기는 몸을 최대한 웅크리며 다시 벽을 향해 누웠다. 누구? 직원의 목소리와 비슷한 듯도 했다. 사람들은 칸막이를 벗어나 휴게실 가운데로 나오는 듯했다. 그들은 누워 있는 마기를 보았는지 못 보았는지 조심스런 소리로 뭔가를 줄곧 속삭이며 의자 근처를 지났다. 그들이 지날 때, 미쳤나봐, 별 사람이 다 있다니까, 하는 소리가 들렸는데 마기 귀에는 그들의 말투가 꽤 친근하게 들렸다. 지하 휴게실 어두침침한 칸막이 안에서 친근하게 말을 주고받는 남자 둘이라. 그들이 복도를 지날 때 즈음 마기는 누인 몸을 살짝 일으켜 그들의 뒷모습을 살폈다. 호리호리한 뒷모습은 직원인 듯도 하고 아닌 듯도 하고, 덩치가 큰 다른 이의 뒷모습은 마치 큐선생인 듯도 하고 아닌 듯도 했다. 직원과 큐선생? 한번에 납득할 만한 까닭은 떠오르지 않았다. 그리고 아닐 수도 있었다. 덩치 큰 사람이 먼저 몸을 틀며 탈의실 문 쪽으로 갔다. 마기는 짧은 사이 남자의 둔하게 살찐 옆모습을 놓치지 않았다. 뒤따르는 호리호리한 사람의 옆모습 또한 정확히 확인했는데, 지하 탈의실 침침한 조명 아래서도 완벽한 콧날은 멋지게 돋보이며 그가 누구인지를 말해주었다. 신비할 만큼 잘생긴, 자신을 튀기라고 처음부터 밝힌, 수용소 살이 저질인생이라 자신을 까발린 직원이 큐선생 뒤에서 그의 어깨 위에 두 손을 얹으며 귓가에 대고 무슨 말을 건네고 있었다. 그러나 그 다음은 알 수 없었다. 뭐라 단정짓기 힘든 모습을 끝으로 그들은 탈의실 밖으로 사라졌다. 마기는 이것이야말로 꿈이 아닌가 하는 표정으로 한참을 문 쪽만 바라보았다. 이제야말로 마기는 잠에서 깼다.

무거운 몸뚱어리를 겨우 일으키려는데 바닥으로 뭔가가 딸랑거리며 떨어졌다. 그 소리가 마기 귀에는 몹시 거슬릴 정도로 크게 들렸다. 멍해 있는 스스로를 나무라며 일단 바로 앉았다. 무엇일까. 무슨 일이 벌어진 걸까.

어둔 바닥을 내려다보며 떨어진 물건을 찾는데 차가운 물체가 다리 밑에서 금방 잡혔다. 열쇠였다. 불빛이 있는 탈의실을 향해 확인해보니 열쇠고리였다. 힐의 로고가 새겨진 고리에 사물함 번호가 새겨진 탈의실 열쇠와 아침에는 없던 또다른 열쇠 하나가 더 달려 있었다. 마기로서는 영문도 모를 열쇠였으며, 앞과 뒤가 이어지지 않는 상황에 얼이 나간 터라, 간단한 사물을 두고도 아무런 추측도 하지 못한 채 턱밑을 긁으며 그저 바라보기만 할 뿐이었다. 마기는 상황을 정리해보려 애썼다.

누워 잠든 사람을 그들은 알아보았을 것이다. 그렇다면 왜 깨우지 않았을까, 왜 큐선생도 직원도 열쇠만 놓고 탈의실을 나갔을까, 그들은 왜 나를 피하지 않았을까, 그들은 왜 아무것도 설명하지 않았을까, 그들은 나에게 설명할 그 무엇도 없었던 걸까, 아니 나를 피할 이유가 없었던 걸까, 그들은 넓은 힐에서 왜 하필 동관 지하 직원 탈의실의 작은 칸막이 안에 있었을까, 차라리 나를 깨우는 게 서로를 위해 옳은 방법이 아니었을까…. 그러나 상황은 정리되지 않고 물음만 넘쳐났다.

마기는 홀린 듯 일어나 느릿느릿 탈의실로 가 보관함 열쇠로 문을 열었다. 목에 걸었던 키카드를 빼고 옷을 갈아입는 동안도 물음은 사라지지 않았다.

그들이야말로 공범인가, 이 사실을 큐선생 부인도 알고 있는 걸까, 이 문제로 그들은 다투었던 걸까. 마기는 옷을 다 갈아입고는 열쇠뭉치를 직원용 작업복 속에 넣은 채 보관함 문을 닫았다. 아무래도 열쇠는 필요 없을 듯했고 사물함은 열려 있어도 상관없을 것 같았다. 마기는 두 손으로 얼굴을 비벼대며 잠깐 그렇게 서 있었다. 그러다 이번에는 열쇠를 꺼내 사물함을 잠그고는 열쇠는 자신이 가졌다. 몇 초가 흘렀을까. 다시 열쇠로 사물함을 열어 직원용 작업복 주머니를 뒤져 약을 꺼내고는 서둘러 약을 자기 주머니마다 깊이 쑤셔넣은 뒤 사물함을 서둘러 잠갔다. 문이 잘 잠겼나 확인하며 마기는 길게 숨을 내쉬었다. 열쇠뭉치를 오른손에 꽉 쥐어보았다. 마기는 직원을 기다리던 때부터 몹시 배가 고팠다는 사실을 이제야 깨달았다.

803호로 들어오자마자 냉장고 문을 열고 열쇠와 약부터 던져넣었다. 둘러보니 식탁 위에는 언제 놓고 갔는지 약과 물과 콘돔과 깨끗해진 세탁물이 놓여 있었다. 마기는 그것들도 집어다가 냉장고로 다 집어넣었다. 그러곤 화장실로 가 큐선생이 놓고 간 분홍비누로 손과 얼굴을 닦았다. 물기를 대충 옷에 닦고 인터폰 옆의 창문열림 단추부터 눌렀다. 실내의 어수선한 옷가지와 쓰레기를 정리하기 시작했다. 생각은 그만두고 움직여야 할 때였다. 방에 들어가 침대 위의 이불을 정리하고 머리카락도 모아 버렸다. 여행가방 위에 던져져 있던 옷가지들도 세탁물은 세탁물대로 모으고, 남겨진 옷은 가방 속으로 다시 구겨넣었다. 마지막으로 책과 필기구를 정리하고, 메모가 휘갈겨진 종이들을 모아 버리니 그런대로 방은 정돈이 되었다. 지하에서 담요 한 장을 그리워했던 게 믿기지 않을 정도로 금방 등이 후끈거렸다.

그런데 순간 마기의 머리에 난데없이 신호등이 떠올랐다. 신호등은 아직 거기에 있을까. 5분 전 거실에 있을 때는 창밖의 신호등을 떠올리지도 못했다. 마기는 신호등을 확인하고 싶어 급한 걸음으로 다시 거실로 나왔다. 그런데 나오자마자 우뚝 서 아무 말도 할 수가 없었다. 헛것을 본 것일 수도 있었다. 마기는 눈을 한번 감았다 떴다. 그러나 현관 앞에는 다른 사람도 아닌, 너무 깡말라 무슨 옷을 입어도 남의 옷을 걸친 듯한, 청결 상태나 호감도에서 늘 낙제점을 줄 수밖에 없는, 왠지 오늘 아침엔 더더욱 반갑지 않은 큐선생 부인이 서 있었다. 갑작스런 그녀의 등장에 마기는 몇 분 전 보았던 큐선생의 둔한 옆얼굴은 물론이거니와 그의 넓은 양어깨에 두 손을 얹고 뒤따라가던 직원의 얼굴을 묘한 죄책감과 함께 떠올리지 않을 수 없었다. 그들은 다정하다면 다정해 보이기도 했다. 그것은 꿈일 수도 있었다. 아니 정확히 말하자면, 꿈이라 믿고 싶은 마음일 수도 있었다. 어쩌면 친근함을 표현하는 자연스러운 행동을 스스로 오해한 것일 수도 있었다. 더 나아가 추측해선 안 될 일일지도 몰랐다.

무심결에라도 어서 오라는 말은 나오지 않았다. 나가주세요, 라고 말하고 싶은 걸 겨우 참았다. 이 여자에게서 다시 또 '친절하다'는 말은 듣고 싶지 않았다. 하필 오늘 아침, 이상한 죄책감에 시달릴 수밖에 없는 오늘 아침에 여자는 박힌 듯 그 자리에 서 있기만 했다. 마기는 여자를 속이기로 결심했다. 친절하지 않기로, 한방에 보내버리기로 다짐했다.

"나는, 문이 열려 있길래."

그러나 여자의 한마디에 마기는 그 마음을 알아차렸다. 여자는 누가 뭐라 해도 돌아갈 생각이 없었다. 그렇다면 마기는 생각을 바꿔야 했다. 웃으며 아침인사를 건네는 거짓 위로자로 변신해야 했다.

"남편 짐을 못 챙긴 게 있어서."

여자가 드디어 죄송하다는 말 한마디 없이 큐선생이 쓰던 방으로 재빨리 들어갔다. 이번에도 실내화로 갈아 신지 않았다. 용감한 건지 예의를 포기한 건지 알 수 없었다. 상대방이 황당해하는 것도 여자에게는 문제가 아니었다. 당당하다기보다는 구차하면서도 뻔뻔한 폼이었지만, 뭐라 다그칠 수도 없는 분위기였다. 처음 마주치면서 우뚝 서버린 그 모습 그대로 마기는 서 있었다. 거실에 나와 무엇을 하려고 했던가, 아무리 생각해도 떠오르지 않았다. 큐선생 부인과 마주친 순간 모든 걸 잊어버렸다. 오로지 탈의실에서의 영상만 또렷했다. 사실 마기는 알고 있었다. 여자는 짐을 챙기기 위해 오지 않았다. 방에는 챙겨갈 만한 짐 같은 건 남아 있지도 않았다. 마기는 빈방에 여자 혼자 있도록 남겨두고 자신의 방으로 다시 들어갔다.

큐선생 방에서 별다른 소리는 들리지 않았다. 그러나 신경은 자꾸 그리로만 쏠렸다. 모른 척하고 기다리기로 했다. 여자가 자신을 방해하지 않는 것에 만족했다. 마기는 침대를 등받이 삼아 바닥에 주저앉아 일의 순서를 생각해보았다.

그러니까 욘데는 언제인지는 모르지만 힐로 먼저 불려온 게 확실했다. 욘데가 어떤 심사결과를 받고 나갔는지 알 수는 없지만 자유롭게 풀려난 건 결코 아닌 것이다. 힐에서 욘데가 왔었다는 사실을 처음부터 숨긴 것이 그것을 증명했다. 그러면서 찾아내라고 몰아대는 기만적인 꼴은 놀랄 것도 없는 제국의 방식이었다. 욘데는 감금이나 심화교육 대상자로 힐을 나갔을 가능성이 높다. 그 시간을 욘데는 잘 견뎠을까, 그들의 회유나 협박에 욘데는 중심을 잘 지켰을까, 욘데의 몸과 마음과 정신은 여전히 건강할까,

젊은 온데를 해코지한 사람은 결코 없었겠지, 마기는 스스로에게 최면을 걸었다. 그렇다면, 세벽은. 일주일 지나면 돌아갈 수 있다고 기뻐하던 세벽이라는 여자는 지금 어떻게 되었을까, 세벽은 왜 에보스에게 칼을 휘둘렀을까, 에보스가 그렇게 공격을 당할 까닭이 있었을까, 세벽은 무슨 까닭으로 에보스를 해치려고 했을까, 세벽은 온데가 여기 있었다는 사실을 알려주려고 나에게 접근했던 걸까, 세벽은 온데의 행방에 대해 무언가를 알고 있는 게 아닐까.

그런데 순간 마기의 머리가 침대 쪽으로 넘어가고 말았다. 천장을 바라보는데 저절로 한숨이 나오며 두 팔이 바닥으로 늘어졌다. 배고픔과 어지럼증이 지나쳐 쓰러질 것 같았다.

천천히 일어났다. 거실로 나오니 여자가 있던 방문이 활짝 열려 있었다. 그런데 여자는 보이지 않았다. 돌아간 걸까, 그때 뒤에서 여자 목소리가 들렸다.

"이거 가져가겠습니다."

뒤돌아서자마자 마기 눈에는 여자 손의 허연 거품만 확대돼서 들어왔다.

"남편이 하도 찾아대서, 별것도 아닌 이 비누를."

마기는 여자에게 친절한 말 한마디라도 건네고 싶어질 만큼 마음 어딘가가 쓰라렸다.

"큐선생이 직접 가져가라 그러세요, 별것도 아닌 그 비누를."

마기는 여자가 했던 말을 따라 후렴처럼 반복했다. 여자의 입가에 짧은 웃음이 지나갔다.

"시간이 많이 걸릴 것 같아요."

여자가 비누냄새를 맡으며 말했다. 뜻밖에도 여자의 얼굴에는 만족스런 웃음이 번지고 있었다. 어떻게 보면 평온해 보이기도 했다. 여자가 다시 입을 열었다.

"알면서 모르는 척해주는 것도 친절이에요."

"아침은 먹었어요?"

"마기 씨가 친절하다는 소리를 자주 듣는다면 그 이유 때문일 거예요."

여자는 몸을 돌려 세면대에서 손을 헹구기 시작했다. 마기는 여자의 모호한 말들이 맘에 걸렸지만 조금 전의 죄책감부터 해결하고 싶었다. 친절하고 싶었다. 여자는 다 알고 찾아온 것일 수도 있었다.

"큐선생은 왜 같이 안 왔어요?"

마기 딴에는 아무렇지 않은 듯 곧 따져물었다.

"큐선생 어딨어요, 지금?"

이른 아침 남자 혼자 머무는 숙소에 찾아온 여자를 이해하려면 남편의 행방부터 찾아내야 한다. 여자의 육감을 벗어나지 못하는 남자의 아둔함을 한탄해야 한다.

물소리가 뚝 그치면서 803호 안은 조용해졌다. 여자가 세면대에서 몸을 돌려 마기를 보고 섰다. 마기와 여자는 아무 말 없이 서로를 똑바로 바라보기만 했다. 여자가 입은 헐렁한 면티는 오른쪽으로 약간 쏠려 있었다. 그래서 여자도 오른쪽으로 기울어져 보였다. 여자의 손에서 비눗물이 뚝뚝 떨어졌다. 여자는 아직 아침도 못 먹었을 게 분명했다.

"나도 이제 마기 씨처럼 남편에게 친절하려구요."

"나를 빼고 말씀하세요."

"쓰러졌던 몸은 어떤가 궁금하기도 했어요."

"나에게선 얻어갈 게 없어요."

"이런 비누만도 못한 인생이 있는 법이에요."

"그냥, 망설이지 말고 쌍욕이라도 내뱉으세요."

"누구에게요?"

"비누에게요."

"그렇게 독하게 따져 묻지 않아도 알아들어요."

"그러니까 대답하세요, 남편 지금 어디 갔느냐구요?"

마기는 자신도 모르게 소리를 높였다.

"제국 안 어딘가에 있겠죠."

여자도 물러서지 않았다. 여자의 대답에 오히려 마기의 가슴이 시원하게 뻥 뚫리는 기분이었다.

"그래요, 그럼, 제국을 고발합시다. 가정불화의 원인제공자로."

"그렇게 가슴에 칼을 꽂는 말은 하지 않아도 안다구요."

여자도 더 날카롭게 내질렀다.

"알고 있다면 그깟 비누는 내동댕이쳐요."

"고발하라면서요? 증거가 있어야죠."

여자는 뒤돌아 듣기 싫다는 듯 물을 다시 세게 틀었다. 그러곤 얼굴을 씻는데 흐르는 물소리 틈으로 여자의 흐느끼는 소리도 함께 들렸다. 화장실 문앞에 서 있던 마기는 귀를 막고 싶었다. 하지만 그럴 수는 없었다. 차라리 더 모질게 내모는 게 여자에게도 이로울 것 같았다. 당신 화장실 가서 울어요, 이렇게 내지르려는데 여자가 화장실 문을 세차게 닫아버렸다. 물소리는 이제 둔탁해졌지만 상황은 더 명백해졌다. 여자는 아마도 좌절한 것 같았다. 까닭은 모르겠지만 803호 화장실에 숨으려는 것 같았다. 닫힌 화장실 문앞에서 마기는 전처럼 미리 현관문을 열어두었다. 한참을 기다려도 여자는 나오지 않고 거센 물소리만 이어졌다.


# 남으로


마기는 냉장고에서 열쇠를 꺼냈다. 열쇠 때문이었다. 저질인생 직원 때문이었다. 아니, 큐선생 때문이었다. 그것도 아니, 눈이 벌게진 채 돌아간 여자 때문이었다. 기어코 분홍비누를 챙겨간 백치 같은 여자 때문이었다. 아니, 모두 다 틀린 말이었다. 힐 때문이었다. 즉 힐 위에 좌정하여 무고한 사람을 심판하는 제국 때문이었다. 마기는 끔찍한 열쇠고리를 바닥으로 힘껏 내던졌다. 그래도 마음이 시원치 않았다. 냉장고 앞으로 걸어갔다. 이번에는 냉장고에서 약을 꺼냈다. 자신이 먹어야 할 약과 에보스의 약을 모두 식탁에 펼쳐놓으니 4인용 식탁을 다 차지했다. 마기는 방으로 들어가 자신이 힐로 올 때 가지고 왔던 약도 꺼내왔다. 식탁 위로 다 쏟아 부었다. 풍성한 약 잔칫상이었다. 이상하다. 그런데 저 약들을 버릴 수가 없다. 마기는 자신의 이러한 마음에 스스로 놀라지 않을 수 없었다. 결코 버릴 수가 없었다. 약들은 마지막까지 자신을 도울 수 있는 아군이었다. 약을 독처럼 몸에 털어 넣을 자유가 아직은 있었다. 마기는 자신이 무슨 생각을 하는지도 모른 채 다시 방으로 들어가 두리번거렸다. 그렇다, 보관만 해두는 거다. 끝내 눈에 띈 베개를 가지고 나왔다. 그러곤 베갯잇의 지퍼를 열어 안의 스펀지를 빼고는 모든 약을 하나도 남김없이 쑤셔 넣었다. 그러고 나니 마음이 가라앉았다.

그때 기다렸다는 듯 인터폰 벨소리가 울렸다. 깊은 밤에 뚜벅뚜벅 엄마 몰래 뚜벅뚜벅, 깊은 밤에 사부작사부작 개미 몰래 사부작사부작. 마기는 귀를 막았다. 두려움이 앞섰다. 누구와 어떤 말도 나눌 수 없는 심정이었다. 지금 마기는 스스로를 유령이나 시체, 혹은 사냥꾼의 총에 맞아 피 흘리는 어미를 극도의 공포로 바라보는 새끼짐승, 약을 모아놓고 만족해하는 정신병자로 여기고 있었다. 그러나, 깊은 밤에 뚜벅뚜벅 엄마 몰래 뚜벅뚜벅, 단순한 멜로디가 듣기 싫어 마기의 손은 위험하게도 인터폰으로 향했다. 하낫 둘 셋, 단순하게 셋까지 세고는 입을 열었다.

"여보세요."

"일주일은 거짓말이었어요."

마기는 세벽의 목소리를 듣는 순간 그녀를 얼마나 그리워했는지를 깨달았다. 방금 느꼈던 두려움의 밑바닥에 바로 그리움이 고여 있었다는 걸 세벽에게 말할 수 없어 안타깝기까지 했다. 그것은 비밀이어야 했다. 물론 영원한 진실이 아닐 수도 있었다. 세벽의 목소리가 이어졌다.

"왜 나를 찾아와주지 않아요?"

왜?

유령의 목소리였다. 덫에 걸려 신음하는 또 한마리의 짐승이었다.

"왜 나를 비난하지 않으세요?"

마기는 벽 가까이로 가 등을 기대며 입을 열었다.

"아, 그쪽이 다치지 않았으면 됐어요. 일주일 뒤 떠나지 않게 됐다니 나는 더 바랄 게 없어요. 미안해요."

마기는, 할 수만 있다면, 세벽의 눈동자를 바라보며 또한 세벽의 뺨을 어루만지며 말하고 싶었다. 그것이 그녀에게 위로가 된다면.

"나가봤자예요. 누구의 말도 믿지 마세요. 마지막 일주일은 어차피 현실에는 없는 시간이었어요. 힐에서 일주일을 제안해올 때 그 말에 속지 마세요. 저는 세 번이나 속았어요. 착한 마기 씨도 나처럼 속을지 몰라요. 그러면 내 마음이, 정말 많이 아플 거예요. 일주일은 없어요. 제발 속지 마세요."

"꼭 기억할게요."

세벽은 한동안 아무 말도 하지 않았다.

"속지 않을게요."

마기가 말을 마치자마자 흐느끼는 소리가 들렸다. 힘센 장사 세벡은 마음이 아파 울고 있었다.

"약속할게요, 정말 속지 않아요. 그러니 울지 마세요."

세벡의 울음소리는 점점 조용해졌다. 마기는 사그라지는 소리 하나라도 놓치고 싶지 않아 숨도 조용히 쉬었다.

"미안합니다. 갑자기 전화를 걸어 소동을 부려서."

세벡의 목소리는 조금 밝아졌다. 그러나 꾸민 목소리라 마기 귀에는 약간 어색했다.

"저는,"

숨을 몰아쉬는 소리가 들렸다.

"달라진 게 있다면 저는, 501호에서 나오지 못합니다. 언제까지일지는 몰라요. 그리고 열쇠도 뺏겼어요. 담당직원이 501호로 들어올 때는 24시간 내내 벨을 누르지 않아도 돼요. 밖에서 맘대로 문을 열고 들어와 음식과 전달사항을 전하고 갑니다. 인터폰 통화도 언제 끊길지 알 수가 없어요. 저는 이런 상태로 지내요. 수도 근처에 있는 치료보호소로 가게 될지도 모르겠지만, 지금으로선 아무것도 알 수 없어요."

마기는 문득 자신이 현관께로 내던진 열쇠고리를 바라보았다. 그 중에서도 출처를 알 수 없는 한 열쇠를 빤히 바라보았다.

"에보스 간사는 머리를 다쳐서 그렇대요."

마기는 열쇠에서 눈길을 떼지 않은 채 말했다.

"에보스 씨는 이미 허수아비나 다름없어요. 게다가 떠들기만 해요. 제국의 녹음기일 뿐이라구요. 그에겐 옳고 그름도 없어요. 강연의 내용에도 어떤 진정성도 없어요. 그가 말하는 가치와 제국에서 그가 사는 방식은 하늘과 땅 차이예요."

세벽이 기다렸다는 듯 말했다.

"그래서 적이 많은 건가요?"

"하륜 간사는 끊임없이 압박하지만 에보스 간사는 교육생들을 헷갈리게 해요. 순응하게 했다 저항하게 했다… 그는 우리를 도와주는 척 우롱하는데도 궁지에 몰린 우리는 그를 칭송해요. 에보스는 우리를 보며 설탕에 빠진 개미를 보듯 교활하게 즐길 뿐이에요. 자아가 이렇듯 처참하게 분열된 사람에게서 우리는 희망을 보았다 말하니… 힐 안에 제정신인 사람은 아무도 없어요."

"상관없어요. 다시 말하지만, 다치지 않았으면 됐어요. 아무것도 아닌 일이고, 아무 일도 일어나지 않은 겁니다. 우리에겐 앞으로도 아무 일 없을 거예요. 걱정 말아요."

"힐이 어떤 곳인데 저를 다치게 하겠어요. 이 호텔식 감옥에선 아직까진 털끝 하나 건드리지 않았어요."

"서두르지 말고 기다리기로 해요."

"남매가… 모두 착해요."

이번에는 마기의 마음이 울컥했다.

"욘데도 그렇게 말하며 나를 위로했어요. 서두르지 말고 기다리기로 해요…, 똑같이 말했어요."

세벽은 이제야 어색하지 않은 투로 말했다. 마기는 잠깐 수화기를 내려놓고 벽에 등을 기댄 채 미끄러지듯 바닥에 앉았다. 그러곤 목소리를 가다듬어 말했다.

"오빠보다 아우가 낫죠."

"이제 아셨나요?"

세벽은 편안하게 웃었다.

"힐에서는 누구의 말도 믿지 마세요. 자신들이 숨겨놓은 욘데를 마기 씨더러 찾아내라는 거짓말쟁이들이에요. 욘데는 그들이 어딘가로 분명히 숨겼어요."

마기는 열쇠에서 눈을 돌렸다.

"그들이 마기 씨에게 동생을 찾아내라는 까닭은 다른 무언가를 캐내기 위한 방편일 거예요."

"나에게선 캐낼 게 없어요."

"마기 씨에겐 정신이 있잖아요. 우리는 모두 정신을 제국에 내놓고 살지만 마기 씬 다르잖아요."

마기는 세벽의 말을 들으며 혼자 웃었다.

"세금만 내면 됐지 정신을 낼 필요까진 없어요."

"그러니까 가족을 건드리는 거예요. 정신을 내놓지 않는 사람들에겐 늘 같은 방법을 쓰거든요. 그러면 사람인 이상 정신이 흐트러지며 무릎을 꿇게 돼 있어요. 정신을 내놓기 싫으면 가족을 내놔라 이거죠. 지금 이 상황에선 마기 씨에게 부인과 아이가 없는 걸 행운으로 아셔야 해요."

마기는 몸을 틀어 식탁 밑의 베개를 바라보았다. 세벽에게도 저

210

것을 보여주고 싶었다.

"정신을 내놓으라 하면 나도 방법이 있어요."

마기는 허풍을 떨듯 말했다. 그런데 눈길은 비겁하게도 약봉투로 두둑해진 베개에서 떠나지 않았다.

"생각보다 마기 씨가 의연해서 마음이 놓여요. 제가 생각했던 것보다 훨씬 용감해요."

마기는 조금은 우쭐한 맘으로 창밖으로 눈을 돌렸다. 눈으로 언덕 위를 따라 올라갔다. 그렇다, 신호등, 마기는 자신의 무릎을 한번 쳤다. 신호등이 보이지 않았다. 정자 위로는 맑지도 흐리지도 않은 하늘뿐이었다. 한치라도 그 위로 솟아오른 건 아무것도 없었다. 꼿꼿이 서서 들판과 힐을 쏘아보던 이상한 기계는 더이상 보이지 않았다. 그러니까 아까부터 확인하려고 했던 무엇은 바로 신호등이었다. 마기는 드디어 무엇이 궁금했는지를 알아내고는 혼자 들떠 손을 들어 창밖을 가리켰다. 그런데, 처음부터 신호등은 없었던 걸까, 저 언덕 위엔 오직 하늘뿐이었던 걸까, 아니면 전부터 신호등이 정말 저기 있기는 했던 걸까, 그날 큐선생 부부와 함께 본 것은 정말 신호등이었을까…. 마기는 누군가에게 조롱을 당하는 기분으로 잠시 혼란에 빠졌다.

"마기 씨,"

세벽이 마음까지 가닿을 울림이 큰 소리로 마기를 불렀다. 그러나 마기의 마음엔 신호등이 아직 지워지지 않았다. 확인할 방법이 없을까? 마기는 창밖을 가리키던 팔을 내렸다.

"나는 약속 안 지키는 사람을 제일 싫어해서 그런 일까지 저질 렀어요."

마기는 순간 신호등 앞에 커터칼을 들고 서 있는 살구색 원피스 의 세벽을 상상해보았다.

"사람을 다치게 해선 안 될 일이지만 사람이 사람으로 안 보일 때가 있다는 걸 알았어요. 내가 저 사람을 안 죽이면 저 짐승이 나 를 물어뜯어 죽일 거라는 환상에 시달렸어요. 물론 나도 처음 겪 은 일이었어요."

세벽은 역시 북쪽 여자였다.

"마기 씨가 예감했던 모든 일은 거의 사실이에요."

마기는 자신에게 무슨 일이 있었던가를 헤아려보았다. 지금은 신호등 사건 아닌 다른 것은 떠오르지 않았다.

"나는 무슨 일이 있었는지를 모르겠어요. 그리고 내가 무엇을 예감했는지도 잘 모르겠어요."

"아무리 그래도 힐은 마기 씨를 완벽히 속일 수 없어요."

"그런가요?"

"마기 씨가 필요하기 때문이에요."

"요새 집중력이 떨어져서,"

세벽은 마기의 말을 끊으며 냉정한 목소리로 빠르게 말을 이 었다.

"마기 씨, 온데에게 집중하세요. 저는 지금 온데 이야기를 하는 거예요."

마기는 세벽의 목소리에서 어떤 근엄함까지 느꼈다.

"803호, 그러니까 욘데는 바로 마기 씨가 묵었던 그 방에 머물렀어요. 알아들으셨어요? 짐작하신 대로 욘데는 이곳에 마기 씨보다 먼저 왔어요. 나보다도 먼저 왔지만 언제 왔는지는 정확히 모르겠어요. 욘데는 언젠가는 남으로 갈 거라고 그랬어요. 태어난 땅으로 꼭 갈 거라고 그랬어요. 욘데에게 정말 날개가 있다면 그리로 갔을 거예요. 힐에서는 욘데가 탈출했네, 행방불명이네, 무단이탈이네 하며 쇼를 했어요. 그러니까 한 달 전 일이에요. 하지만 나를 포함한 욘데 주변의 사람들은 아무도 믿지 않았어요. 그건 세 살짜리 아이도 웃을 일이니까요.

마기 씨, 이런 말하기 죄송하지만 어떤 사람들은 힐에서 욘데를 죽였을 거라고, 죽여놓고 딴소리를 한다고 말해요. 하지만 내 생각은 그들과 달라요. 확신하니까 하는 말이에요. 힐에서 그랬을 리는 없어요. 써먹을 수 있는 사람을 제거하는 경우는 결코 없어요. 리간 선생님을 빨리 보내버린 이유는 당신 남매가 있었기 때문이에요. 자연사망이라는 건 엄밀히 말해 제국에선 존재하지 않아요. 정보국 직원의 말을 믿으세요. 서류더미에 파묻혀 이런 무가치한 업무를 십년 넘게 해온 사람의 말을 믿으세요… 죄송해요, 죄송합니다… 욘데는, 마기 씨의 동생 욘데는, 엄마와 자신을 낳아준 남으로 갈 거라고 입버릇처럼 말했어요. 우리는 그 말에 모두 용기를 얻었고 우리에게 용기를 준 욘데를 좋아했어요. 사실 욘데의 노래를 들으면 안 좋아할 수가 없잖아요. 그래서 우리도 같이 남으로

213

가겠다고 약속했어요. 또한 욘데는 마치 예언자처럼 오빠가 이곳으로 곧 올 거라면서 오빠에게도 전해달라고 했어요. 오빠도 걱정 말고 남으로 내려오래요. 아버지도 꼭 모시고 오래요. 그래서 다 전해주겠다고 약속했어요. 내가 그 전에 나가게 되면 다른 이를 통해서라도 전해주겠다고 약속했어요. 여기까지는 모든 게 진실이에요. 거짓은 없어요."

방금 전까지 무슨 생각을 했었는지, 마기는 생각의 실마리를 잡으려 애써보았지만 알아낼 수가 없었다. 무언가를 알아내고는 혼자 굉장히 좋아했었는데 그 실체가 또 금방 사라져버렸다.

"마기 씨,"

"네."

마기는 기계적으로 대답했다. 생각이 치밀하게 이어지진 않았지만 마음은 어쨌든 편안했다. 자신이 몰랐던 이야기를 들은 건 아니라는 생각, 내가 알고 있던 것들을 다정한 목소리로 정리해주는 세벽이 고맙다는 생각이 마기의 마음에 만족스럽게 퍼지기 시작했다.

"다 알아들으셨죠?"

"네."

"욘데와 한 약속을 나는 지켰습니다."

"네."

"욘데는 어디로 간다고요?"

"남으로."

"욘데가 어디로 오라고 했다고요?"

"남으로."

"그렇다면…, 나도 함께 가도 될까요?"

"대환영이죠."

"오래전부터 남쪽의 리듬을 배우고 싶었어요."

"나는 오래전부터 파트너가 필요했어요."

"나를… 용서할 수 있겠어요?"

"당신 잘못이 아니에요."

"아무리 지시를 따라 서류에 적힌 대로만 일했다고는 해도,"

"물론 제국은 용서할 수 없어요. 그렇지만 우리 둘 사이엔 아무 문제 없어요."

마기는 갑자기 신이 난 목소리로 말했다. 마기는 남쪽을 향해 정말로 몸을 틀었다. 끝없는 벌판 어딘가 있을 끄트머리를 향해, 욘데가 먼저 갔을 소망의 방향을 향해, 멋진 리듬과 달콤한 열매들, 전쟁을 모르는 착한 사람들, 사랑의 글을 짓는 꿈의 연인들, 속임수를 모르는 원시인들이 사는 어머니 고향을 향해, 높은 건물도 산업단지도 호화극장도 지하철도 부자도 거지도 없는 미개한 방향을 향해 마기는 바로 앉았다.

"맞아요, 들어보세요. 고향에 가서 욘데를 만나 신호등을 물어보면 되겠네요. 이 방을 썼다니 욘데는 정확히 말해줄 수 있을 거예요."

"네?"

세벽의 목소리가 어리둥절한 투 그대로 이어졌다.

"괜찮으세요? 마기 씨, 저를 힐난하시는 건가요?"

"걱정 말아요. 다 알아들었어요."

"이만 전화를 끊을까요?"

"아뇨, 끊지 마세요, 제발. 그 아이 말이 맞잖아요. 남으로 가면 돼요. 그래요, 그러면 될 걸 괜히 절망했어요. 제국엔 어떤 미련도 없어요. 징그러운 곳이에요. 처음부터 그랬어요."

"내가 잘못한 건 아니죠?"

"무슨 말씀을."

"마기 씨는 효자라고 소문이 자자해요."

"아버지에겐 아무 일 없을 거예요. 꿈에서 봤어요."

"한번 찾아와주세요."

"네."

"남으로 가기 전에."

"그래요."

"꼭이요."

마기는 다시 한번 비밀의 열쇠를 바라보았다. 501호. 예언자, 힘 센 장사의 목소리.

"고마워요."

"천만에요."

살굿빛.

"기다릴게요."

# 복도에 숨기

아홉시가 지나면서 아침녘인데도 갑작스레 컴컴해지더니 벼르고 별렀다는 듯 비가 내리기 시작했다. 빗소리를 듣는 순간 마기의 팔뚝엔 소름이 다 돋았다. 소리만으로도 내리꽂히는 힘을 알수 있었다. 식탁의자에 앉아 빗줄기를 바라보다, 빗줄기를 당당히 감당하는 땅을 내려다보며 마기는 시간을 흘려보냈다. 그러다보니 어제 침대에서 들었던 빗소리가 다시금 떠올랐다. 눈을 뜨면서 이곳이 어디인가를 확인했을 때의 절망감에 비하면 오늘의 빗소리는 차라리 다정했다. 절망이 지나쳐 퇴행의 행태를 보일 만큼 그날 마기에게는 빗소리조차도 치명적인 공격이었다. 다시 일어나 싸울 힘이 없다고 생각했을 때는 그대로 죽어버리지 못한 게 서러웠을 뿐 동생도, 아버지도, 어머니 번역집 출간도, 고향도 아무것도 중요하지 않았다. 제국을 향한 분노도 의미없었다. 제국 때문에 만신창이가 됐다는 생각조차 할 수 없을 정도로 그저 길을 잃은 듯 무섭고 서러울 뿐이었다.

마기는 일어나 찻잔에 따뜻한 물을 더 부었다. 서서 창밖을 보는데 문득 저 아래 텃밭의 어린 채소들이 마음에 걸렸다. 거센 빗줄기에 안전할까, 상추는 이미 못쓰게 되었겠는걸, 마기는 혼자 중얼거리며 걱정했다. 이제는 한구석 작은 텃밭도 달라 보였다. 욘데가 이곳에 머물렀던 걸 확인한 이상 욘데의 눈으로 구석구석을 바라보게 되었다. 어쩌면 욘데가 심었을지도 모를 일이었다. 심지 않았다 해도 지나가며 다정한 눈길을 주었을 건 분명했다. 지금 이 컵도, 주전자도, 의자도, 모두 욘데의 손이 스쳐갔다면 이보다 더한 보물은 없는 것이다.

마기는 어두운 생각은 접어두기로 했다. 욘데가 투명인간이 되어 곳곳이 감시카메라인 이곳을 빠져나갔다는 건 헛소리였다. 순간 욘데에게 불미스런 일이 생겼을 것 같아 마음이 죄여오기도 했지만 그럴 때마다 마기는 억지로 콧노래를 흥얼거리며 스스로를 위로했다. 어떤 경로인지 알 수는 없지만 세벽의 말대로 힐에서는 극비리에 욘데를 다른 기관으로 옮겨 교육시키는지도 몰랐다. 젊고 건강하고 총명한 욘데가 살인적인 세뇌교육에도 자신을 포기하지 않으리라 마기는 확신했다. 그들의 논리에 설복당할 만만한 동생이 아니라는 사실에 가슴이 벅차기도 했다. 동생이 자랑스러웠다. 그러나 때때로, 젊고 건강하고 총명하다는 바로 그 이유 때문에 욘데의 안전이 걱정되었다. 그런 순간엔 조급하게 뛰는 가슴을 움켜쥐고 몸과 마음의 고통을 함께 견뎌야 했다. 욘데, 잘 숨어라, 어둔 곳으로 다니지 말고, 밝은 곳으로, 안전한 곳만을 디디며 조심히 걸어라, 마기는 수없이 동생을 향해 소리쳤다. 다시는 침대에 누운 채 어린아이처럼 울지 않기 위해 맹목적으로 미래를 낙관했다. 누가 먼저 다다를지 알 수 없지만 남으로 오라는 약속만 기억하기로 했다. 세벽과의 통화가 그것을 도와주었다. 이상하게 아무 근거가 없는데도 마음은 밝은 쪽으로 기울었다.

남으로 가는 길을 생각해보았다. 욘데는 뱃길을 더 좋아하지만 늙으신 아버지를 위해 제국의 끝 항구도시까지는 비행기를 타고 가는 게 좋을 듯싶었다. 항구도시 심사국에서 모든 재산을 반납하고 제국에서 요구하는 부당한 서류에 사인을 하고 고향 가는 배편을 예약하고 빈 주머니 빈 몸으로 떠나는 것이다. 제국에서 통용됐던 각종 신분증과 허가증은 물론이거니와 동전 한닢이라도 일초의 미련도 없이 반납하는 순간의 환희가 벌써부터 마기를 들뜨게 했다. 어머니는 이해하실 것이다. 타협을 해가면서까지 번역본을 낼 필요는 없다고 살아계셨을 때도 늘 말씀하셨으니까 무력한 아들을 탓하진 않을 것이다. 다만 어린 동생과 늙은 아버지를 제대로 돌보지 못한 것이 죄스러울 뿐이다.

아래를 향했던 눈길을 위로 돌리다 마기는 깜짝 놀랐다. 창문에 비친 자신의 얼굴을 보며 순간 아버지, 하고 부를 뻔했기 때문이다. 마기는 늙은 아버지가 유령이 되어 유리에 스며든 줄로만 알았다. 혼란스러운 얼굴에 손을 대보았다. 차가운 느낌에 등까지 저릿했지만 손을 치우지 않았다. 유리의 차가운 기운은 아버지의 목소리와 비슷했다. 칠순이 다 되도록 젊은이처럼 당당하고도 차갑게 느껴지던 아버지의 목소리가 들리는 듯했다. 어떤 상황에서도 짧고 간단하게 말씀하시던 모습을 생각하며 마기는 그럼요, 혼자 중얼거렸다. 그럼요 큰일이에요 아버지, 젊은 아들이 아버지보다 더 늙어버렸어요. 창가의 젊은이를 보세요. 힐에 들어온 뒤로 더 튀어나온 광대뼈를, 전처럼 날마다 공들여 깎지도 않아 수염으로 뒤덮인 거칠한 턱을, 규칙적인 식사시간을 자주 놓쳐 홀쭉해진 뺨을 보세요. 마기는 유리 위의 자신의 얼굴을 차례차례 쓰다듬었다. 늙고 마른 아버지의 모습 그대로인 자기 자신과 이미 노쇠하고 지쳐버린 아버지를 동시에 다독거렸다.

마기는 늙은이처럼 조심히 의자에 다시 앉았다. 앉는 순간 으르렁거리듯 천둥치는 소리가 들렸다. 위협적이진 않았지만 충분히 낮고 공포스러웠다. 거의 때를 맞춰 문 두드리는 소리가 들렸다. 마기는 조금은 귀찮은 듯 문 열렸어요, 소리치고는 그대로 앉아 있었다. 잠시 후 문 열리는 소리가 나서 현관을 바라보니 직원의 모습이 보였다. 그 뒤로 큐선생이 따라 들어오는 걸 보자마자 마기는 의자에서 벌떡 일어섰다. 창문이 덜컹거리며 흔들렸다.

푸른 세로줄무늬 셔츠를 입은 큐선생은 성큼성큼 걸어 식탁으로 왔다. 그런데 직원은 현관께 내팽개쳐진 열쇠를 집으며 마기를 힐끔 쳐다보았다. 사실 마기는 바닥에 아무렇게나 던져버린 베개에 신경쓰느라 열쇠는 생각지도 못했다. 큐선생이 먼저 식탁의자에 앉았다. 마기도 앉으며 직원에게 앉길 권했다. 그러나 직원은 열쇠고리만 만지작거릴 뿐 앉지는 않았다. 두 사람이 같이 나타나는 바람에 마기는 혼란스러웠다.

"두 분, 지하에선 모르는 척하시더니,"

마기가 탁자만 바라보며 먼저 말문을 열었다. 바람소리가 창틈으로 미묘한 소리를 내며 파고들었다.

"암튼 이 지방 날씨는 참, 종잡을 수가 없어요."

큐선생은 엉뚱하게 날씨 얘기를 꺼냈다.

"이 열쇠는 마기 씨 겁니다."

직원이 다가와 열쇠 하나를 고리에서 풀어 마기에게 건넸다. 마기는 고개도 들지 않은 채 아무 생각 없이 받았다.

"지하병동에선 별일 없으셨죠? 에보스 간사님은 어떠신가요?"

큐선생은 자신도 다 알고 있다는 투로 물었다.

"십분을 넘기진 않으셨죠? 카메라 위치도 잘 피해 다니셨겠죠? 알아서 하셨겠지만 혹시나 해서요."

직원은 화장실 안을 둘러보며 말했다.

"그 양반 그 순간에 아얏 소리도 내지 않았다면서요."

큐선생이 물었다.

"종종 당하는 일이라 만성이 된 거죠."

직원은 답한 뒤 한마디를 더 보탰다.

"다른 간사들보다 유독 당하네요."

"그래도 제국의 성형수술 수준은 세계적이니까요."

"지금 약도 계속 거부하고 있어요."

"거기야말로 붕대 감는 거 아닌가?"

두 사람의 수다는 끊이질 않을 듯했다. 마기는 의자를 뒤로 약간 빼며 자세를 고쳐 앉았다. 차라리 빗소리가 들려서 다행이었다. 집중력이 분산되면 화도 덜 나게 마련이었다. 자신을 허수아비 취급하는 두 사람 때문에 마기는 슬슬 불쾌해졌다.

"두 분 이야기를 먼저 해주셔야 순서가 맞는 겁니다."

마기는 고개를 들고 처음으로 두 사람을 쳐다보며 말했다. 그러나 큐선생은 식탁 위를 톡톡 두드리기만 했고 직원은 열쇠고리에 집게손가락을 낀 채 빙글빙글 돌리기만 할 뿐 반응이 없었다.

"지하에선 잠든 나를 모른 척하고 열쇠만 던져놓고 가시더니."

한참을 기다리니 대답은 큐선생 입에서 나왔다.

"마기 씨가 에보스 간사님을 비밀리에 병문안하고 왔다니 걱정이 돼서 온 겁니다."

억울하다는 말투였다.

"보시다시피 저는 멀쩡합니다. 제 질문의 요지를 다시 말씀드릴까요?"

방금보다 좀더 억울하다는 투로 큐선생도 재빨리 대답했다.

"별일 아닙니다. 그때 탈의실에는 수면제가 필요해서 갔던 겁니다. 약이 없으면… 어쨌든 수면제가 없으면 잠을 잘 수가 없어 내가 부탁했습니다. 이제 됐습니까?"

마기는 직원에게 받은 열쇠를 식탁에 내려놓았다.

"음성적으로 구해드려야 할 분들께는 제가 돈을 조금 받고 구해드립니다. 금지된 일이라 그랬던 겁니다. 오해하지 마세요. 혹 마기 씨도 필요하시면 말씀하세요."

직원이 수습했다.

"그러니까, 나는 모든 걸 모르는 척하면 되는 거죠?"

"왜 화를 내십니까?"

"화내고 싶은 거 참고 있습니다."

"정말 약이 필요했다니까요."

"그러니까 누가요, 큐선생이요? 부인이요?"

직원은 열쇠고리 돌리는 걸 멈췄고 큐선생은 식탁 두드리는 행동을 멈췄다.

"두 분은 왜 여기 같이 오셨습니까?"

두 사람은 아무 대답도 없었다. 마기는 따라놓고 마시지도 못한 차를 이제야 한모금 마셨다. 자신이 생각하기에도 목소리가 점점 커지고 있었다. 짐승처럼 으르렁거리는 소리가 다시 들려오기 시작했다.

"안 그래도 나는 마기 씨가 부러우니까 잘난 척은 그만하시죠."

"혼혈 속국인이라고 무시합니까?"

"아무도 마기 씨에게 함부로 굴지 못하잖습니까."

"약 없이도 잘 살구요."

직원이 재빨리 끼어들었다. 마기는 발치에서 뒹구는 베개를 바라보며 혼자 웃었다.

"말썽 생기지 않게 조용히 계시다가 부인과 함께 학교로 돌아가세요. 이곳을 어서 빠져나가세요."

"가도 마찬가지예요. 모든 게 귀찮고 우스워요."

"호텔식 감옥보단 낫잖아요."

"꼭두각시인 건 똑같아요. 내가 누구하고든 가까워지면 그 사람은 나 때문에 늘 감시를 당해요. 내가 감시당하는 이유는 하나예요. 내가 힐을 다녀왔기 때문이기도 하지만,"

큐선생은 말을 하다 말고 한참 동안 귀만 후벼팠다. 그 순간의 큐선생 얼굴은 마치 겁먹은 어린아이처럼 보였다.

"사실 힐에 온 게 이번이 처음도 아니지만, 사실은 내가,"

큐선생은 마기 앞에 놓인 찻잔을 들더니 찬물 마시듯 벌컥 들이켰다. 그러곤 두 손을 들어 두 귀를 막으며 머리를 식탁에 박고 꼼짝하지 않았다. 마기는 직원을 바라보았다. 직원은 줄곧 큐선생만 바라보았다.

"사실은 내가, 우생수술을 받았기 때문이에요. 나 같은 종자는 단종돼야 한다고 그러더군요. 근데 내가 지금 이 얘길 왜 하는 건지… 까닭은 맘대로들 생각하세요. 이 안에서는 내가 선택할 수 있는 게 없어요. 당국의 결정이었어요. 힐에서 면담하다보니 상황이 그렇게 종결되어버렸어요. 당하다보니 여기까지 왔어요. 그러니까, 나는 미치고 있는 중이에요. 잠이 안 와요. 말이 통하는 사람을 만나면 여자건 남자건 어른이건 아이건 가리지 않고 밤을 새우며 이야기합니다. 그러면 또 전쟁이죠. 병이 도졌다고도 하고 치료를 받으라고도 하죠. 아내하고는 오래전부터 그러고 살았어요. 다 끝내고 싶어요. 아내더러도 건전한 성 정체성을 가진 새 남자를 만나라고 여러 번 말했어요."

큐선생은 여전히 고개를 박은 채 그대로 있었다. 마기는 거세당한 거인을 아무 말 없이 내려다보았다. 입 안 가득 먹을 걸 밀어넣고 간혹 상대방에게까지 음식을 튀어가며 지껄일 땐 폭군처럼 보였던 큐선생이 지금은 물에 젖은 종이인형처럼 납작하니 웅크린 채 떨고 있었다. 세 장정이 버티고 있는 거실 안으로 빗소리만 더욱 빽빽하게 넘쳐났다. 그러나 빗소리만으로 큐선생의 비밀은 가려지지 않았다.

"놀랄 것도 없어요. 제국의 방식은 천박하고 비열한 딱 그 수준이에요. 그런데 큐선생, 언제까지 참을 수 있겠어요?"

큐선생은 엎드린 채 큭큭거리며 대답했다.

"도리가 없잖아요. 자살도 생각했지만 제국은 자살률 영 퍼센트의 나라잖아요."

"그런 거짓 통계가 지금 중요해요?"

"행여 실패하면, 내 주변 모든 사람들은 나 땜에 다 교육대상자가 되잖아요."

"큐선생이 잘못한 것도 없는데 왜 죽어요?"

"마기 씨는 늘 자신만만해서 좋겠어요. 부러워요."

"하지만 큐선생, 나야말로 큐선생이 부러워요. 그렇게 다 끝장난 것처럼 말하지 마세요. 부인이 아까 남편이 찾는다고 그 잘난 분홍비누를 기어코 챙겨갔어요. 아시겠어요?"

마기가 큐선생의 어깨를 흔들며 말하자 큐선생은 또 한번 짧게 흐흑 웃었다. 직원은 현관 쪽으로 몇 걸음 물러나며 큐선생과 마기를 번갈아 쳐다보았다.

"내가 마기 씨처럼 유명한 작가라면 내 인생을 글로 썼을 겁니다. 그러면 사람들이 눈물 없인 못 읽을 글이라 그랬을 거예요."

큐선생이 드디어 고개를 들었다. 그러더니 빠른 동작으로 벌떡 일어나 식탁의자를 탁자 안으로 굳이 밀어 넣으며 눈길을 피했다. 그의 눈은 붉어져 있었다.

"누가 요새 그런 신파를 읽으며 울어요?"

직원이 베게 스펀지를 발로 슬쩍 차며 말했다.

"마기 씨도 그렇게 생각해요?"

큐선생은 여전히 눈길을 피해 식탁을 바라보며 물었다. 마기는 열쇠를 도로 집어 만지작거리기만 했다. 그러다 자신도 엉거주춤 일어났다. 마기는 큐선생에게도 친절하고 싶었다. 그래서 최대한 솔직히 대답했다.

"모르겠어요, 사실 제국 안에서는 큐선생이 어떤 사람인지 아직 잘 모르겠어요. 하지만 제국 밖에서는 달라 보일 것 같아요."

"어쨌거나 난 어딜 가나 감시대상자예요. 내가 누군지 알고 싶으면 제국 정보과로 문의하세요."

"아뇨, 난 이제 제국과 상관없는 나라로 갈 거지만, 큐선생을 도울 길이 있다면 돕겠어요."

"모든 게 풍족해요. 그런데 불행할 뿐입니다. 어쨌거나 제국과 상관없는 그런 데가 있다면 같이 갑시다. 그런데 젠장, 아마도 그런 데는 없을 것 같아요."

"남쪽에 있대요. 마기 씨 동생이 접때 그랬어요."

마기는 잠깐 직원을 쳐다보았다. 직원은 별거 아니라는 듯 웃어 보였다. 마기 눈에는 직원이야말로 이 순간 예언자처럼 보였다. 직원은 이어 말했다.

"비 한번 시원하게 오네요. 이러다 무슨 일 날 것 같죠?

"거긴 수면제 같은 거 없어요. 입국심사도 없어요. 두 분 모두 가족과 같이 오세요."

세 사람은 약속이나 한 듯 현관을 향해 걸음을 옮겼다.

"천국이 따로 없겠네."

"생지옥에 살아봤으니 거기도 괜찮겠네요."

"욘데와 나의 외갓집이죠."

"약이 없는 데라, 믿기진 않지만."

"참, 큐선생, 이건 제 생각입니다만, 참기 힘들 땐 덤벼들어야 합니다."

"그렇게 잘난 척 마시라니까요."

"남매가 말하는 게 비슷해요."

"같이 덤빕시다. 진심이니 꼭 기억해주세요."

"근데 참, 아내가 또 뭐라든가요?"

큐선생이 현관문을 열다말고 갑자기 물었다. 마기야말로 때로는 이 부부가 부러웠다. 나를 설명해주는 한 여자가 세상에 존재한다면 얼마나 좋을까.

"아까 와서는,"

마기는 기우뚱 서 있던 한 여자를 떠올렸다. 곧 무너질 것처럼 서 있던 여자를 적당히 설명하기 위해 잠깐 눈을 감았다.

"아까 와서는, 자기 인생은 비누만도 못하다 그랬어요. 비누를 질투한다나요?"

"그래요?"

마기는 눈을 떴다. 큐선생은 복도로 나서며 고개를 갸우뚱거렸다. 절망하더란 말, 남의 화장실에서 울더라는 말은 차마 할 수 없었다. 이들 부부는 모두 슬퍼 보였지만 이들의 슬픔은 제각각 나뉘져 있는 듯 보였다. 그래서 불행해 보였다. 서로를 보며 슬퍼하지만 그 슬픔만으론 의사소통이 힘들어 보였다. 이들 사이엔 무엇이 존재하는 걸까.

"그래서 내가 그럴 때 쓰는 쌍욕을 가르쳐줬어요."

"행여."

큐선생이 마기의 어깨를 슬쩍 밀며 웃었다.

"그럼, 사물함 열쇠는 제가 다시 챙겨가구요. 참, 또다른 열쇠 잊어버리지 마십시오. 무슨 말씀인지 아시죠? 5층?"

직원이 마기의 등 뒤에서 두 손을 마기의 어깨 위에 얹으며 말했다. 5층? 마기는 방금 일어나면서 무심코 손에 쥐었던 열쇠를 바라보았다. 그리고 자신의 어깨 위에 올려진 직원의 큰 손을 고개를 돌려 슬쩍 바라보았다. 휴게실에서 탈의실로 향하는 복도에서의 짧은 영상이 다시 떠올랐다. 어둔 복도를 지나던 두 사내를 향한 의구심은 완전히 사라지지 않았다. 그런데 지금 마기의 어깨 위에야말로 직원의 그 손이 놓여 있었다. 손아귀 힘 때문인지 잠깐이나마 어깻죽지가 뻐근한 듯 시원했다.

"총각들은 좋겠네."

큐선생이 리듬을 타듯 경쾌하게 말했다.

"열쇠 필요없어요."

"선수끼린 긴 설명 필요없죠."

직원이 마기의 어깨에서 손을 내리며 말했다.

"맞아, 나도 그래서 마기 씨가 좋아요. 마기 씨는 친절한 데다 고발정신도 희미해요."

"기다리는 사람 생각도 하세요."

직원이 가볍게 복도로 나아가며 거들었다.

"이거 없이도 들어갈 수 있어요."

"자신만만하시네. 역시 상대방 마음을 사로잡는 선수라니까요."

직원의 손은 떠나갔지만 어깨에 남아 있는 힘은 여전했다.

"아, 생각해보니 나는 남으로 못 갈 팔자예요."

큐선생이 바지주머니로 두 손을 찔러 넣으며 갑자기 내뱉었다.

"일분 만에 생각이 바뀌었어요?"

직원이 따지듯 물었다.

"아뇨. 나 같은 사람은 입국심사는 둘째 치고 출국심사에서 걸리거든요. 말했잖아요. 수술을 받은 데다 힐을 나가봤자 주거한정자랬잖아요."

그러자 직원이 큐선생에게 어깨동무를 하며 속삭이듯 말했다.

"심사에 걸리지 않도록 다니셔야죠."

세 사람은 아무 말도 하지 않은 채 복도에 잠깐 서 있었다. 어쩌면 좋을까, 큐선생이 남으로 못 간다면 정말 섭섭할 것 같았다. 복도에 발을 딛는 순간 그건 안 될 일이라고까지 마기는 생각했다.

복도에서는 빗소리가 들리지 않았다. 복도에 숨으면 어떤 심사에도 걸리지 않을 듯했다. 복도는 오늘따라 유독 조용하고 어두웠다. 언제나 그렇지만 오늘도 먼지 하나 없었다. 또한 방문도 모두 굳게 닫혀 있었다. 복도만큼 평온하고 청결한 곳은 세상 어디에도 없었다. 닫힌 문 안에서 무슨 일이 벌어지는지 알 필요도 없을 만큼 복도는 늘 반듯하고 고요했다. 책상도 없고 전화기도 없으며 서류도 없었다. 이러한 천국은 세상 어디에도 없었다. 저 문들만 영원히 닫혀 있다면 천국이 못 될 것도 없었다.

직원이 큐선생 어깨에 두른 팔을 내리며 먼저 입을 열었다.

"나는 진짜 남으로 가고 싶단 말입니다."

"왜요?"

"거기서 나도 가방 메고 학교라는 데를 다니고 싶단 말입니다."

"좋아요. 어렵지 않아요. 기대하세요."

마기가 확신에 차서 대답했다.

"하지만 나는 심사에 걸리는데."

"살만 쫙 빼면 내가 여자로 변장해드릴 수 있어요."

직원도 확신에 차서 말했다.

"재밌겠네요."

"근데 이 살이 어느 세월에 빠지겠어요? 나는 배가 터지도록 먹어야 직성이 풀리는데."

"귀신이 되셔야죠."

직원의 말이 끝나자마자 마기는 정말 귀신이라도 되고 싶은 간절한 마음으로 두 사람을 바라보기만 했다. 오늘 평온한 이 복도에서만큼은 가방을 메고 학교를 다니는 직원과 약도 필요없는 날씬한 큐선생을 포기할 수 없었다. 그들과의 동행을 제국 때문에 포기할 수 없었다. 그래서 마기는 다짐하듯 또 말했다.

"같이 갑시다."

"……."

"방법이 있다니까요."

"젠장, 그럽시다."


## 개인필수면담 3


마기는 차량이 다니는 큰길 한쪽으로 길게 깔린 붉은 블록을 따라 걷기 시작했다. 길가에는 처음 본 꽃들이 피어 있었고, 안쪽으로는 멋지게 다듬어진 관상목들이 울창했다. 가끔씩 다람쥐나 민달팽이가 발 앞에 나타나는 바람에 마기는 천천히 걷지 않을 수 없었다. 어느 키 큰 향나무 아래를 지날 때는 유독 꽁지의 깃털만 붉은 새 한마리가 나타나 열정적으로 울어댔다. 마기는 그 소리를 동무삼아 걸었다. 익지 않은 사과처럼 깊은 맛은 없지만, 약간은 떫게도 느껴지는 풋풋한 새소리였다. 이런 순간엔 자신의 집 정원을 거니는 기분이 들기도 했다. 익숙한 나무, 착한 꽃들, 천진한 새소리 때문이었을 것이다. 하지만 나뭇가지 위 카메라가 눈에 띌 때마다 마기는 자신의 어리석음을 깨달았다. 처음 세 개까지는 개수를 확인했지만 뒤로는 세지도 않았으니 몇 대의 카메라를 거쳐 왔는지는 알 수 없었다. 그러나 무엇보다 마음이 불편한 것은 아름다운 진입로에 사람이 없다는 점이었다. 어여쁜 블록을 아무도 밟아주지 않는다는 점이었다. 정문 앞까지 굳이 걸어갔다가 절망에 휩싸여 되돌아올 사람은 당연히 없었다. 힐을 완전히 나갈 때도 전용 순환버스는 본관 앞에서 출발한다 하니 산책길을 가벼운 마음으로 걸어 퇴소한 사람은 아무도 없을 게 분명했다. 아마도 오늘의 마기가 처음으로 블록을 밟는 사람일 수도 있었다. 그러니까 이곳은 자신이 살던 집과 정원이 아니며 당연히 카메라를 의식해야 하는 곳임에도 불구하고 마기는 꼭 정문 앞까지 걸어보고 싶었다. 저 앞에서 되돌아와야 하는 당연한 운명이 자신을 슬프게 했지만 오늘은 그러고 싶었다.

어디로 날아갔는지 어느 순간 새소리는 들리지 않았다. 정문이 점점 가까워졌다. 정문을 나서면 행정구역상 힐은 아니었지만 힐과 관련된 사람들이 사는 도시임에는 분명했다. 평범한 사람들은 이 도시에 살지 않았다. 이 도시에는 사람들이 살아갈 수 있는 기반이 절대적으로 부족했다. 그러한 시설을 제국에서 제공하지 않았다. 이곳에는 또다른 힐이 생기거나 힐보다 더 무서운 곳이 들어설 가능성이 높았다. 제국이 있는 한 어느 한구석에서는 늘 적응훈련이 필요할 테니 격리수용에 필요한 황무지는 넓을수록 좋았다. 또한 수용자 옆에는 더이상 삶에 소망이 없는 사람들을 포진시켜야 사고가 나지 않았다. 꺾이지 않는 자의식으로 무장한 인생과 자포자기한 인생이 힐에서 만나 서로를 감시하고 경계하며 결국엔 서로를 와해시키는 동안 제국은 순조롭게 몸피를 불려왔다.

꽃은 예쁘다, 마기는 사람들이 흔히 하는 말을 생각하며 걸었다. 보랏빛이 예뻐 보였다가 얼마를 걷다보면 붉은빛이 더 예뻐 보였다. 날아다니는 벌들 눈에는 누가 더 예뻐 보일까도 생각해보았다. 꽃 아래 숨어 있는 넓적한 잎들과 길쭉한 잎들도 모두 깨끗해 보였다. 만물의 생김새에는 정당한 까닭이 있는 것 같았다. 잎들의 생김새도 모두 완벽했다. 꽃에 가려진 것이 아니라 꽃 아래서 평온해 보였다. 마기는 걸음을 잠깐 멈추고 붉은 블록에 주저앉았다. 잎들을 더 자세히 보고 싶었다. 흙냄새가 코끝에 짜릿하게 느껴졌다. 잎사귀들을 하나 하나 만져보는 마기의 손길은 조심스러웠다. 팽팽한, 거친, 매끈한, 뻣뻣한, 푹신한 여러 잎들의 촉감을 오래 기억하고 싶었다. 잎들의 촉감을 기억한다는 건 슬픈 산책시간과 힐의 어느 날 아침을 기억한다는 뜻이기도 했고, 마지막 개인필수면담의 아침을 마음에 새긴다는 뜻이기도 했다. 물론 오늘이 힐에서의 마지막 날이 아니라는 걸 모르지 않았다. 마지막이 언제일지는 결코 알 수 없었지만 아침의 산책길은 기념할 만했다.

그러나 꽃들이나 나무에 마음을 기댄 것부터가 실수였다고 마기는 곧 자신을 탓했다. 정문 사무소 직원과 날카로운 눈길을 몇 번 주고받은 뒤 마기는 못 볼 것을 본 듯 황급히 발길을 돌렸다. 말

한마디 나눠보지 못한 정문직원의 눈길을 확인한 것이야말로 오늘의 수확이었다. 사람끼리 눈빛 하나로도 서로를 얼마나 완벽히 경계하며 떨쳐낼 수 있는가를 직원은 가르쳐주었다. 나는 정문직원에게 무엇을 가르쳐주었을까, 마기는 생각해보았다. 무기력한 팔자걸음 정도가 아니었을까.

마기는 잎사귀도 예쁘다고 중얼거리며 다시 걷기 시작했다. 걷는 내내 어디선가 물 흐르는 소리가 들렸다. 이제껏 들어본 적 없는 고요한 소리였다. 힐에서는 정말 처음 듣는 소리 같았다. 발밑에선가, 머리 위에선가, 마음속에선가, 어디에선가 소리는 끊이지 않고 울려왔다.


"꽃을 좋아하십니까?"

간사가 먼저 말을 건넸다.

"싫진 않지만 늘 옆에 두진 않습니다."

"힐에서의 아침 산책은 처음이시죠?"

"네."

"어떠셨나요?"

"기억할 만했습니다."

간사의 물음은 간단했다. 시간을 약간 넘겨 들어온 것에 대해선 아무 말 없었다.

"비가 많은 계절이죠."

"그렇죠."

간사는 본론으로 들어가지 않은 채 짧은 물음만 자꾸 던졌다.

앞머리는 옆으로 모아 핀으로 고정시키고 뒷머리는 자연스럽게 묶은 간사의 옆모습은 머리를 틀어올렸을 때보다 훨씬 젊고 활동적으로 보였다. 이마를 드러낸 간사의 인상은 아주 풋풋했다. 간사는 책상에서 책꽂이 끝으로, 책꽂이 끝에서 다시 책상으로 왔다갔다 하며 서류와 책들을 챙겼다. 간사가 움직일 때마다 구두굽 소리가 절도 있게 실내를 울렸다.

"아침 식단은 맘에 드셨나요?"

"먹질 않아서 모르겠습니다."

"시장하실 텐데요."

"네."

마기는 어느 때부턴가 배가 고프지 않았다. 늘 배가 꼬여 있는 상태 그대로였다. 그러다보니 먹을 것이 점점 더 그립지 않았다.

"입에 맞지 않으신가요?"

"딱히 그런 건 아니지만."

"원하시는 식단이 있으면 말씀하십시오. 각 지방의 요리를 섭렵한 주방장들이 두루 있습니다."

"간사님은 음식 만들 줄 아십니까?"

마기는 간사의 발뒤꿈치를 보며 물었다. 자신도 왜 이런 질문을 던지는지 알 수 없었다. 다만 굽 높은 구두를 신은 간사의 키가 오늘따라 커 보였을 뿐이었다. 그런데 자신이 생각하기에도 그것과 이 질문에는 아무 상관이 없었다.

"잘은 못합니다."

"남몰래 앓고 있는 병은 없으신가요?"

"아직은요."

"어찌 됐건 간사님은 성공하길 원하시죠?"

"무슨 말씀이신지?"

"반복해서 꾸는 악몽은 없으신가요?"

간사는 허리를 약간 구부린 채 뭔가를 적으며 짧게 대답했다.

"저에게 그런 것들을 물어보는 내담자는 처음이군요."

"무례했다면 죄송합니다."

"괜찮습니다."

"그럼, 이제 에보스 간사님은 어떻게 되는 건가요?"

"그건, 마기 씨가 관여할 바가 아닙니다."

"죄송합니다…."

"일정표대로라면 마지막 개인필수면담이시죠?"

"네."

"혹, 벌써 짐을 챙기셨나요?"

"그 정도 푼수는 아닙니다."

"이젠 나가고 싶으시죠."

"글쎄요."

간사가 책상 앞에 서서 책장을 급하게 넘기기 시작했다. 몸에 너무 꼭 맞아 팔과 상체를 맘대로 놀릴 수 없을 것처럼 보이는 검은 재킷을 입었음에도 날렵하게 움직였다.

"동생이 여기 있다면… 저도 여기 같이 있어야겠죠."

소파 너머 책상에서 책장 넘어가는 소리는 끊이질 않았다.

"그런데 동생이 여기 없다면… 나가서 찾아봐야겠죠."

간사가 마기의 이름을 작게 불렀다. 마기는 간사를 바라보았다.

"왜 동생이 여기 있을 거라 생각하시죠?"

간사는 마기를 쳐다보지도 않고 하던 일을 계속하며 물었다.

"동생의 일거수일투족을 감시하던 사람들이 행방을 모른다 하는 게 말이 안 되니까요."

"일리가 있군요. 그럼, 동생을 찾아 뭘 하시게요? 왜 찾으시게요?"

방안은 조용해졌다. 간사의 손놀림은 멈춰졌지만 이번에는 쏘아보는 눈길의 압력이 실내공기를 팽팽하게 채웠다.

"간사님한테는 부모형제가 없으신 모양이죠. 제 귀엔 그렇게 들립니다."

"동생은 아무리 찾아도 없습니다. 사라졌어요."

"세상에 뜻대로 되는 일만 있진 않습니다."

"왜 동생을 미리 챙기지 않고 이제 와서 저희를 탓하십니까?"

"이 정도인 줄은 몰랐거든요. 어리석게도 제국의 수준을 믿었습니다."

"제국도 동생을 찾고 있다고 말씀드리지 않았습니까?"

"큰일 났군요. 제가 먼저 찾아야 하는데요. 그래야 동생을 안전한 길로 데리고 갈 텐데요."

간사가 볼펜을 손가락에 쥔 채 탁자 건너편 자리로 와 앉았다. 앉는 폼으로 봐선 책상 앞에서의 일이 아직 덜 끝난 듯했다.

"세상은 변했습니다. 이제야말로 마기 씨 시대가 왔습니다. 아직 그걸 모르시겠습니까?"

"그건 또 낯선 이야긴데요. 번역 건과 동생이야기부터 마무리하시죠."

"세대는 완전히 바뀌었습니다. 자기 차례인 줄 모르는 분들을 우리는 이곳으로 초대하는 겁니다. 마기 씨도 이제 그만 숨어 다니시길 바랍니다. 동생분도 마찬가지구요. 이제는 숨어서 번역하실 필요도 없습니다. 우리는 마기 씨 남매를 늘 주시하며 기다렸습니다. 두 분을 만나고자 기다리는 사람들이 너무 많습니다."

"반갑지 않은 말씀이군요."

"제국 안에서의 명성을 인정하시죠."

"그것 때문인 겁니까?"

"무슨 뜻인지, 자세히 말씀해주시겠습니까?"

"이제는 제국에 협조해라, 그 뻔한 요구 때문에 제가 여기 온 겁니까?"

"많은 사람에게 유익을 줄 수 있는 사람이 숨기만 하면 안 됩니다."

"사람들에겐 각자가 살고 싶은 방식이 있습니다. 그걸 존중해주십시오."

간사가 쥐고 있던 볼펜을 탁자에 내려놓았다. 소파 끝에 걸터앉

왔던 폼도 고쳐 앉았다.

"우린 또 같은 얘길 되풀이하겠네요."

"번역은 그만두도록 하겠습니다. 당국의 심사를 통과 못하면 그 결과 그대로를 받아들이겠습니다. 다른 나라 출판사와 일할 생각은 처음부터 없었으니 염려 마십시오. 그건 어머니도 원하시지 않았으니까요. 당국에서도 번역집 문제로 절 부른 게 아닌 마당에 포장에 불과했던 이야기는 이제 서로 정리하는 게 어떨까 합니다. 동생에 대해선 기다리겠습니다. 그 아이를 늘 감시했던 이유에 대해선 이해할 수 없지만, 또한 나보다 먼저 힐로 불러들였던 사실을 숨기고 욘데의 행방을 밝히지 않는 작태도 참기 힘들지만 지금으로선 일단 기다리도록 하겠습니다. 그러니 힐을 나가고 싶어도 나갈 수가 없는 것이죠. 나도 확인할 게 있으니 기다려야죠."

"마기 씨가 살고 싶은 방식은 어떤 겁니까? 말씀해주십시오."

"잘 아실 텐데요. 저는 제국과 상관없는 삶을 살고 싶습니다. 많은 사람에게 유익을 주는 삶이라고 말씀하셨는데, 그 말은 결국 제국에게 유익을 주는 삶을 살라는 거지요. 그렇게 살고 싶지 않습니다."

"까닭이 무엇입니까?"

"옳지 않기 때문입니다. 또한 여러 사람을 죽이는 길이기 때문입니다."

간사는 다시 일어나 책상으로 갔다. 책상 앞에 선 채 잠시 서류를 뒤적이며 고개를 두어 번 끄덕이더니 원하던 서류를 찾았는지

됐군, 중얼거리며 손에 서류뭉치를 들고 다시 소파로 왔다. 방금 전보다는 느린 움직임이었다. 간사는 앉자마자 다리를 포갰다.

"그렇다면, 고향에 가서 주술사라도 찾아가시게요? 거기선 아직도 팔자타령뿐인가요? 해와 달과 별을 따라 땅이라도 일구며 사시게요? 그런 삶을 꿈꿔오셨나요?"

간사의 말투는 약올리는 투로 확실히 변해 있었다.

"내게 당장 이득이 될 것을 찾기보다는, 가치 있는 걸 찾아내는 게 먼저예요."

"거기까지는 마기 씨의 생각과 제국의 생각이 동일하군요."

"아뇨. 주입시키는 게 아니라 스스로 찾는 게 중요해요. 당장 내게 이득이 없다고 낙심할 필요가 없습니다. 남의 것을 빼앗을 필요도 없습니다. 값어치 있는 걸 찾았으면 그것으로 멋진 삶이에요. 고향의 늙은 주술사들도 제국이 모르는 진실을 알고 있습니다. 해선 안 될 일은 못하게 하고 해야만 하는 일은 하도록 가르칩니다. 이것보다 중요한 건 없습니다."

"제국에서의 삶과 다를 게 없습니다."

"이해 못하시는군요. 그 땅에서는 사람들이 마땅히 살아야 하는 길대로 살죠. 사는 데 대단한 이론이나 지옥 같은 전쟁이 필요한 게 아니니까요. 마땅한 길을 벗어나지 않을 때에야 비로소 건강한 의지가 적용됩니다. 길을 벗어나 시간을 뛰어넘었다 떠들지 마십시오. 시간을 단축했다면 언젠가 그만큼의 고통과 부작용이 꼭 나타납니다. 같은 시대를 사는 사람들을 괴롭히면서 도와준다 거짓

말하지 마십시오. 다른 이의 자연스럽고 건강한 의지를 파괴하면서 힘을 자랑하지 마십시오. 그것은 부끄러운 일입니다. 간사님이 꿈꿔온 삶이 있기는 있습니까? 지금 당장 제게 꿈을 말씀해주실 수 있습니까?"

"마기 씨 같은 분을 설득하고 교화하는 게 제 꿈입니다."

"그것 보십시오. 그것은 제국의 꿈입니다. 간사님의 꿈이 아닙니다."

"그렇기 때문에 마기 씨의 삶은 고단한 겁니다. 꿈은 유일합니다."

"그것처럼 무서운 말은 들어본 적이 없어요."

간사가 순간 아아, 하며 고개를 저었다.

"오빠와 동생이 정말 똑같군요. 안타까운 일이지만 욘데 씨야말로 빠져나갈 수가 없습니다. 부모가 자신의 자녀에게 다가가는 것에도 많은 제약이 있는 나라에서 남의 아이들을 가르치는 일은 아무나 할 수 있는 일이 아닙니다. 욘데 씨는 지나치게 용감했어요. 아이들에게 접근하는 건 가장 위험한 일입니다. 지금 오빠와 동생이 가슴에 품고 있는 건 꿈이 아니라 불입니다. 남매가 모두 위험합니다."

"저도 정말 답답합니다. 부모가 자녀를 가르치지 않으면 누가 가르칩니까?"

"제국이 가르칩니다."

마기는 더이상 할 말이 없었다. 창밖으로 고개를 돌렸다. 마기는 억지로 잎사귀의 여러 촉감과 흙에서 나던 짜릿한 냄새를 기억하려 애썼다. 어딘가로 사라진 새소리를 기억하려 애썼다. 전의 면담처럼 머리에 감각이 사라질 만큼 얼얼하게 퍼붓고 싶은 마음이 생기지 않는 것도 이상했다. 무엇보다 정말로, 할 말이 없기도 했다.

몇 분이 흘렀을까, 간사가 먼저 입을 열었다.

"산책 후에 본관으로 되돌아오기 힘드셨죠?"

간사는 잠깐 말을 멈췄다 다시 이었다.

"하지만 오래 걸리지는 않을 겁니다. 어차피 이건 누구의 잘못이 아니라, 마기 씨의 방법이 문제니까요. 제국에 적응할 시간이 필요하니까요."

마기는 여전히 창밖을 바라보기만 했다. 그러다 왼쪽으로 보이는 붉은 산책길 끝자락에 눈길을 멈춘 채 자신이 걸었던 그 길의 처음과 끝을 그려보았다. 몇 걸음 더 가면 물 흐르는 소리가 잔잔해졌다가 몇 걸음을 멈추면 소리가 다시금 생생해졌다. 세상에 유일한 것이 있다면 그런 게 아닐까 싶었다. 물이 흐르고, 해가 지고 해가 뜨고, 철을 따라 씨앗을 뿌리고 열매를 거두고, 꽃이 피고 꽃이 지고, 비가 내리고 눈이 내리고, 아기가 태어나고 늙은이가 죽고.

"마기 씨?"

간사의 목소리가 나직이 들렸다.

"혹시 지금 꿈꾸고 계신가요?"

간사가 뜻밖에도 다정하게 물었다.

"이쯤 되면 다들 지치는 시기입니다. 이해합니다."

마기는 어디를 바라보는지도 모른 채 되는 대로 입을 열었다.

"나는 힐을 나갈 때 저 산책길을 걸어서 나가겠습니다. 정문까지 내려가 거기서 순환버스를 타도 큰 문제는 없겠죠. 그리고 꼭 정문직원과 인사를 나누고 나가겠습니다. 그 직원의 눈은 정말 무서웠어요. 그렇지만 직원의 진심은 아니었으리라 생각합니다. 그 사람은 내가 만나본 사람 가운데 가장 불안정하고도 인공적인 눈을 가졌어요. 그래서 더욱 빨리 만나고 싶습니다."

마기는 중얼거리며 창밖 어딘가를 줄곧 바라보았다. 그러나 창밖의 어느 것도 눈에 들어오지 않았다. 눈을 크게 치켜떠도 마찬가지였다.

"나가고 싶으세요?"

"네."

"외로우시죠?"

"때론."

"원하시면 가정을 이루도록 도와드릴 수 있습니다."

"도움 필요없습니다."

"혼자가 편하신가요?"

"아직은."

"일주일 뒤쯤 퇴소할 수 있도록 해보겠습니다."

"네."

네, 네. 일주일.

세상에 없는 일주일, 멀쩡한 사람도 칼을 찾아 휘두르게 만드는 일주일이 드디어 마기 앞에 등장했다.

마기는 같이 악도리칠 필요가 없다고 여기면서도 가슴이 터질 것 같은 질문은 하지 않을 수 없었다. 입으로 내뱉는 순간 지옥이 다가올 수도 있겠지만 오늘은 꼭 이것을 확인해야 했다. 마기는 실내로 눈길을 돌렸다. 계속 눈을 치켜뜨고 있어도 사물은 눈에 들어오지 않았다. 다만 빽빽하게 정리된 서류철의 위용만이 감지될 뿐이었다. 저 종이들 가운데 어느 한장, 어느 한칸에 욘데는 숨어 있을 터였다. 깔끔한 한줄 속에 간단하게, 간결하게, 하지만 숨이 꽉 막히게 갇혀 있을 터였다.

"근데,"

"네."

간사는 다소 긴장이 풀린 얼굴로 마기를 바라보았다.

"제 생각엔, 간사님께서도 끝내 확실히 말씀을 안 하신 게 있는 듯해서,"

"그렇게 생각하시나요? 전할 것은 다 전했습니다."

"저에게 하실 말씀이 더 있을 것 같은데요."

"없습니다. 마지막 면담은 원래 간단합니다."

마기는 단체복 양팔 소매를 팔꿈치 위로 걷어올렸다.

"저는 사실, 알고 싶은 게 있어서 이 시간을 기다렸는데요."

"그렇다면 어서 말씀하십시오."

마기는 팔뚝에 소름이 돋는 것을 느꼈다. 가슴이 떨리는 것도 정확히 느꼈다. 이들에게 진심을 기대하는 스스로가 안쓰러웠다. 마기는 앞머리를 뒤로 넘기며 저릿해지는 정수리를 꾹 눌렀다. 그러곤 상체를 숙여 두 손으로 탁자를 짚었다. 마기는 더 어리석어지기로 결심했다.

"제 동생 욘데를 숨기는 까닭을 말씀해주십시오. 다 알고 계시지 않습니까?"

"모릅니다."

"그렇다면 제가 제 입으로 정리해드리겠습니다. 정확히 대답해주십시오."

"그러시죠."

"혹시, 제 동생 욘데는,"

하륜 간사는 서류를 들어 탁자에 탁탁 치며 반듯한 서류를 또다시 정리했다.

"혹시 제 동생 욘데 그 아이의 목숨은, 지금 제게 달린 건가요?"

간사는 조금 전보다 느린 속도로 서류를 탁자에 치며 굳이 계속 정리했다.

"그 사실을 주지시키려 저를 힐로 부르신 건가요? 한번은 당할 줄 알고 기다린 일이니 말씀해주시죠. 일주일 뒤? 일주일 뒤는 존재하지 않는다는 것 알고 있습니다."

"과장하지 마십시오."

간사가 손놀림을 멈추며 말했다.

"다만, 서로 이야기가 잘 풀리면 남매가 만날 수 있도록 수소문

해보겠습니다."

"왜 욘데부터였죠? 욘데는 스물을 갓 넘은 아이에 불과합니다. 필요한 건 저였지 욘데가 아니지 않습니까."

"아마도 시간을 아끼기 위해서였겠죠."

"간사님이 알고 계신 것, 아무 거라도 더 알려주십시오."

"제국이 마기 씨를 왜 부르는지 알겠다는 것, 그것."

"제국은 왜 저를 부르는 겁니까."

"사람의 마음을 움직이는 힘이 있으니까요. 마기 씨 가족 모두에게는."

"그런 추상적인 이야기는 그만두십시오."

"아뇨, 가장 실질적인 힘을 가진 분이라는 뜻입니다."

"저를 감금시키든 다른 교육기관으로 보내든 저로서는 지금 대항할 힘이 없습니다. 그건 위로도 아니고 협박도 아니고 저에게는 아무 의미도 없는 대답입니다."

"그러니 마기 씨도 시간을 아끼시길 바랍니다."

"그건 시간을 아끼는 길이 아니라 자폭하는 길입니다."

"기다려보십시오."

"제 동생은 남으로 보내주십시오."

"찾아보겠습니다."

"제국이 원했던 사람은 저이지 않습니까?"

"맘대로 단정짓지 마십시오."

"제발, 욘데는 고향인 남으로 꼭 보내주십시오."

"참고하겠습니다."

"그리고,"

마기는 소파 앞으로 더 나앉으며 재빨리 말을 이었다. 이제는 붙잡을 것도 없었고 그래서 절망할 것도 없었다. 마음은 그저 서글프도록 오그라들고만 있었다. 반대로 간사는 더욱 뻔뻔해지고 있었다.

"그리고, 저희 아버지,"

가슴을 바늘로 찌르는 듯한 고통이 순간 마기를 훑고 지나갔다.

"아버지는 그냥 놔두십시오. 돌아오지도 못할 부인 기다리랴, 소식이 끊긴 두 자식 기다리랴 이미 제정신이 아닐 겁니다. 노인네에 불과한 아버지는 그냥 두시죠."

"저희를 너무 나쁜 사람 취급하시는군요."

"아버지는 늙고 지쳤을 뿐입니다. 아버지도 남으로 보내주십시오."

간사가 일어설 듯 상체를 움직였다. 마기는 붙잡아 앉히고 싶은 걸 참으며 간절히 덧붙였다.

"제발, 도와주십시오."

아랫입술을 깨물었다. 적에게 도움을 청하고 나니 날카로운 통증이 서서히 온몸으로 퍼져나갔다. 저도 모르게 상체를 구부리며 마기는 두 어깨를 움츠렸다. 이제 다 끝난 것이다. 그들의 비웃는 소리가 서류철 갈피마다 새나오는 듯했다. 그렇게 나올 줄 알았다며 종이마다 마기를 조롱하는 듯했다. 그때 간사가 사무적으로 서류를 내밀었다. 마기는 고개를 숙인 채 서류를 바라보았다. 그것은 빽빽한 서류철에서 빠져나온 또 하나의 종이일 뿐이었다. 말없이 종이를 받아들었다. 마기가 할 수 있는 일은 그것뿐이었다.

간사가 일어섰다. 마기는 통증이 지나가길 기다렸다. 책상으로 향하는 간사의 절도 있는 구두굽 소리가 다시 실내를 채웠다. 마기는 일어서지 못한 채 한참을 자리에 앉아 있었다.

도와주십시오, 도와주십시오, 마기는 영혼 없는 종이쪼가리를 향해 외치지 않을 수 없었다.

# 4

## 들어가도 될까요?

비를 맞으며 달려온 몸이 으슬으슬 떨리기 시작했다. 바람에 밀려 휘청거리듯 달려오는 동안에는 숨찬 줄도 몰랐다. 비와 바람이 섞여 막무가내로 덤벼드는 바깥의 광풍을 여기서는 상상도 할 수 없었다. 조용했고, 모든 게 정리돼 있었으며, 어느 구석에도 사람의 흔적은커녕 물기 한방울 없었다. 마기는 침대 옆 보호자 의자에 허탈하게 앉았다. 바로 이틀 전 아침에 찾아왔던 병실이라고는 믿어지지 않았다. 침대를 바라보며 에보스란 사람을 생각해보았다. 그러자 순간 짙은 보랏빛으로 무섭게 부어오른 채 너덜거리던 입술이 확대되어 떠올랐다. 제국을 대표하는 그와 하륜 간사가 자신에게 퍼부었던 억지와 기괴스런 속임수를 생각해보았다. 그들은 욘데에게도 똑같이 앵무새처럼 지껄였을 것이다. 하지만 거짓을 지껄이고 불의를 조장하다 그 악행을 스스로 견디지 못한 에보스 같은 인간은 지금처럼 어딘가로 사라지는 게 순서였다. 에보스 같은 사람을 소리소문 없이 처리하는 게 제국의 특기이기도 했다. 마기는 이마와 뺨에 남아 있는 물기를 닦으며 가쁜 숨이 가라앉기를 기다렸다.

불 꺼진 지하병실은 밤처럼 깜깜했다. 마기는 언제부턴가 이렇게 어두운 곳에 있게 되면 영원히 이곳에 숨을 수 있을지를 스스로에게 묻곤 했다. 이것이야말로 억지였지만 그런 생각을 하면 잠깐이라도 행복했다. 앞이 빤히 보이는 행복이었지만 그 순간만큼은 큰 위안이 되었다. 어둔 곳에 영원히 숨고 싶은 기분, 하지만 그런 곳은 어디에도 없는 것을 이미 알고 있는 기분, 그래서 오히려 이 악물고 달려들고 싶은 기분, 힘은 없지만 결코 밀리고 싶지 않은 이런 오락가락 하는 빈주먹뿐인 기분을 마기는 어서 욘데와 나누고 싶었다.

옆 병실에서 소리가 들렸다. 전에 들었던 것처럼 신음소리 같기도 하고 웃음소리 같기도 한 뜻모를 소리였다. 흐후우어아요즈즈… 얼굴과 손에 붕대를 감고 앞서가던 환자가 떠올랐다. 환자의 기우뚱 쏠린 상체 각도와 어딘가 불완전하면서도 설득력 있던 왼팔 놀림, 환자가 통과해 가던 거대한 철문들이 떠올랐다. 오흐우어스스, 환자는 뭔가를 묻는 듯 말끝을 올렸다. 마기는 알아들을 수 없는 그 소리에 마음이 쏠렸다. 일어섰다. 옆방 소리에 귀를 곤두세우며 조심히 문을 향해 걸었다. 망설임 없이 문을 열었다. 복도로 한 발짝 나섰다.

복도는 고요했다. 언제나 그렇듯 복도에는 아무 문제 없었다. 어디로 갈까. 숙소로 돌아갈까. 별관 지하식당으로 가 당기지도 않는 아침을 먹을까. 마기는 자신이 나온 병실 문을 소리 없이 닫으며 오른쪽으로 몸을 틀었다. 자신의 발걸음소리가 쿵쿵 크게 들리기 시작했다. 누군가 자신의 가슴을 짓찧는 듯 고통스러웠다. 드디어 옆 병실 문 앞이었다. 지나치려 해도 걸음이 떨어지지 않았다. 문고리를 잡았다. 문을 안으로 밀었다. 불완전한 각도로 실내가 드러나기 시작했다. 똑같은 어둠에다, 숨 막히는 통제의 벽, 그리고 몸의 고통을 같이 참아내는 침대와 침구가 보였다. 그리고 저 안으로는 축복의 한 사람이 마기를 맞이하고 있었다.

들어가도 될까요, 마기는 도로 문을 닫을까 얼른 안으로 들어설까를 망설이며 심한 현기증을 느꼈다. 그 순간, 복도가 밀기라도 했는지 마기의 몸은 이미 병실 안으로 떠밀려가 있었다. 그러나 아직 바깥 문고리를 놓지는 않았다. 발걸음을 멈추자 가슴의 통증도 서서히 사라졌다.

환자는 휠체어에 앉아 있었다. 쪽창문 아래였다. 환자는 낯선 이가 나타난 것을 확인했을 텐데도 비스듬히 앉은 채 어떤 작은 움

251

직임도 보이지 않았다. 여기서부터 무엇을 어떻게 해야 할지 알 수 없었다. 당신 누구요, 하며 누군가 자기를 거칠게 끌어내준다면 차라리 고마울 것 같았다. 마기는 먼저 천천히 문을 닫았다. 문을 닫자마자 냉기부터 느껴졌다. 빗물에 젖은 머리카락과 옷 때문일까, 낯선 이를 경계하는 환자의 기운 때문일까. 얼굴과 머리통, 목, 양손에 감겨진 붕대 뒤로 환자가 어떤 얼굴을 하고 있을지 알고 싶었다. 못 견딜 만큼 불쾌해한다면 병실에서 당장 나가줄 수도 있었다. 하지만 허락해준다면 내 이야기 좀 들어봐요,라고 말한 뒤 잠깐이라도 머물고 싶었다. 마기는 문을 닫고도 여전히 오른손으로 안쪽 문고리를 꽉 쥔 채 서 있었다. 더듬거리듯 입을 열었다.

"혼자, 있었군요."

아직까지는 편안한 목소리인 것을 스스로 확인했다. 그렇지만 앞으로 몇 걸음 나아가는 것조차 망설일 만큼 마기는 어찌해야 할 줄을 몰랐다.

"어둡지 않아요?"

겨우 한마디 또 건넸다. 벽이나 창이나 다를 것 없이 모두 어두웠다. 어두워서 다행이었다.

"밖엔 무섭게 비가 오고 바람도 세차게 불어요. 어젯밤부터 내리기 시작했는데, 아침이지만 여전히 밤처럼 컴컴해요."

그래서 옷이 젖었군요, 마기는 환자의 대답까지 마음으로 읽으며 서 있었다. 하지만 지금 병실에서는 빗소리조차 들리지 않았다.

252

마기는 문고리에서 손을 내렸다. 가슴이 철렁 내려앉는 불안감을 순간 느꼈다.

"나는 사람을 찾고 있어요. 굳이 찾을 이유는 없는 사람인데, 몰래 왔어요."

마기는 자신이 유령이 된 듯한 이 상황이 문득 무서워졌다.

"세상은 공평하죠."

마기가 다시 입을 열었다. 진실인가요, 얼마만큼의 진실이 담긴 말인지는 마기도 알 수 없었다.

"모두에게 목숨은 하나잖아요."

이것을 지키는 게 제일 중요한 걸까요, 마기는 정리되지 않은 그대로 말을 이어갔다. 가볍게 흘리듯 내뱉고 싶었다.

"내 말은 그러니까, 그들도 절망할 거란 이야기예요. 공평한 이유 때문에 그들도 언젠가는 절망하고 고통스러워했으면 좋겠어요."

마기는 어느새 자신감 있게 말하는 자신을 발견했다.

"세상은 공평해요. 그게 내 복수예요."

죽을 각오가 되지 않은 존재는 존재도 아니었다. 환자는 이 생각에 찬성표 하나 던져줄 것 같았다. 환자가 온몸에 붕대를 감고 있는 까닭도 자신이 여기 있는 까닭과 다를 게 없음을 마기는 깨달았다. 어쩌면 힐에서의 남은 시간 동안 자신도 붕대를 감게 될지도 몰랐다. 그래서 환자 옆방에 누워 서로의 절망을 더 이해하게 될지도 몰랐다.

"많이 아파요?"

환자는 처음으로 우우우 소리를 냈다. 긍정도 부정도 아닌 소리였지만 마기는 호의의 소리라고 혼자 이해했다.

"참, 이런 얘기 들어봤어요?"

순간, 어떤 이유에선지 모르지만 힐까지 왔고, 힐의 지하병동에서 온몸에 붕대를 감고 있어야 하는 환자가 측은해 마기의 목소리는 떨리기 시작했다. 또한 아직은 붕대를 감지 않았지만 복도나 어둔 방을 천국으로 여기는 자신도 측은해 무릎이 떨려오기 시작했다.

"옛날에 남쪽 어느 나라에 높은 산이 있었대요."

마기는 처음 바라본 순간부터 세상의 절반일 거라 믿었던 큰 산을 떠올렸다

"그런데 어느 날 화산이 폭발해서 산이 터져버렸대요."

마기는 산이 내뿜은 열기를 상상해보았다.

"폭발한 산의 화산재가 강으로까지 흘러내려 산 아래 맑은 강은 한때 강이 아니었대요."

마기는 강가에 서서 산을 다 함께 올려다보던 네 식구를 그려보았다.

"그런데도 사람들은 산과 강을 떠날 수 없었대요."

마기는 작고 어두운 병실에서 유장한 강과 거룩한 산을 다시금 떠올렸다.

"근데, 그런 게 바로 삶이래요."

환자의 고개가 점점 아래로 기울어졌다.

"많이 아파요?"

마기와 환자는 말도 없이 움직임도 없이 한참을 보냈다. 복도에서 이따금씩 철문 여닫히는 소리, 부저소리, 발걸음소리가 들려오곤 했다.

"나는 사실, 동생을 찾고 있어요."

마기는 환자와 조금 더 말하고 싶었다.

"내 동생은 주머니에 모든 잡동사니를 넣고 손으로 덜그럭거리는 버릇이 있어요. 뭘 먹을 땐 꼭 바닥에 흘리며 먹고요, 물건은 아무 데나 놓고 다녀요…."

환자가 자신의 이야기를 들어준다는 것을 마기는 확신할 수 있었다.

"그리고 아버지께도 무슨 일이 있는 것 같아요. 아버지는 이미 너무 늙으셨거든요."

지팡이를 의지한 채 남으로 향하는 아버지의 모습을 그려보았다. 그는 관절염 환자, 요양소를 싫어하는 늙은이, 죽은 아내와 밤마다 수다를 떠는 외로운 홀아비였다.

"어머닌 벌써 돌아가셨어요."

환자가 드디어 왼팔을 들었다.

"남으로 가는 길을 꿈꿀 뿐이죠."

마기는 스르르 바닥에 주저앉으며 상체와 머리를 병실 문 쪽으로 편하게 젖혔다. 비스듬히 앉은 환자만이 허상처럼 허옇게 저 앞에 보였다. 환자는 왼팔을 든 채 고개를 더 숙였다.

"혹시, 머리를 다쳤나요?"

환자는 팔을 내렸다.

"그것만 아니라면 괜찮아요."

마기는 무릎을 세워 두 팔을 무릎 위에 얹은 채 바닥을 향해 늘어진 자신의 손가락을 물끄러미 바라보았다. 어둔 실내에서도 가늘어진 손가락을 씁쓸하게 확인하지 않을 수 없었다. 바닥의 냉기가 무섭도록 몸으로 스며들었다. 잠깐 눈을 감았다.

"일주일 뒤라는 말은 거짓말이래요."

마기는 눈을 감은 채 말했다.

"하지만 머리만 다치지 않으면 돼요."

마기는 문득 떠오른 멜로디를 낮게 흥얼거리기 시작했다. 산새처럼 진실하게 울 때까지.

"그리고, 상관없다는 말은 세상에 없는 말이래요."

나는 숨어 글을 배운다오…. 마기는 감았던 눈을 떴다.

"그러니까 나는 또 찾아올 거예요."

흐려진 경계 속에서도 환자가 고개를 끄덕인 것을 마기는 분명히 확인했다.

"아, 내 노래 실력 진짜 엉망이죠? 하지만 동생은 잘해요. 고향의 이런 옛 노래를 동생만큼 잘 부르는 사람은 없어요."

나는 누구를 찾아온 것인지, 누구를 병문안하고 가는 것인지, 당신은 나를 알고나 있는지… 마기는 벌떡 일어났다.

"참, 전에도 손 흔들어줘서 고마웠어요."

자신의 삶이 뒤바뀐 것을 마기는 이제 깨달았다. 자신은 철문의 제단을 뚫고나가야 하는 인생이었다. 휠체어에 앉는다 해도, 온몸에 붕대를 감는다 해도 싸움을 그칠 수는 없었다. 마기는 환자를 보고서야 그 사실을 알아차렸다. 환자도 지금 분명히 싸우는 중이었다. 마기는 이름 모를 전우를 향해 다정히 손을 흔들었다.

머리 조심, 일주일 조심.

"또 올게요."

환자는 이번에도 왼팔을 옆으로 내밀었다.

"정말 꼭 올게요."

안녕.


## 초록방수복


비와 바람에 시달리며 다시 동관으로 뛰어가는데 대강당 앞에 사람들이 모여 있는 게 보였다. 그들은 검정 방수 작업복을 입고 강한 바람에 휘어진 현수막과 끊어진 만국기, 꺾여 쓰러진 나뭇가지들을 치우고 있었다. 몇 사람은 뒤집어진 파라솔과 나뒹구는 의자를 끈으로 꽁꽁 묶어 옮기는 중이었다. 휘몰아치는 바람은 몇 분 사이에 더 거세진 듯했다. 모든 게 끊어지고 휘어지고 뽑히기에 충분한 바람이었다. 시야를 가리는 빗물을 닦으며 사람들 틈으로 몇 걸음 다가가는데 순간 뭔가가 마기 품으로 빠르게 날아왔다. 마기는 무의식적으로 그것을 받아안았다. 방수복이었다. 누구일까, 어디서 날아왔을까. 옷을 받아들고는 놀란 마음을 감추려는 듯 재빠르게 방수복을 입었다. 다 입고 나자 기다렸다는 듯 또다른 누군가 지나가면서 마기 손을 억세게 쥐더니 손에 큰 자루 하나를 건넸다. 모자까지 꾹 눌러쓴 누군가의 얼굴을 확인할 수는 없었다. 마기는 홀린 듯 잠깐 비를 맞고만 서 있었다. 그러나 곧 그래야만 할 것 같은 마음으로 눈에 보이는 젖은 만국기며 현수막, 나뭇가지 등을 자루에 정신없이 담기 시작했다. 일하는 사람들은 말이 없었고 말을 내뱉는다 해도 빗소리와 바람소리에 묻혀 들리지도 않았다. 그리고 어디선가 빗소리에 맹렬한 전기톱소리 같은 게 섞여 들려왔기 때문에 의사소통은 불가능했다. 허리를 굽힌 채 각자 자루에 낙하물과 나뒹구는 쓰레기를 담거나 파라솔과 플라스틱 의자를 묶어 주차된 트럭 짐칸으로 나를 뿐이었다.

자루를 거의 채우자 사람들은 자루를 트럭 짐칸으로 내던졌다. 마기도 사람들을 따라 자루를 묶어 트럭으로 내던졌다. 그리고 누군가를 도와서 큰 자루를 같이 던져주기도 했다. 그 순간 비바람 속에서 트럭 시동 거는 소리가 들렸다. 사람들은 재빠르게 짐칸으로 올라탔다. 마기는 잠깐 어지러운 눈으로 주위를 살피기만 했다. 가장 높은 곳에 세워진 동관이 빗줄기 속에서 까마득하게 보였다. 동관 쪽 어딘가에서 흙탕물이 무서운 속도로 흘러 내려오고 있었다. 마기는 빗물에 얼얼해진 뺨을 닦아냈다. 어느새 사람들은 자루 위에 자리를 잡고 앉았다. 트럭은 방향을 틀기 위해 천천히 후진하기 시작했다. 마기는 몇 걸음 뒤로 물러섰다가 트럭이 완전히 방향을 틀기 전에 몸을 날려 짐칸에 올라탔다. 누군가 자리를 터줘 마기는 겨우 껴앉을 수 있었다. 비바람 속으로 멀어져가는 대강당을 바라보았다. 트럭이 어디로 가는 것인지 알 수도 없었고 알고 싶지도 않았다. 어느 틈에 별관을 지나 산책로 반대 방향의 오솔길로 트럭은 움직이고 있었다. 마기는 저 멀리로 보이는 정문을 바라볼 뿐이었다. 몸이 기우는가 싶더니 트럭은 다시 우회전했다. 차는 별관 뒤편 숲으로 향했다. 숲 안쪽으로 차가 다닐 수 있는 길이 있는지 몰랐던 마기는 이제야 두리번거렸다. 트럭은 관상목 사이로 난 오솔길을 흔들거리며 달렸다. 비도 바람도 이 길에서는 감지되지 않았다. 모든 건 초록에 묻혀 있었다. 흙탕물만이 비의 위력을 나타낼 뿐이었다. 트럭이 잠깐 멈췄다. 닫혀졌던 높은 철문이 괴기스럽게 천천히 열리자 트럭은 다시 움직였다. 이제부터는 약간 오르막길이었다. 마기는 몸이 흔들리는 대로 내버려두었다. 옆 사람과 어깨를 부딪혀도 신경쓰지 않았다. 자루를 깔고 앉은 사람들은 모두 말없이 흔들릴 뿐이었다. 곧 세 개의 컨테이너 박스가 설치된 공터가 나타났다. 여기부터는 자갈밭이라 그 위를 달리는 트럭소리가 한층 거칠어졌다. 쓰레기 소각장 같았다. 가운데 컨테이너에서 짙은 초록방수복을 입은 몇 사람이 뛰어나왔다. 짐칸 위의 사람들은 서서히 몸을 움직이기 시작했다. 트럭은 공터

한가운데서 멈췄다. 사람들이 뛰어내리더니 빠르게 짐을 내리기 시작했다. 마기도 따라 뛰어내린 뒤 자신이 깔고 앉았던 자루부터 내렸다. 그러자 컨테이너에서 나온 사람들이 이 짐들을 더 안쪽의 드럼통으로 옮겼다. 이제는 사람들이 자갈밭 위를 움직이는 소리만 들렸다. 리듬감도 없는 뻑뻑한 소리 틈으로 숲 냄새, 그리고 숲에 무섭게 스며든 비 비린내가 코끝을 자극했다. 유독 덩치도 작고 키도 작은 한 초록방수복이 앞을 지나갔다. 일손이 느린 그를 도와 마기는 자루를 같이 들었다. 함께 짐을 옮기며 드럼통으로 향하는 짧은 동안에도 그 사람은 쉬지 않고 중얼거렸다. 하지만 빗소리와 자갈 밟는 소리에 섞여 정확히 알아들을 수도 없었을뿐더러 귀담아 듣고 싶지도 않았다. 반응이 없자 그 사람은 거의 악을 쓰다시피 한마디 던졌다.

"기차역으로 간다구요, 저 트럭."

마기는 짐을 옮기다 말고 그제야 초록방수복을 쳐다보았다. 초록방수복은 비바람에 얼었는지 얼굴은 방수복처럼 초록빛인 데다 입술은 흙빛이었고 눈은 붉은빛이었다. 서로는 서로가 길게 말할 수 없는 상황임을 알고 있었다. 누가 더 어리석은 건지 당장 말할 수 없었지만, 기차역이 어디 있건 무슨 상관이란 말인가. 마기는 드럼통 앞에서 짐을 번쩍 들어 내던지며 내뱉었다.

"지금 여기서 왜 이러고 있어요?"

"딴 세상이 있다면서요."

두 사람은 사람들과 섞여 다시 트럭으로 향했다. 마기가 먼저 이르러 자루 하나를 집었다. 초록방수복이 거들며 중얼거렸다.

"내 인생은 어차피 끝이고요."

"일주일 뒤에는,"

"그 말을 믿다니 정신이 나갔군요. 하긴, 나도 처음엔 믿었지,"

"혼자요?"

"참기 힘들 땐 덤벼야 한다면서요?"

드럼통 앞에서 짐을 내던지고는 다시 와 약간 무겁다 싶은 자루를 잡았다. 끙끙거리며 자루를 함께 나르는 동안 마기는 초록방수복은 정상이 아니라고 결론내렸다. 그 사실 때문에 발걸음까지 휘청거렸다. 마기는 소리쳤다.

"미쳤어요?"

"운이 좋을 수도 있어요."

몸을 트는데 바람의 방향이 바뀌면서 순간 숨을 쉬기조차 힘들었다. 마기는 입을 다물었다. 비는 방향 없이 흩어졌으며 바람은 아까보다 더 미쳐갔다. 마기는 더 깊이 고개를 숙인 채 발걸음을 옮겼다.

두 사람은 힘을 모아 자루를 들었다. 드럼통 속으로 내던져지는 소리는 전혀 들리지 않았다. 그 안에도 비와 바람뿐이었다. 여기저기 모두 골로 던져지는 것들뿐이었다. 방수모자에 가려진 귀 때문에 모든 게 몽롱했다. 머리로 느껴지는 빗물의 강도에 가끔 정신이 번쩍 들기도 했지만 그게 다였다. 거기까지만 느껴야 정상인 걸까. 더이상 발전적인 방향으로 생각이 나아가지 않았다. 그러니까 다 미친 짓이었다.

"다시 끌려오면 붕대를 감으면 돼요."

초록방수복이 말했다.

짐을 모두 버렸는지 트럭 옆으로 사람들이 하나 둘 모여들었다. 이번에는 초록방수복들이 짐칸에 올라탔다.

"나는 아무 죄 없어요, 직원을 매수한 죄밖에는, 현금이 많은 죄밖에는."

초록방수복이 모자의 끈을 조이며 말했다. 남자 어른 주먹만한 얼굴은 모자에 가려 잘 보이지도 않았다.

"바른 길이라 우겨서 여기까지는 입 다물고 왔지만… 되지도 않을,"

초록방수복의 목소리는 비바람에 파묻혀 끝까지 들리지 않았다. 그러나 그 목소리는 마기의 마음속에 날카롭게 박혔다.

시동 거는 소리가 들렸다. 초록방수복은 누군가의 도움을 받아 마지막으로 짐칸에 올랐다. 트럭은 방향을 틀어 컨테이너 박스 뒤로 난 내리막길을 향해 움직이기 시작했다. 숲에는 트럭이 지나갈 만한, 힐을 벗어날 수 있는 길이 있었다. 하지만 저 앞에는 육중하고도 높은 철문이 버티고 있으며 훈련된 사냥개가 숲을 활보하고 있을 게 뻔했다. 그래, 비 오는 날이 차라리 안전하겠어요, 마기는 트럭이 움직이는 길을 따라가며 초록방수복을 바라보았다. 무섭지 않아요? 묵을 곳은 있어요? 다시 잡혀올 게 뻔하지 않아요? 그럼 붕대를 감아야 하는데… 딴 세상을 믿어요? 사람들

쪽을 보고 앉은 초록방수복을 향해 마기는 걸음을 멈추지 않고 따라가며 손을 흔들었다. 초록방수복은 힐에서 만난 사람 가운데 어쩐지 가장 불행하고도 외로워 보였다. 아니 가장 억울해 보였다. 트럭은 내리막길로 천천히 기울기 시작했다. 그러더니 마치 기암절벽 밑으로 떨어지는 것처럼 순식간에 사라졌다. 마기는 자기도 모르게 숨을 몰아쉬었다. 이젠 빗소리 틈으로 어떤 기계소리도 들리지 않았다.

누군가 앞장서며 사람들을 다시 반대편 철문 쪽으로 이끌었다. 마기도 무리에 섞여 걷기 시작했다. 다시 자갈 밟는 소리가 빗소리에 섞였다. 빗물에 젖은 발은 얼얼해서 감각이 없었고 작업용 장갑도 없이 짐을 나른 손에는 여기저기에 긁힌 자국뿐이었다. 빗물과 상처로 퉁퉁 불은 손을 쥐었다 폈다 해보았다. 땡땡한 느낌과 동시에 손 전체가 미치도록 쓰라렸다. 발걸음도 마찬가지였고 몸 전체가 둔하면서 욱신거렸다. 초록방수복은 떠나갔다. 무슨 일인지 알 수 없었다. 남아 있는 게 불행할 뿐이었다.

누군가 옆으로 바짝 다가서는 느낌이 들었다. 마기는 자신의 손을 바라보던 눈길을 돌려 옆을 바라보았다. 빗물 속에서 모자까지 눌러쓴 방수복 차림의 사람을 단번에 알아보기는 쉽지 않았다. 마기는 어깨가 부딪히지 않도록 걸음을 재촉했다. 그러자 누군가도 속도를 감지하고는 재빨리 맞춰 따라왔다. 다시 어깨가 부딪혔다. 마기는 이번에는 걸음을 늦췄다. 그러자 누군가도 걸음을 늦추며 뒤로 처졌다.

"나는 정말 끝까지 말렸는데요."

마기는 소리가 들린 오른쪽으로 눈을 돌렸다. 덩치 큰 한 남자였다. 남자는 억지스런 웃음을 지나치게 오래 흘렸다. 앞서 가던 사람들이 흘끗 뒤돌아보았다. 물론 그들의 눈빛은 방수복 모자에 가려 보이지 않았다.

"두 분의 삶의 방식인가요?"

마기도 최대한 남자 귀 가까이 대고 소리를 질렀다. 머리가 점점 둔해지는 것을 느꼈다. 빗줄기들이 자신의 머릿속으로만 내리꽂히는 기분이었다. 두통은 아니었지만 그것보다 훨씬 치사하고도 예민한 고통이 머리 전체에 느껴졌다.

"우리 부부는 지금껏 옳다 배운 대로 살아왔지만,"

"지금 교과서 읽어요?"

철문이 열리면서 사람들이 하나 둘 문을 통과했다. 남자와 마기도 마지막으로 철문을 통과했다. 서서히 서서히 자갈 밟는 소리도 사라졌다. 그들이 철문을 넘어서자 거대한 쇳소리와 함께 위협적으로 문은 다시 닫혔다.

"기다릴 건 더이상 없대요."

남자는 일부러 웅덩이를 찾아 텀벙거리며 말했다.

"두 분이 같이 움직였다면…."

"이런 경우를 내소박이라고 하죠."

저 멀리로 다시 정문이 보이기 시작했다. 무리가 앞으로 앞으로 가서 정문을 통과할 리는 없겠지만, 마기는 행복한 전진을 잠깐 꿈꿨다. 저 길은 힐에서 걷고 싶은 유일한 길이었다. 잎사귀들, 민달팽이들, 흙과 나무들, 어여쁜 꽃들, 모든 것이 그리운 길이었다. 그러나 곧 무리의 선두가 정확하게 오른쪽으로 방향을 틀어 별관을 지나더니 대강당으로 사람들을 이끌기 시작했다.

"정말 기다릴 건 없나요?"

내소박을 당한 거구가 중얼거렸다.

"있죠."

무리는 불평 한마디 없이 대강당 앞까지 걸어서 왔다. 허접한 문구로 가득했던 현수막과 유치한 만국기가 사라진 유리 대강당은 차라리 새로워 보였다. 이제야 간결하면서도 세련된 외관이 드러났다. 마기는 이러한 감정을 기대감이라 여겼다. 힐에서 처음으로 느낀 감정이었다. 비와 바람이 힘을 보태준다면, 잎사귀도 우리를 돕는다면, 민달팽이마저 군말 없이 나서준다면 불가능할 것도 없었다.

더이상의 작업이 없으니 소속된 건물로 흩어지라고, 앞에 선 누군가 거칠게 소리쳤다.

"우리 삶에 무엇이 올까요?"

덩치 큰 남자가 먼저 입을 열었다. 그의 목소리는 트럭을 타고 힐을 떠난 부인을 생각하는지 안쓰러울 정도로 떨렸다.

"의심받지 않고, 의심하지 않고, 짐승처럼 으르렁거리며 싸우지 않고 제대로 한번 살아보고 싶었는데…."

거구인 그가 말을 마저 잇지 못했다.

"그렇죠."

"네?"

남자가 되물었다.

"넋 놓고 있어도 끝은 안 나요."

"또다시 터지는 건,"

"전쟁뿐이겠죠."

마기가 단호하게 대답했다.

"그래서 내가 남으로 먼저 가 있으라 했거든요."

"후회하지 않으시죠?"

"결코."

"그럼 이제, 살을 빼서야죠."

"수면제부터 끊어야 되는데…."

사람들은 벌써 어딘가로 사라지고 주변에는 아무도 없었다. 숲 어디선가 다시 전기톱소리가 째지듯 들려오기 시작했다. 불어난 흙탕물은 저 위쪽 동관에서부터 흘러내렸는데 이랑이 진 몇 곳의 속도는 꽤 위협적이었다.

마기와 덩치 큰 남자만 비바람 속에 서서 흙탕물을 바라볼 뿐이었다.

# 사내다운, 혹은 사내답지 않은

뜨거운 물줄기가 살에 닿는 순간 마기는 서 있을 힘도 없었다. 한낱 샤워기에서 흘러내리는 물줄기에도 꼬꾸라질 것 같아 그 자리에 주저앉았다. 등판으로 내리꽂히는 물줄기에 대고 마기는 이 탓 저 탓을 하기 시작했다. 너무 뜨거워서, 아니 물줄기가 너무 세차서, 그것도 아니라 너무 시끄러워서 숨을 쉴 수가 없다고 늙은이처럼 중얼거렸다. 자신이 실성한 사람 같기도 했다. 아무튼 몸이 으스러지지만 않으면 다행이라고 여기며 마기는 혼자 한숨지었다. 무섭게 도드라진 무릎뼈에 뺨을 댄 채 눈을 감았다. 얼굴을 뒤덮는 물줄기를 씻어 내리다 지친 마기는 입을 벌린 채 한참을 가만히 웅크리고만 있었다.

느릿느릿 욕실을 나와 젖은 몸 위에 주섬주섬 실내복을 찾아 입었다. 그러곤 침대에 걸터앉았다. 누울 수는 없었다. 그러면 영원히 잠들 것 같았다. 하지만 마기는 이따금 저도 모르게 눈을 감았으며, 마침 그 순간 창문이 비바람에 덜컹거리면 언제 그랬냐는 듯 눈을 뜨며 머리카락에 남아 있는 물기를 털곤 했다. 아무리 생각해도 열흘은 긴 시간이었고, 불행을 되씹기엔 자꾸만 억울했으며, 쏟아지는 졸음은 도대체 이겨낼 수가 없었다. 슬프거나 외로운 건 아니었지만 그런 감정과는 비교 자체가 어려운, 어두우면서 거친 마음의 상태를 마기는 겨우 견디는 중이었다. 무엇보다도 배고픔과 졸음을 견디기 힘들었다. 정신을 차리고픈 마음에 자신의 뺨을 몇 대 때리기도 했다. 하지만 역시 아픈 건 싫었다. 밥통 같은 인생이라고 스스로를 나무랐다.

"젖은 옷이랑 방수복, 사물함 열쇠, 키카드 챙겨갑니다."

언제 들어왔는지 밖에서 직원 목소리가 들렸다. 아름다운 직원, 모든 비밀을 알고 있는 직원, 어떤 어려움이든 척척 도와주는 직원이었다. 신비로운 해결사에게 맡기는 그러라는 듯 고개를 끄덕였다. 모든 걸 알아서 다해주는 직원 덕분에 2차 병문안도 성공적이었다.

이제 마기는 직원을 다른 눈으로 바라보게 되었다. 직원은 어떤 사람일까. 직원은 누구도 상상할 수 없는 죄를 저지른 죄인임에 분명했다. 그런데도 격리수용된 삶의 이력을 숨기지 않았고, 어차피 의자에 앉아 죽을 목숨임을 내비치며 스스로를 방어했다. 때론 저 신비로운 얼굴 속에 숨겨진 악함이나 잔인함을 남몰래 상상하는 자신이 부도덕해 보일 정도로 직원의 외모는 아름다웠다. 여자일까, 남자일까. 하지만 직원은 그런 것쯤은 악도 아니라는 듯 현자처럼 웃을 줄도 알았다. 그래서 그가 신비로워 보이는 걸까. 그는 어떤 사람인 걸까. 그가 살았다는 생지옥에서 배워온 지혜를, 생지옥을 견뎌낸 사람들 틈에서 배워온 인간의 죄성을 직원은 견고하고도 아름다운 얼굴 속에 완벽히 숨기고 힐로 왔을 수 있었다. 직원은 여자라면 여자보다 더, 남자라면 남자보다 더, 더욱 더 여자답고 더욱 더 남자다운 이상한 아름다움을 천형으로 타고난

악마일지도 몰랐다. 그러니 사람들은 그가 저지른 악에 대해서도 객관적으로 판단할 수 없었다. 약을 파는 정도야, 동성을 유혹하는 정도야, 열쇠를 전해주는 정도야, 힐 밖으로 사람을 빼돌리는 정도야 그에게는 목마르면 물을 마시는 것과 다를 게 없을지도 몰랐다.

"욕실 정리했구요, 거실바닥 물기도 깨끗이 닦았습니다."

직원은 사무적으로 말했다. 마기는 또 한번 고개를 끄덕거렸다.

"비가 무섭게 오죠?"

마기는 세번째로 고개를 끄덕였다. 마기도 직원에게 묻고 싶은 게 많았다. 그러나 말할 기운이 없었다. 등 뒤에서 사람 움직이는 소리만 조용히 들렸다. 직원은 방 안으로 들어오지는 않고 문가에 서 있는 것 같았다. 무엇을 먼저 물을까. 어쨌든 모든 해답은 그에게 있었다.

"잘 빠져나갔겠죠?"

마기가 먼저 입을 열었다. 트럭을 타고 떠난 말라깽이 초록방수복이 벌써 걱정됐다.

"네."

"잡혀오면,"

"머리에 붕대를 감아야죠."

이제는 익숙할 만도 한데 '붕대를 감는다'는 힐의 은어는 여전히 낯설었다.

"말리지 그랬어요."

"워낙 집안이 좋더라구요. 사실, 잡혀도 큰 탈은 없을 겁니다. 남으로 간다고 했으니 좋은 소식 기다려보죠."

"그나저나 우리 동생도, 붕대를…"

"글쎄요."

"상담치료만으로 부족한 사람은 이제 그럼…"

"약물치료로 넘어가겠죠."

"약물로도 안 통하면…"

"교화 수술이 남아 있죠."

직원이 움직이는지 희미한 발걸음소리가 등 뒤에서 들렸다.

"그렇군요. 붕대를 감는 일만 남았군요…"

마기는 두 손바닥을 자신의 허벅지에 문대며 중얼거렸다. 눈길은 방바닥 어딘가에서 멈춘 채 움직이지 않았다.

"심장약 놓고 갑니다."

"네."

"꼭 드세요."

"그럼요."

약을 챙겨먹지 않은 지도 오래됐음을 깨달았다. 배는 고픈데 지금 당장 먹을 건 약밖에 없으니 약이라도 배부르게 먹고 싶었다.

"뭐 필요하신 거라도?"

"없습니다."

"일주일 정도 기다려보세요."

"네."

270

"열흘은 시작에 불과하거든요."

"그래요, 약을 먹어야겠어요. 그래야 기운이 나죠."

"빈속에 드시면 안 되죠."

직원의 말에 마기는 거의 통증에 가까운 배고픔을 느꼈다. 그렇다, 약은 빈속에 먹으면 안 된다. 그러면 속이 망가져 쓰러지고, 쓰러지면 일주일을 기다리지 못하고 죽을 것이다. 동생을 찾지도 못하고 죽으면 안 된다. 남으로 가기로 했고 아버지도 자식을 찾아온다 했으니 어서 밥을 먹어야 한다.

"젖은 머리도 말리세요. 감기 듭니다."

"네."

"참, 베개 속에 모아두신 지난 약은 제가 청소하다 다 버렸습니다. 괜찮죠?"

"문제없죠."

마기는 움직이던 손짓을 드디어 멈췄다.

"예상했던 대로, 에보스 간사님은 중앙수도병원으로 옮겨졌대요."

직원의 목소리가 한층 더 가까이서 들려왔다.

"특실이겠죠?"

"그렇죠, 특실."

"안타깝네요, 다시 만나긴 힘들겠군요."

"거의."

"노란 모자는 챙겨갔을까요?"

"아마도."

"그래도 마지막 강연은 정말 훌륭했어요."

"보기보다 용감하시더라구요."

"그러게요."

"불편하신 점이라도?"

"전혀."

"그럼, 쉬시죠."

"네."

마기는 여전히 방바닥을 보며 대답했다. 직원이 짐을 챙겨 나가는 소리가 곧 들렸다. 끌고온 손수레에 물건을 담는 소리, 빨랫감을 호수별 비닐주머니에 넣어 빨래자루에 담는 소리, 열쇠뭉치가 철렁거리는 소리, 손수레를 힘껏 미는 직원의 숨소리, 그리고 문이 닫히는 끼이익 소리를 끝으로 주변은 조용해졌다. 별것 아닌 소리에 모든 게 끝난 것처럼 마음이 후련했다.

끝.

마기는 이제야 일어섰다. 거실로 나왔다. 창가로 가서 아직까지도 아우성치는 비바람을, 그 비바람에 꼼짝없이 휘둘리는 세상을 잠깐 바라보았다. 마기는 낱낱이 기억하기로 다짐했다. 치욕도, 좌절도, 분노도, 외로움도, 배고픔도 문제없었다.

봐라, 욘데. 신호등이 없어졌어. 마기는 동생의 앳된 얼굴을 그려보았다. 너도 이 자리를 기억하겠지, 다음에 물어볼 테니 신호등에 대해 말해다오, 나는 그런 게 궁금해, 그리고 곧 아버지가 오신

272

대, 지팡이를 짚고 오신대, 나는 다 알 수 있어, 기다릴 수 있지, 윤데?

몸을 돌렸다. 큐선생이 묵었던 방으로 가보았다. 침대와 붙박이장, 작은 탁자와 의자, 자신의 방과 다를 게 없는 빈 방을 마기는 서성여보았다. 초록방수복이 떠나고 혼자 남겨진 큐선생이 이제부터 겪어야 할 삶의 바닥을 헤아려보았다. 그들에겐 정말 붕대를 감는 일만이 남았을지도 몰랐다. 젠장, 그깟 붕대, 큐선생 목소리가 들리는 듯했다. 마기는 큐선생 입에서 젠장, 그깟이란 말이 떠나지 않기만을 바랐다.

마기는 욕실로 몸을 돌렸다. 직원이 정리를 끝낸 욕실은 구석구석 쾌적하고 깔끔했다. 분홍비누를 군이 찾아간 큐선생 부인이 그때 그 자리에 서 있는 것 같았다. 부인은 어느새 초록방수복으로 갈아입고 나타났다. 그녀의 방수복에서 쉴새없이 빗물이 떨어지고 있었다. 하지만 그날처럼 초라하거나 슬퍼 보이지는 않았다. 놓고 가신 게 있으신가요, 후훗, 쌍욕을 더 가르쳐드릴까요, 마기와 초록방수복은 웃었다. 분명 웃었다.

식탁 위에 놓인 약을 들고 냉장고로 가 안으로 들이밀었다. 냉장고 문을 닫으려는데 언제 집어넣었는지 기억도 안 나는 열쇠 하나를 발견하고는 한참을 바라보았다. 마기는 열쇠를 집었다. 차갑디 차가운 기운이 손바닥에 퍼지자 식욕이 밀려왔다. 정말 밥을 많이 먹고 싶었다. 그리고 약도 챙겨 먹고 싶었다. 그렇지만 혼자 먹기는 싫었다.

마기는 빠른 걸음으로 방으로 다시 들어갔다. 열쇠를 잠깐 침대 위에 놓은 채 붙박이장을 열었다. 힐로 올 때 혹시나 하며 챙겨온 짙은 남색 양복과, 흰 셔츠, 허리띠, 붉은 넥타이를 꺼냈다. 손바닥으로 호들갑스럽게 옷의 먼지를 털어내고 주름을 폈다. 꺼낸 옷을 침대 위에 얌전히 내려놓고는 입고 있던 헐렁한 실내복을 벗었다. 그러곤 마음을 가라앉히며 천천히 외출복으로 갈아입기 시작했다. 셔츠를 입고 바지를 입고 허리띠를 매고 재킷까지 걸쳤다. 옷이 전보다 많이 헐렁거렸다. 타이를 맬까 말까 망설이다 일단 재킷 왼쪽주머니에 넣었다. 마기는 언제나 누군가 고운 사람이 자신의 타이를 매주는 광경을 상상하곤 했다.

마기는 설레는 맘으로 옷매무새를 고쳤다. 그러곤 붙박이장에 붙은 거울 앞에서 웃었다. 자신이 생각하기에도 사내다운 웃음이었다. 다정했으며 조금은 쑥스러운, 친절하면서도 강인해 보이는 웃음이었다. 머리카락이 그 사이 많이 자랐지만 오히려 부드러워 보였고, 턱을 뒤덮기 시작한 수염 덕분에 한편으론 더욱 거친 듯 남자다워 보였다. 만족스러웠다. 멋진 모습을 누군가에게 자랑하고 싶었다. 거실로 나갔다. 신발을 신으려는데 현관에는 슬리퍼만 있었고 아직도 발은 엉뚱하게도 맨발이었다. 마기는 허둥거리며 방으로 들어가 여행가방에서 검정색 양말을 찾아 신었다. 그러고는 가방을 또 한번 들쑤셔 신사용 구두를 찾아냈다. 구두를 들고 다시 거실로 나왔다. 신발을 신기 전에 문 열린 욕실 앞에 서서 욕실거울에 비친 자신의 모습을 다시 한번 바라보았다. 말쑥한 젊은 남자로 변신한 모습을 보며 마기는 자신있는 웃음을 지었다. 거울 속 남자는 건강해 보였고, 의지가 굳건해 보였으며, 어딘가 유능해 보였다. 신발을 현관에 내려놓고 신으려는데 열쇠가 떠올랐다. 마기는 다시 또 아하, 자신의 머리를 쥐어박으며 방으로 들어갔다. 침대 위에 놓아둔 열쇠를 두 손으로 찾아 쥐는 순간 가슴이 뛰는 걸 느꼈다. 물론 고통이 아닌 기대와 희열에 들뜬 방망이질이었다. 마기는 발바닥이 바닥에 닿는 느낌도 느낄 수 없었다. 열쇠를 오른손에 쥔 채 서둘러 신발을 신었다.

현관문을 열었다. 복도로 나섰다. 아무 일 없는 복도를 뚜벅뚜벅 걸었다. 저 안의 사람들은 자신이 누구를 찾아가는 줄도 모른 채 다들 문을 꽉 닫고 있었다. 자신이 누구랑 같이 아침을 먹을 건지도 모르면서 그들은 좌절하고 있었다. 힐의 복도를 이렇게 부푼 마음으로 걷게 될 줄은 마기 자신도 몰랐다. 이 사람들이야말로 아무것도 몰랐다. 일주일에 속지 않으려면, 머리를 다치지 않으려면, 어둔 곳에 숨어 있다 들키지 않으려면 밥을 먹어야 했다. 이 사실을 사람들에게도 알려야 했다.

계단이었다. 어디로 가려 했던가를 다시 스스로에게 물었다. 마기는 자기가 떨고 있음을 발견했다. 하지만 여기서 길을 잃을 수는 없었다. 그녀가 답이었다. 그녀는 아름다운 북쪽 여자에다 살굿빛 원피스를 입은 요정이며 힘도 아주 셌다. 마기는 그 사실을 기억하며 겨우 난간을 붙들었다. 내려가라고 내려가라고, 계단들마저 마기를 떠밀었다. 마기는 어느새 7층을 통과했다. 6층에 다다르자 어디선가 아름다운 음악소리가 들리기 시작했다.

나를 위해 노래해다오, 욘데. 너는 어둔 길을 지날 때 더욱 크게 노래했지, 사람들은 네 노래를 사랑했지, 너는 따뜻하게 노래했지, 너는 아이처럼 노래했지, 너는 욕심 없이 노래했지, 그래서 너는 누군가를 위로할 수 있었지.

순간 커다란 화살표가 마기 앞을 가로막았다. 현실적이고 직접적인 기호 앞에서 마기는 걸음을 멈췄다. 5층이었다. 어떤 속임수도 없는 화살표일 뿐이었다. 마기는 501호로 향하는 화살표를 바라보았다. 501호는 체력단련실과는 정반대 방향이었다. 마기는 화살표를 신뢰하며 걷기 시작했다. 역시 5층 복도에도 아무 일 없었다. 마기의 발걸음소리와 가슴 뛰는 소리만이 복도를 꽉 채웠다. 5층 사람들도 아무것도 모른 채 문을 닫아걸고만 있었다. 북쪽 여자가 갇혀 있는 방이 저 앞에 보였다.

마기는 집중해서 걸었다. 오로지 걷는 일에 최선을 다했다. 끝이 점점 다가왔다. 어느새 복도의 끝, 501호 앞이었다. 걸음을 멈췄다. 오른손을 폈다. 마기는 심호흡을 길게 했다.

어머니가 그랬던 것처럼, 또한 아버지가 그랬던 것처럼 내 귀엔 음악이 들려요, 음악은 나를 꿈꾸게 하고 그녀를 꿈꾸게 해요, 나는 거기로 가고 있어요, 내겐 단 하나의 열쇠가 있죠, 그녀는 나를 기다립니다, 어머니가 그랬던 것처럼 또한 아버지가 그랬던 것처럼 한 사람을 위해 단 한 편의 시를 쓰겠어요. 나는 당신처럼 멋진 사내, 그녀는 당신처럼 빛나는 여인. 이제 곧 도착해요.

따뜻해진 열쇠를 열쇠구멍에 꽂았다. 동시에 가슴으로도 뭔가가 깊이 파고드는 걸 마기는 강렬하게 느꼈다. 마기는 거기까지만 했다. 더이상은 아무것도 할 수가 없었다. 아니 아무것도 하지 않았다. 그런데도 딸깍, 부드럽게 문이 열렸다. 마기는 잠깐 문고리를 꽉 잡고만 있었다. 여기부터는 오직 한 길이었다.

어머니, 그녀는 아름다울지도 모르고 나의 타이를 매줄지도 모를 사랑스런 여자입니다. 보세요, 부드러운 갈색 머릿결과 말랑거리는 살결로 바위 같은 나를 넘어뜨릴 여자입니다, 나와 같이 아침을 먹으며 현실에는 없는 일주일을 영원히 견뎌줄 어여쁜 여자입니다.

마기는 경건하게 문을 당겼다.

내 본명은 김남순이다. 황해도 은율에서 남으로 피난와 무사히 정착한 것을 기뻐하며 할아버지께서 돌림자인 홍洪자 대신 남南자로 손주들 이름을 지어주셨다 한다. 한국사회에서는 이미 새로울 것도 없는, 우리 집안처럼 6·25때 살 길을 찾아 남으로 피난온 실향민들의 삶이 어쩌면 나의 첫 장편소설 『힐』의 중요한 단서였던 것 같다.

사람들이 늘 꿈꾸던 남쪽, 하지만 이젠 아무도 찾지 않는 남쪽, 남쪽의 어느 평화로운 부족, 그 부족을 미개하다는 이유로 굴복시킨 제국, 그러나 괴물 같은 제국에 결코 무릎 꿇지 않으려는 한 가족의 이야기. 처음은 그렇게 시작되었던 걸로 기억한다. 그 후 이 핑계 저 핑계로 거의 6년을 붙들고 있었다. 그야말로 게으름의 끝판왕이다. 2013년에 아르코 문학창작기금을 받지 못했다면 아직도 붙들고 있었을 것이다.

나의 첫 장편이 나온다는 소식에 누구보다 기뻐해주셨던 소설가 최윤 선생님, 그 따뜻한 격려에 감사드린다. 삐딱하고 뚱한 딸을 무한대로 신뢰해주고 응원해주신 부모님, 불효녀는 웁니다… 두 분의 넘치는 사랑에도 마음깊이 감사드린다. 제대로 챙겨드리지 못해도 섭섭한 내색 한번 안 하시는 시부모님께도 진심으로 감사드린다. 그리고 이제는 더이상 아이가 아닌, 나의 최고의 여행친구이자 영화친구, 어딘가 나를 닮았지만 어른인 엄마보다 더 여유롭게 웃을 줄 아는, 중학생이 된 아들 성건에게도 고마움을 전한다. 형제들과 조카들도, 모두 고맙다.

소설을 써놓고 컴퓨터에 파일로 저장만 해놓는 게 내 취미다. 어쩌다보니 그렇게 돼버렸다. 그러하기에 편집자로, 동업자로, 친구로, 연인으로 복합적이고도 치열하게, 아주 오래전부터 나를 도운 남편에게는 감사하다는 말이 차마 새삼스러울 따름이다.

나를 기억하며 내 소설을 기다려준 다정한 친구들에게, 제국을 향해 전의를 불사르며 이 순간도 투쟁하는 용감한 전사들에게, 또한 누군가 희생하며 닦아놓은 길을 생각 없이 뒤따라간 나와 같은 무임승차자들에게, 모두를 격려하고 축복하며, 부끄럽고도 부족한 나의 첫 장편 『힐』을 바친다.

2015년 6월
김조을해

힐

초판 1쇄 발행 2015년 6월 25일

지은이 김조을해
펴낸이 안병률
펴낸곳 북인더갭
등록 제396-2010-000040호
주소 410-906 경기도 고양시 일산동구 고봉로 20-32, 617호
전화 031-901-8268 | 팩스 031-901-8280
홈페이지 www.bookinthegap.com | 이메일 mokdong70@hanmail.net

이 도서의 국립중앙도서관 출판시도서목록(CIP)은
서지정보유통지원시스템 홈페이지(http://seoji.nl.go.kr)와
국가자료공동목록시스템(http://www.nl.go.kr/kolisnet)에서
이용하실 수 있습니다.
(CIP제어번호: CIP2015015253)

* 이 책은 아르코 문학창작기금을 받아 출간되었습니다.